orte-KRIMIreihe

Markus Matzner

Bitterer Abgang in Maienfeld

Kriminalroman

orte-Verlag

Alle Vorgänge in diesem Roman sind frei erfunden. Und auch wenn es das Städtchen Maienfeld und den einen oder anderen im Buch genannten Ort tatsächlich gibt, entspringen dennoch alle hier auftretenden Figuren, ihre Namen, Lebensgeschichten, Abenteuer, Beziehungen und Geschäftspraktiken einzig und allein der Phantasie des Autors und haben keinerlei Bezug zu wirklichen Personen.

Der Autor dankt allen, die ihm bei der Realisierung dieses Buches geholfen haben. Ein ganz spezieller Dank geht an Madeleine: für die positive Kritik und die Geduld!

Mehr über Markus Matzner und Infos über Wein erfahren Sie auf www.vinicus.ch

Copyright 2008
by orte-Verlag AG, CH-9413 Oberegg AI
und CH-8008 Zürich
2. Auflage: 2001–3000, 2008
www.orteverlag.ch
Alle Rechte vorbehalten
Satz und Gestaltung: BeneschDTP, Unterschleissheim
Fotos Titelbild und Autor: Madeleine Beyeler
Lektorat: Virgilio Masciadri, Werner Bucher
Herstellung: Doris Benesch, München
Druck: difo-druck, Bamberg
Printed in Germany
ISBN 978-3-85830-145-1

TEIL 1

Kapitel 1

Maienfeld lag in einem Rausch. Der mittelalterliche Städtliplatz erstrahlte an diesem Herbstabend im Glanz von Girlanden und farbigen Lampions. Auch die angrenzenden Strassen waren zu einer Festallee umfunktioniert worden, auf der sich Hunderte Menschen tummelten, an ihren Weingläsern nippten, lachten, plauderten oder tanzten.

Die Herbstsonne war vor einigen Stunden untergegangen, aber ihre Wärme wirkte im Städtchen nach. Der Wein floss in Strömen, und die Klänge der Musikkapelle liessen niemand an Schlaf denken.

So einen Oktober hatte das Land lange nicht gesehen, und die Winzer, die gesundes und reifes Traubengut einbringen konnten, gönnten sich ausgelassene Stunden am traditionellen Herbstfest. Dieser Jahrgang, so munkelte man, würde alles übertreffen, was in der Bündner Herrschaft die letzten Jahre gekeltert worden war. Noch sprach man nur hinter vorgehaltener Hand davon. Doch die Weinjournalisten, die wie Heuschrecken in Maienfeld einfielen und ihre Nase in alles steckten, was nach Wein roch, bemühten bereits den Superlativ und sprachen von einem Jahrhundertjahrgang. Dabei gab es noch keinen einzigen Schluck des neuen Weins.

Trotz ihrer Ausgelassenheit und Lebensfreude wussten die Winzer nur zu gut, dass viel Arbeit anstand. Sie hatten erstklassiges Traubengut geerntet; doch nun kam es auf ihr Fingerspitzengefühl, aufs Können und die Intuition jedes Einzelnen an, um das Potenzial auszuschöpfen und die Aromen in die Flasche zu bannen.

Unweit des Gedränges, das auf den Plätzen und Hauptgassen des Städtchens herrschte, öffnete sich die schwere Kellertüre im Weingut von Elmar Obrist und ein schwarz gekleideter Mann trat in den grossen Vorraum. Als kenne er sich bestens aus, fand er im Schein seiner Taschenlampe die Betonstiege, die in die Katakomben des Weinkellers hinabführte. Da er sicher sein konnte, dass die modernen Räumlichkeiten fensterlos waren und damit kein verräterischer Schein nach aussen dringen würde, machte er das Licht an. Es dauerte einige Sekunden, bis alle Neonlampen brannten. Das grelle Licht wurde von den weiss getünchten Wänden unbarmherzig zurückgeworfen, so dass sich die Augen des Mannes erst an das Gleissen gewöhnen mussten.

Er öffnete seinen Rucksack, holte eine Blechbüchse hervor und stellte sie vor sich in. Mit der Linken griff er erneut in den Sack und klaubte ein durchsichtiges Schläuchchen hervor, das an einer Sauerstoffflasche angebracht war. Er klebte das Schlauchende mit einem Klebeband unter seine Nase. Als stünde ihm eine Operation bevor, drehte er den Hahn der Sauerstoffflasche auf. Die frische Luft, die in seine Lunge gelangte, tat ihm gut. Dann öffnete er die erste Stande*, gefüllt mit 600 Kilogramm Pinot-Noir-Trauben. Sofort entwich stechendes Kohlendioxid, das bei der Gärung entsteht. Der Mann wusste aus leidvoller Erfahrung, dass es ihm in dieser Konzentration den Atem verschlagen würde! Nur der Sauerstoff, der unablässig in seine Nase strömte, ermöglichte ihm das Luftholen, das von einem asthmatischen Rasseln begleitet wurde. Seit dieser leidigen Lungenverätzung, die er vor dreissig Jahren erlitten hatte, wusste er eine freie Atmung zu schätzen.

Man muss erst was verlieren, bis man seinen Wert erkennt, sinnierte er.

Im metallenen Bottich schwammen Tausende zerquetschter Trauben in ihrem Saft und drängten zur Oberfläche. An einigen Orten sprudelte es leicht von unten her. Die Gärung hatte also eingesetzt, dachte der Mann zufrieden. Er öffnete seine Büchse. Ein weisses Pulver kam zum Vorschein. Er nahm einen Masslöffel zur Hand, bohrte ihn ins Pulver und schüttete sechs volle Löffel in die Stande. Sodann holte er den Stössel, der beim Waschbecken zum Trocknen aufgehängt war. Sorgfältig drückte er das metallene Gestänge in den Traubenkuchen und rührte die Stande um. Wieder schlug ihm eine Welle von CO_2 entgegen, so dass er innehalten musste. Die Lunge schmerzte. Er drehte den Sauerstoffhahn aufs Maximum. Langsam bekam er wieder Luft und rührte weiter. Schon

---

* Stande wird speziell in der Deutschschweiz ein Bottich genannt, der Platz für mehrere hundert Liter Wein hat und in dem man das Traubengut ansetzen kann, um die Gärung durchzuführen.

nach wenigen Sekunden war vom Pulver nichts mehr zu sehen. Und der Mann merkte, dass er schwitzte.

So, dann schlaft schön, bis ich euch wecke, dachte er und schloss die Stande sorgfältig. In der folgenden Stunde ging er von Bottich zu Bottich und wiederholte das Ganze. 32 Gefässe à 600 Liter zählte er. Das sind rund 26'000 Flaschen zum Preis von mindestens 20 Franken!

Im Kopf des Mannes rechnete es: Dem Obrist mache ich eine halbe Million zur Sau! Ein Lächeln huschte über sein Gesicht, das sofort verschwand, als er durch den Lüftungsschacht das Geräusch eines heranfahrenden Autos hörte. Blitzschnell raffte er seine Sachen zusammen, riss sich das Schläuchchen von der Nase und löschte das Licht. Hatte er sich getäuscht oder war wirklich jemand oben beim Eingang?

Lautlos und ohne seine Taschenlampe anzumachen, tastete er sich mit pochendem Puls die Treppe in den grossen Vorraum hinauf. Tatsächlich hörte er wieder ein Geräusch. Jemand stand vor der eisernen Kellertür und versuchte, sie zu öffnen.

Anstatt sich zu verstecken, blieb er angewurzelt stehen und spürte kalten Schweiss auf der Stirn. Wie das Kaninchen vor der Schlange war er hilflos, ausgeliefert, am Ende.

Draussen wurde ein Schlüssel ins Schloss gesteckt. Metallisches Kratzen und Klicken drang in den Raum hinter der Türe.

Der Mann drinnen wartete auf die Guillotine, die gleich herunter fallen würde.

Doch alles, was kam, war ein Fluch von draussen, gefolgt von stampfenden Schritten, die sich entfernten.

Der falsche Schlüssel! raste es ihm durch den Kopf, und er konnte sein Glück kaum fassen, spürte, dass ein gerechter Engel über seine Mission wachte.

Als er vom anderen nichts mehr hörte, öffnete er mit seinem Dietrich die Kellertür und glitt in die Nacht hinaus. Zufrieden hörte er den Schnappmechanismus, der den Eingang wieder verriegelte, und duckte sich hinter einem Busch.

Kurze Zeit später trat Elmar Obrist aus dem Haupthaus, knipste das Hoflicht an und marschierte mit schnellem Schritt zum Kellerportal hinüber.

Mit einem Gemisch aus Abscheu und Verachtung wunderte sich der Versteckte, wie Elmars dünne Beinchen diesen kugelrunden Leib tragen konnten und so flink vorankamen. Fast hätte er laut aufgelacht; erst recht, als er den massigen Kopf betrachtete, der eigenartig aufgesetzt schien.

Die haben beim Bau dieses Körpers den Hals vergessen, grinste der Mann hinter seinem Busch, kam jedoch nicht umhin, sich einzugestehen, dass die Augen des anderen einen ungeheuren Willen verrieten, der kein Pardon kannte.

Mit einem wütenden Murmeln öffnete Obrist den Kellereingang. Dann verschwand sein massiger Körper hinter der Tür.

Der Mann in seinem Versteck genoss die eingekehrte Ruhe einen Moment, nahm dann seinen Rucksack und ging in südlicher Richtung davon. Er wusste, dass er noch viel zu tun hatte in dieser Nacht.

Kapitel 2

Ein Winzerort zur Zeit der Weinernte gleicht einem Bienenstock. Überall wimmelt es von fleissigen Helfern, die sich durchs Rebenmeer arbeiten und jeden Weinstock abernten. Die faulen Beeren werden weggeschnitten und die guten in die Transport-Behälter gelegt, zu den Sortiertischen gebracht und durchlaufen eine zweite Qualitätskontrolle.

Doch so einheitlich die Vorgehensweise der verschiedenen Winzerteams auch aussehen mag, dahinter stecken individuelle Entscheide: Wann soll gelesen werden? Und welche Parzelle zuerst? Und würde das Wetter halten oder droht Regen, der die Traubenhäute zerschlägt und Fäulnis entstehen lässt? Normalerweise sind die Winzer während der Ernte nervös und gereizt. Nicht jedoch in diesem Jahr: zu gut war das Wetter. Aus diesem Grund erstaunte es nicht, dass die Maienfelder die Ernte gelassen angehen konnten. Für einmal schienen Missgunst und Neid Fremdwörter.

Auch Hannes Rüfener sah zufrieden aus. Sein Team hatte gut gearbeitet, die kleinen, aber kräftigen Pinot-Trauben, die er auf dem Anhänger hinter sich herzog, waren in perfektem Zustand. Der 28jährige sass auf seinem Traktor und pfiff eine Melodie, die er vor kurzem im Radio gehört hatte. Er genoss es, die Sonne und den Fahrtwind auf seinem braungebrannten Gesicht zu spüren. Er betrachtete seine von den Trauben rot gefärbten Hände, die so klebrig waren, dass sie am Lenkrad angewachsen schienen.

Als er in die Einfahrt zum kleinen Weingut einbog, kam Ursina Vetscherin aus dem Haupthaus auf ihn zu. Ursina, die knorrige, rotbäckige Frau, die trotz ihrer 59 Jahre kräftig und jugendlich wirkte, sah den jungen Mann heranfahren und winkte.

«Das ist der letzte Teil!» rief Hannes. «Jetzt haben wir alles geerntet!»

Ursinas Lächeln machte einen etwas aufgesetzten Eindruck. Eigentlich hatte sie mit dem Lese-Team schon vor einer Stunde gerechnet: «Das ist gut, denn das Essen ist fertig. Wo sind die anderen?»

«Schon unterwegs. Ich bringe die Trauben in den Keller und komme dann auch. Fangt schon mal an, ich glaube, die Leute sind hungrig!»

«Das hoffe ich, hab für ein Bataillon gekocht!»

Ursina stapfte ins Haus zurück, und Hannes konnte sich ein Schmunzeln nicht verkneifen. Sie trug nach wie vor ihre grünen Gummistiefel, obwohl sie vor zwei Stunden nach Hause gegangen war.

Mit denen geht sie wahrscheinlich noch ins Bett, dachte er und legte den ersten Gang ein.

Vor fünf Jahren war Ursinas Mann verstorben. Seitdem arbeitete Hannes bei ihr. Das Team harmonierte gut, nicht zuletzt, weil beide profitierten: Hannes konnte seinen Traum vom Weinmachen ausleben, und Ursina hatte jemanden, dem sie blind vertrauen konnte und der ihr den kleinen Hof nicht streitig machte.

Das Dorf wimmle nur so von Blutsaugern, pflegte sie zähneknirschend zu proklamieren. Dass sie vorab ihre eigene Familie meinte, wusste jeder. Speziell mit ihrem jüngeren Bruder, Robert

Ulrich Vetscherin, verband sie eine Beziehung voll Höhen und Tiefen. Der wollte ihr nach dem Tod ihres Mannes die zwei Hektaren sofort abkaufen, gab sich vordergründig generös, um sie zu entlasten, dabei hatte er nur sein Geschäft im Sinn. Ursina durchschaute ihn zwar, liess sich dennoch weich kochen und willigte ein, dass Robert den Wein übernehmen konnte, um ihn mit seiner Basisqualität zu assemblieren*. Ein Fehler, wie sie nun wusste, doch Vertrag sei halt Vertrag und der laufe noch weitere fünf Jahre. Sie hätte vor Wut in die Tischplatte beissen können, wenn sie sich überlegte, wie sehr sich die Qualität ihres Weines verbesserte, seit Hannes als Kellermeister agierte. Dabei war er weder Winzer noch Önologe, sondern Chemielaborant. Doch Ursina wusste, dass er das Talent von seinem Vater geerbt hatte, der bis zu seinem Tod Herr des Rüfibergs und einer der bekanntesten Winzer der Herrschaft gewesen war.

Jetzt, so erzählte sie immer wieder, habe sie einen der besten Weine der Gegend und müsse ihn dennoch für läppische sechs Franken und fünfzig Rappen pro Liter dem Robert geben. Sie hätte diesen Abnahmevertrag nie unterschreiben dürfen, versuchte sie sich stets zu rechtfertigen und schlug zur Verdeutlichung die Faust auf den Tisch, nie!

Hannes lud die Kisten mit den Trauben ab und stellte sie in den kühlen Keller. Seit er das Szepter übernommen hatte, wurden die Trauben nach der Ernte nicht mehr mit Schwung in eine grosse Stande gekippt, sondern schonend behandelt und in kleinen Behältern transportiert, damit sie nicht zu früh platzten. Überhaupt hatte sich auf Ursinas Hof einiges verändert: Wurden früher eineinhalb bis zwei Kilo pro Quadratmeter geerntet, waren es jetzt nur noch 800 bis 1000 Gramm. Hannes hätte den Ertrag gerne noch weiter reduziert, doch Ursina sträubte sich. Nicht, weil sie den Vorteil verkannte, sondern weil sie ihrem Bruder nicht eine noch bessere Qualität für so sauwenig Geld überlassen mochte.

---

* Assemblage: Zusammenschütten verschiedener Weine der gleichen Sorte oder verschiedener Sorten, um eine bessere Qualität zu bekommen. Dank der unterschiedlichen Eigenschaften der Weine aufgrund von Terroir und Qualität kann der Kellermeister seinen Wein regelrecht komponieren.

Hannes, der im Keller keine Halbheiten duldete, musste einsehen, dass Ursina Recht hatte. Denn auch er hielt nicht viel von Robert. Nicht zuletzt deshalb, weil dieser zusammen mit Elmar Obrist den Rüfiberg gekauft hatte, als Vater bei einem Unfall ums Leben gekommen war. Hannes' Mutter war zwar sehr froh gewesen, dass die beiden damals die Rebfelder übernommen hatten. Denn Vater verstand etwas vom Weinmachen, aber nichts von Geld; er war über beide Ohren verschuldet gewesen. Doch Robert und Elmar wussten sehr wohl, dass sie den Rüfiberg, dieses Kleinod nördlich von Maienfeld auf dem Weg nach St. Luzisteig, unterm Strich viel zu günstig erhalten hatten. Hannes wurde es noch heute übel vor Wut, wenn er darüber nachdachte, dass er nie mehr Herr des siebzehn Hektar grossen Weinbergs würde, dem seine Familie den Namen Rüfener verdankte.

Nach dem Essen ging Hannes mit zwei Helfern in den Keller. Dort warteten die Trauben, die maschinell abgebeert und verarbeitet werden mussten.

Es war schon dunkel, als sie wieder in die Küche traten. Ursina hatte sie erwartet und tischte Salsiz, Speck und Brot auf. Die Männer langten zu und schnell waren zwei, drei Flaschen des letztjährigen Pinots getrunken. Als es gegen Mitternacht ging, zog Ursina endlich ihre Gummistiefel aus und erklärte den Abend für beendet.

Als Hannes zur Türe hinausging, hielt ihn Ursina zurück.

Mit fast banger Stimme fragte sie: «Morgen kommt Robert und will den letztjährigen Wein probieren. Wirst du da sein?»

«Wann?»

«Um zehn in der Früh.»

Nach Tagen der Ernte hätte sich Hannes wieder mal im Geschäft blicken lassen sollen, aber er wusste, dass Ursina ohne ihn aufgeschmissen wäre und sie ihrem Bruder nie das Wasser reichen könnte: «Ich schau, was ich tun kann.»

«Danke!» Ursinas Gesicht entspannte sich. Dann fiel die schwere Eingangstür ins Schloss. Nichts hasste sie so wie den Tag, wenn ihr Bruder die Weine inspizierte. Sie fühlte sich wie eine Mutter, deren Kinder morgen verschachert werden sollten.

Kapitel 3

Robert Ulrich Vetscherin mochte es nicht, wenn man ihn aufhielt. Doch Charly, sein Kellerbursche, machte ein besorgtes Gesicht. Missmutig drückte er auf den Fensterknopf seines geländetauglichen 4 x 4 und liess die Scheibe in der Türe versinken.

«Chef», keuchte Charly, «ich glaub, das müssen Sie sich ansehen, da ist einer in den Keller eingebrochen!»

Vetscherin hätte längst bei seiner Schwester sein sollen, als er die Tür zum Kellerneubau betrachtete. Das Schloss war offensichtlich abgewürgt worden.

«Ist was verschwunden?» Vetscherin spürte einen grossen Ärger aufsteigen. Er schob sein spitzes Kinn nach vorne und drückte seine kräftigen Kieferknochen gegeneinander. Der Blick aus seinen wässrigen, blauen Augen wurde stechend.

«Nein, das ist das Merkwürdige!»

«Gut», sagte Robert Vetscherin und überlegte, «ruf Donatsch an und sag ihm, dass bei uns eingebrochen worden ist. Mach eine Anzeige. Ich bin in einer Stunde wieder da!»

Vetscherin wollte schon wegfahren, als er realisierte, dass ihn Charly nur dümmlich ansah.

«Hast du nicht verstanden, verdammt noch mal?»

«Doch, Chef, aber wer ist Donatsch?»

«Na, der neue Stadtpolizist!» Vetscherin spürte erneut sein Blut aufwallen. Was für einen Trottel hatte er sich da angelacht. Dann besann er sich: «Nein, mach nichts! Ich red mit Donatsch. Du gehst in den Keller und schaust nochmals genau, ob wirklich nichts weggekommen ist!»

«Ja, Chef», sagte der Lehrling und beeilte sich, aus der Schusslinie seines Meisters zu kommen. Derweil startete Vetscherin seinen Wagen und brauste wie ein Rennfahrer davon.

Als er bei Ursina einbog, ahnte seine Schwester, dass er schlechte Laune hatte. War sie bei früheren Zornausbrüchen eher die Duldende und Schweigende gewesen – nicht zuletzt, weil ihr Bruder in einen bösen Rausch geraten konnte und dann unberechenbar und gewalttätig wie ein Sturmwind wurde – wollte sie sich heute nicht runterkanzeln lassen. Speziell seit Hannes ihr den Rücken stärkte, war sie mutiger geworden und sagte ihre Meinung deutlicher, mit der Folge, dass sie hernach schlecht schlief und häufiger als sonst bei einem Frühschoppen im «Ochsen» gesichtet wurde.

Hannes stand mit verschränkten Armen im Kellereingang, als Robert mit mürrischem Blick auf Ursina und ihn zustapfte. Und um die Spannung zu lösen, rief Ursina: «Bist spät, wir haben dich um zehn erwartet!»

«Konnte nicht eher kommen, bei uns wurde eingebrochen!» sagte Robert mit kalter, schroffer Stimme, ohne sie zu grüssen.

Dass Höflichkeiten in der Familie Vetscherin als unwichtig galten, wusste Hannes von Ursina her, die auch nur selten grüsste. Dennoch konnte er sich eine Bemerkung nicht verkneifen:

«Bei uns sagt man ‹Grüezi›, erst recht, wenn man fast eine Stunde zu spät kommt!»

«Keine Zeit!» schnaubte Robert und zwängte sich an Hannes vorbei, der demonstrativ in der Kellertüre stehen geblieben war. Hannes bemerkte Ursinas nervösen Blick, als ahnte sie, dass es unangenehm würde. Wortlos folgte sie ihrem Bruder in den Keller. Hannes atmete durch und stieg ebenfalls die steile Treppe hinab. Er hatte sich vorgenommen, vor dem Vetscherin nicht zu kuschen. Das tat schon das ganze Dorf, er aber nicht! Nicht, so lange er Rüfener hiess! Drum wollte er cool bleiben und Vetscherin auflaufen lassen!

Unten im Keller, wo fünf grosse, blank geputzte Stahltanks in Reih und Glied standen und eine erhabene Ruhe ausstrahlten, traf Hannes einen erstaunlich verwandelten Robert an. Als täte ihm die Kellerluft gut und verscheuchte die schlechten Gedanken des Tages, erschien er plötzlich freundlicher und offener. Ursina, die die Launen ihres um ein Jahr jüngeren Bruders seit ihrer Kindheit ertragen musste, kannte diese Metamorphose und war froh, dass sie immer noch funktionierte. Fast neugierig liess sich Robert eine Kostprobe des letztjährigen Weins einschenken. Kritisch blickte er auf das Glas, das er in seiner Hand in gekonnten, kleinen Kreisen schwenkte. «Gute Farbe!» sagte er nur. Dann hielt er den Wein unter seine Nase, atmete tief ein und wurde augenblicklich von einem Hustenreiz übermannt. Als müsste er seine Lunge ausspeien, bellte er wie ein irrgewordener Kettenhund. Es vergingen bange Minuten, bis er sich beruhigte. Sein Kopf war tomatenrot. In seinen Augen standen Tränen, die er schnell wegwischte: «Immer dieser Husten, wenn ich in einem Keller bin...»

Ursina, die um Roberts angeschlagene Lunge wusste, nickte. Und als kippte der Anblick des leidenden Bruders in ihrem Kopf einen Schalter, veränderte sich ihre schroffe Haltung. Fast mütterlich meinte sie: «Musst ja nicht gleich so fest einschnaufen, nur schnuppern.»

Robert Vetscherin räusperte sich und nickte beiläufig. Huschte nicht sogar ein Lächeln über sein Gesicht? Hannes kam es vor, als wären sie in eine Zeitmaschine geraten und er hätte die Geschwister vor sich, als sie Kinder waren. Für einen Moment wirkte der grosse, schlanke Robert zerbrechlich und fast liebenswert. Hannes schauderte es bei diesem Gedanken.

Robert roch erneut am Glas, doch diesmal sachter. Dann wandte er sich zu seiner Schwester und seine Augen glitzerten plötzlich diabolisch: «Der Wein ist gut, aber der letztjährige war besser!»

«Blödsinn!» entfuhr es Hannes, der jäh aus seinen Gedanken gerissen wurde, obwohl er eigentlich auf so eine Bemerkung gewartet hatte. Und auch aus Ursinas Gesicht verschwand die schwesterliche Nachsicht nullkommaplötzlich.

«Wir hatten noch nie einen so guten Wein», konterte sie so bestimmt, wie sie konnte, «und das weisst du auch!»

Robert, der seine innere Stärke wieder erlangt hatte und wusste, wofür er gekommen war, doppelte nach: «Die Farbe ist gut, ja! Auch die Nase mit den fruchtigen Aromen gefällt, unbestritten. Aber der Körper ist zu schwachbrüstig, ganz zu schweigen von der Balance zwischen Süsse und Säure. Drum wirkt auch der Abgang zu kurz und schroff. Wenn ihr mich fragt, habt ihr zu lange vergoren und dadurch flüchtige Säuren erzeugt, die das Gesamtbild trüben. Schade!»

Mit einer herablassenden Handbewegung und einer Miene, als hätte er auf eine Zitrone gebissen, kippte er das Glas in den Ausguss. Dabei wusste er genau, dass dieser Tropfen zu schade wäre, um ihn mit seiner Basisqualität zu vermengen. Den würde er separat als Auslese verkaufen und nach Deutschland und Schweden exportieren. Kein schlechtes Geschäft, freute sich Robert im Stillen. «Kann ich vom zweiten Tank einen Schluck haben?»

In Hannes kochte es, was Ursina gleich bemerkte. So beeilte sie sich, etwas zu entgegnen. Doch die Worte, die über ihre Lippen kamen, glichen bei weitem nicht jenen, die sie sich gewünscht hätte: «Vielleicht hast du Recht mit den flüchtigen Säuren, aber das mag sich entwickeln...»

«Wenn ihr das selber einseht, warum macht ihr es nicht von Anfang an besser?»

Ursina stand vor ihrem Bruder, als wäre er ein gestrenger Dorflehrer, und nickte ergeben, was Roberts Worte etwas sanfter werden liess: «Dennoch halte ich meine Abmachungen und werde den ganzen Wein übernehmen. Zu den Konditionen, die wir vereinbart haben. Auch wenn das für mich wohl wieder ein Verlustgeschäft wird!»

Hannes wäre dem arroganten Vetscherin am liebsten an die Gurgel gesprungen, doch plötzlich stieg eine Erinnerung an seinen Vater hoch. Einmal hatte ihn dieser bei einem handfesten Streit mit einem Schulkollegen erwischt, ihn am Schopf gepackt und weggezerrt. Hannes glaubte damals, sein Vater würde ihm eine Ohrfeige verpassen, doch stattdessen nahm er ihn nur zur Seite. Die Worte und der Blick des Vaters verewigten sich in Hannes Gedächtnis: «Wenn du der Kraft des anderen nur mit deiner Kraft begegnest, dann bist du so schwach wie er. Du musst seine Kraft für deine Zwecke ausnützen, erst dann bist du stark!»

Hannes zähmte seine Wut und, so ruhig es ging, fügte er an: «Wenn du den Wein so schlecht findest, dann zahle ich dir für den Liter einen Franken mehr und der Wein bleibt hier!»

Roberts Augen verengten sich zu einem dünnen Spalt, in seinem Innern kochte er. Doch er ignorierte das Gehörte und wandte sich im Gehen an seine Schwester: «Das nächste Mal verhandeln wir ohne diesen Grünschnabel! Ich lass den Wein morgen holen!»

Mit stampfenden Schritten verliess Vetscherin den Keller. Als hätte seine Gegenwart die beiden anderen gelähmt, vergingen lange Sekunden, bis Ursina zu Worten fand: «Dieser Saulump, dieser verdammte!»

Dann schlurfte sie weg. In sich versunken und unverständliche Flüche murmelnd.

Hannes stand plötzlich alleine im Keller und genoss die eingekehrte Ruhe. Er blickte auf die Tanks, in denen rund 9000 Liter «seines» Weines schlummerten. Nachdenklich kehrte er in den Vorraum zurück, wo das frisch gelesene Traubengut in den Standen zu gären begonnen hatte.

Kapitel 4

Wenn Hannes seine Augen schloss, dann kamen die Bilder. Er sah sich und seine Mutter in der Küche stehen, während ein Polizist, dessen Namen er vergessen hatte, mit ernster Miene eintrat.

Es war der 27. Dezember 1992, fünf nach acht Uhr abends. Das Essen stand auf dem Tisch, da Vater jeden Moment zurückkehren sollte. Doch er kam nicht – nie mehr. Als der Polizist sagte, dass man Vaters demoliertes Motorrad in der Taminaschlucht oberhalb des Stausees in einer Kurve gefunden hatte, schnappte Mutter nach Luft und musste sich am Herd abstützen.

Der Polizist berichtete sachlich und ohne Emotion, was seinen Worten eine düstere Dringlichkeit verlieh. Was Hannes damals erstaunte, war, dass Mutter nicht schluchzte, sondern nur starr und mit abgewandtem Gesicht den Ausführungen des Beamten zuhörte, während die Tränen herabtropften. Hannes war so perplex über Mutters Reaktion, dass auch er, der dreizehnjährige Bub, keine Regung zeigte, sondern nur mit offenem Mund den Worten des Polizisten lauschte. Als wäre er vor Ort gewesen, konnte er sich vorstellen, wie der Unfall passiert sein musste. Vater war in einer Kurve auf eisigem Grund ausgerutscht. Sein Motorrad prallte gegen einen Pfosten des lausigen Geländers und blieb auf der Strasse liegen, während Vater in den eisblauen See hinabgeschleudert wurde.

Man habe, sagte der Polizist mit heiserer Stimme, den Helm gefunden, blutverschmiert und demoliert, aber leider Josephs Leiche noch nicht. Morgen würden Polizeitaucher den See absuchen und den Toten sicher finden.

Der Polizist wollte der Mutter zum Abschied die Hand geben, doch sie nickte nur ohne aufzusehen. Dann klopfte er Hannes aufmunternd auf die Schultern und verliess die Küche. Erst als er draussen war, setzte sie sich an den Tisch und begann zu schluchzen. Minutenlang. Hannes blieb wie angewurzelt stehen und beobachtete sie. Als Mutter ihn wieder bemerkte, nahm sie ihn in den Arm. Nun konnte auch er die Tränen nicht mehr zurückhalten. Er erinnerte sich nicht, dass ihn die Mutter vorher oder nachher je so innig gehalten hätte.

Mit einem Mal stand sie auf. Als schaltete sie ein Notfallprogramm ein, begann sie wieder zu funktionieren.

«Du musst was essen, Bub!»

Hannes fühlte keinen Hunger, aber er gehorchte und begann die Suppe auszulöffeln, die seine Mutter vor ihn hingestellt hatte. Dann ging sie zum Telefon, das beim Eingang an der Wand angebracht war und wählte Grossmutters Nummer. Wie in Trance erzählte sie das Geschehene. Der Schluss des Gesprächs blieb bei Hannes wie eine Drohung hängen: «Woher soll ich so viel Geld nehmen? Was wird aus uns?»

In jener Nacht lag Hannes stundenlang wach im Bett. Zu viele Gedanken und Bilder rauschten ihm durch den Kopf. Er sah, wie er Vater im Keller geholfen, wie Mutter zum zehnten Geburtstag einen Schokoladekuchen gebacken und wie er ein Fahrrad geschenkt bekommen hatte. Dann erinnerte er sich an den letzten Sommer, als er mit Vater einen Ausflug auf dem Motorrad machen durfte. Sie beide auf dieser alten Ducati, die Vater so liebte und mit der er auch im Winter unterwegs war, obwohl ihn Mutter stets gebeten hatte, er solle das Auto nehmen. Doch Vater war keiner, dem das Wetter etwas anhaben konnte. Selbst bei winterlichen Temperaturen trug er nur ein Jeans-Hemd und eine braune Lederjacke. Mit seinen langen Haaren, den schwarzen Cowboy-Stiefeln und der obligaten Zigarette im Mundwinkel wirkte er selbst mit einer Ducati wie ein *Easy-Rider*.

Hannes durchschaute bald, dass sich seine Grossmutter nur mit Mühe mit ihrem Schwiegersohn abfand und ihre Tochter Gerda lieber mit einem Obrist oder einem Vetscherin verheiratet gesehen hätte. Aber sie kam mit ihren Bedenken nie gegen die Gefühle ihre Tochter an. Zugegeben, eine schlechte Partie war Joseph anfänglich nicht. Als er den Rüfiberg 1973 vererbt bekam, machte er viel aus dem verlotterten Weingut und wurde bald einer der besten Winzer der Gegend. In den Siebzigern und Achtzigern lief das Geschäft ausgezeichnet, die Leute rissen sich um den Blauburgunder dieses «Wein-Rockers», der dank einiger Medienberichte fast ein wenig berühmt wurde. Selbst die Grossmutter musste zugeben, dass er vom Weinmachen etwas verstand. Aber von Geld hatte er keine Ahnung. Wie Sand bröselte es ihm zwischen den Fingern hindurch, erst recht, als er glaubte, in Südafrika investieren zu müssen. Da hatte sie vehement protestiert und Gerda hundert Mal gewarnt, dass das böse enden würde. Und nun hatte sie Recht bekommen! Die Schulden waren so angewachsen, dass selbst der Rüfiberg samt Liegenschaften und Weingut nicht mehr zur Deckung ausreichte.

An jenem Tag war Hannes' Traum, Winzer wie der Vater zu werden, geplatzt. In ihm stieg eine bislang unbekannte Wehmut auf. Dabei hatte Vater erst kürzlich verschwörerisch gemeint, dass er neben Pinot Noir auch andere Rebsorten anpflanzen wollte, zum Beispiel Chardonnay und Cabernet Sauvignon. Obwohl dies damals verboten war, meinte Vater vieldeutig, dass er doch für die Zukunft des Weingutes besorgt sein müsse, damit Hannes ein Auskommen hätte. Und er hatte dem Sohn auf die Schultern geklopft und ihn gelobt, weil er wieder gewachsen war.

An jenem Abend lag Hannes auch schlaflos im Bett. Er zählte die Tage, bis er mit der Schule fertig wäre und endlich eine Winzerlehre beginnen könnte. Über tausend Tage würde es noch dauern, rechnete er aus, und schlief ob der horrenden Zahl endlich ein.

Am nächsten Tag suchten Polizeitaucher den nur halb zugefrorenen Stausee ab, um Joe Rüfener zu finden. Der Dorfpolizist kam gegen Abend erneut bei Gerda vorbei. Er bedauerte sehr, dass man ihren Mann noch nicht habe finden können, aber der See führe für diese Jahreszeit ungewöhnlich viel Wasser. Wenn sich der Leichnam irgendwo in der Tiefe verheddert habe, könnte es Frühling werden, bis der See den Joseph frei gebe.

Als der Polizist fragte, ob er noch irgendwie behilflich sein könnte, schüttelte Gerda Rüfener nur den Kopf. Der Beamte verabschiedete sich und Gerda ging zum Telefon, öffnete das Telefonbuch und wählte, ohne lange zu überlegen, die Nummer von Robert Vetscherin. Sie bat ihn, morgen zusammen mit Elmar Obrist vorbeizukommen, um alles zu besprechen. Hannes zog es die Brust zusammen, denn er spürte, dass dies der Anfang vom Ende sein würde. Wie selten zuvor packte ihn eine heilige Wut.

Als seine Mutter den Hörer aufgelegt hatte und nachdenklich zum Küchentisch ging, schrie er: «Mutter, du darfst den Rüfiberg nicht verkaufen! Was haben wir denn dann noch?»

Gerda blickte ihren Sohn überrascht an. Sie sah keinen Knaben mehr, sondern einen jungen Mann, einen Kämpfer. Aus diesem Grund entschied sie sich – entgegen dem Rat der Grossmutter –, ihm den Ernst der Lage zu erklären:

«Hannes», begann sie zögernd, und es war eines der ersten Male, dass sie nicht mehr einfach Bub zu ihrem Sohn sagte, sondern seinen Namen gebrauchte, «wir haben grosse Probleme. Der Betrieb, wie soll ich's dir erklären, gehört uns eigentlich gar nicht mehr...»

Hannes blickte sie fragend an. Er verstand nicht wirklich. Doch Gerda fuhr fort:

«Weisst du, der Vater hatte Pech mit dem Geschäft in letzter Zeit, er verlor viel Geld und musste sich bei Vetscherin und Obrist welches ausleihen und als Sicherheit den Rüfiberg samt Hof geben.»

Hannes blickte seine Mutter mit grossen Augen an. Obschon er das Malheur nicht in allen Einzelheiten durchschaute, reimte er sich das Richtige zusammen.

«Und morgen holen sich Vetscherin und Obrist das Weingut?»

Die Mutter nickte und biss sich auf die Unterlippe.

«Und müssen wir dann weg von hier?» fragte Hannes bang.

«Ich hoffe nicht. Wenn wir Glück haben, können wir das Haus behalten...»

Kapitel 5

Er kannte jeden Quadratzentimeter des Dorfes, jede Ecke. Alles war ihm vertraut und doch erschienen ihm die Erinnerungen an diese Örtlichkeiten wie vergilbte Filme aus alten Zeiten. An diesem Herbstabend stand er oben auf dem Rüfiberg und blickte in die Tiefe. Die letzten Nächte waren anstrengend gewesen, hatten seiner Gesundheit zugesetzt. Jetzt allerdings war er entspannt. Er genoss es, dazusitzen und in die Rheinebene hinabzublicken. Obschon ein kühler Wind ging, fror er nicht. Wie an einem Kaminfeuer erwärmte er sich an seinen Gedanken. Mit Stolz blickte er aufs Geleistete zurück und musste über seinen Mut und seinen Einsatz schmunzeln. Als würde ein Publikum aufmerksam lauschen, hielt er sich selber eine Dankesrede. Was er, und er allein, das musste an dieser Stelle betont werden!, geschafft hatte, das würde kein anderer erreichen. Schon gar nicht in seinem Alter. Doch er konnte sich seit jeher auf seine Ausdauer verlassen, hatte sich schon damals durchgebissen und nicht aufgegeben, als niemand mehr auf ihn gesetzt hätte. Er wusste, worauf es ankam, und war unbeirrbar seinen Weg gegangen.

Der Mann musste erneut in sich hineinlachen: über seine Kaltblütigkeit, als er im Keller dieses Grossmauls Elias Rapolder gestanden und sich hinter den Barriquefässern* versteckt hatte. Er kam sich wie ein Leopard vor, der aus sicherem Versteck heraus seine Beute betrachtete, dabei hätte nicht viel gefehlt und er wäre erwischt worden. Ein weiteres Mal war ihm der Zufall zu Hilfe gekommen, und er hatte eben den letzten Tank mit dem Pulver kontaminiert, als ihm der Messlöffel aus der Hand fiel. In dem Moment, als er ihn hinter einem Barriquefass hervorklauben wollte, ging das Licht an. Einen Moment dachte er, es sei aus und er entdeckt. Doch Rapolder schritt nur selbstverliebt durch seinen Keller,

---

* Barrique: das gebräuchlichste Holzfass mit einem Inhalt von 225 Litern. Ursprünglich im Bordelais «erfunden», ist es nun das Mass aller Dinge in der Weinwelt. Das Eichenholz fügt dem Jungwein weitere Geschmacksstoffe und Tannine bei und sorgt bei richtigem Einsatz für einen tieferen und würzigen Geschmack.

trällerte Tina Turners «I'm simply the best» und machte lächerliche Tanzbewegungen dazu. Was für ein Geck, hatte er gedacht und sich am Gedanken erfreut, diesem arroganten Jungspund die Laune zu verderben. Zuerst hatte er ihn von der Liste gestrichen, doch als er ihn anlässlich einer Weinmesse persönlich kennen lernte, durchschaute er sofort, dass er aus demselben Holz geschnitzt war wie sein selbstherrlicher Vater.

Somit war die Witwe Maja Rechtsteiner die einzige, die er verschonte, obschon sie einen dieser verhassten Reichlinbrüder geheiratet hatte. Aber sie war in Ordnung, diese Maja, wurde von Anfang an bei den einheimischen Familien nie als gleichberechtigt aufgenommen, musste unten durch – so wie er...

Der Mann sass auf seiner Bank, blickte gegen Westen, wo die Sonne hinter den Bergen versank, und liess seine Gedanken Revue passieren. Ihm fiel der Lapsus in Vetscherins Keller ein. Zwar war das Schloss nicht schwer zu knacken gewesen, doch die Tatsache, dass er zu wenig Pulver dabei hatte und ein zweites Mal in den Keller einbrechen musste, bereitete ihm noch Tage später Alpträume. Da Vetscherin in der Zwischenzeit das Schloss auswechseln liess, war der einfache Weg unmöglich geworden und so blieb ihm nichts übrig, als durch einen Lüftungsschacht einzusteigen und über eine steile Feuerleiter in den Keller zu gelangen. Woher er diese Kraft genommen hatte, konnte er nicht sagen, aber er schaffte es, brachte sein Werk zu Ende.

Nun war er entspannt, blickte auf das in einem dämmrigen Halblicht liegende Maienfeld hinab und genoss die Musse dieser Stunde. Er dachte an den Menschen, für den er all diese Mühsal auf sich genommen hatte, sah dessen Gesicht und spürte eine einnehmende Nähe. Ja, dachte er, sie ist da, wacht über mich und hilft mir! Oh, mein Engel, bald wirst du in Frieden ruhen können, endlich!

Kapitel 6

Vierzehn Jahre waren seit Vaters Unfall vergangen. Eine kleine Ewigkeit und dennoch überkam es Hannes eigenartig, wenn er die Treppe in den Keller seines Elternhauses hinunterstieg. Manchmal war es fast unheimlich, wie real Vaters Geist noch anwesend war, und Hannes hätte sich nicht gewundert, wenn er plötzlich aus dem Barriquekeller getreten wäre. Der Geruch, der im Gewölbe hing, war fast derselbe wie damals, als Vater hier Wein hergestellt hatte. Dabei stand der Raum leer. Lediglich fünf grosse, eingemauerte Tanks zeugten von früher. Die restlichen Utensilien, wie Stahltanks, Gärbottiche, Holzfässer, Pressen, Werkzeuge, verschiedene Gerätschaften und Maschinen bis hin zur imposanten, vollautomatischen Abfüllanlage – der ersten in Maienfeld, auf der die Flaschen wie lustige Pinguine zum Abfüllstutzen wanderten –, wurden damals im Winter 1993 von Vetscherin und Obrist abtransportiert. Sie nahmen alles mit, was nicht niet- und nagelfest war. Auch die restlichen Flaschen des eingelagerten Blauburgunders aus den Jahren 90 und 91 sowie die rund 50 000 Liter des 92er Jahrgangs.

Wenigstens erreichte der Treuhänder Andreas Rüegg, der mit der Liquidation beauftragt worden war, dass Gerda nach Tilgung aller Schulden das Haus und den kleinen Garten behalten konnte. Doch der Rüfiberg war ein für alle Mal weg. Hannes empfand dies als entwürdigend; stets packte ihn die Wut, wenn er an die Fratzengesichter von Obrist und Vetscherin dachte, als sie aus dem Keller kamen, siegestrunken und fast lallend. Und wie sie sich gegenseitig auf die Schultern klopften, als hätten sie einen Lottosechser gezogen!

Die Wände des Kellers schienen diese Momente konserviert zu haben, und sie erzählten Hannes all diese Geschichten, wenn er sich hier aufhielt, was oft vorkam. Es gab für ihn keinen schöneren Ort, und er malte sich stundenlang aus, wie er seinen Keller einrichten würde, könnte er von vorne beginnen!

Im hinteren Teil, dort, wo's am kühlsten war, da kämen die Barriques hin. Platz wäre für 45 Fässer, das hatte er schon oft ausgerechnet. Im Tankraum bräuchte er rund 12 Stahltanks in verschiedenen Grössen für die Verarbeitung. Daneben würde er die Wand zum zweiten Lagerkeller durchbrechen, so dass die hydraulische Presse und die Gärbottiche Platz hätten. Und da, wo jetzt die Treppe zur Remise war, könnte man einen Lift einbauen sowie ein Stahlrohr, um das Traubengut schonend in den Keller zu befördern. Ganz ohne Pumpe kam man so aus und liess nur die Schwerkraft arbeiten – so wie Lageder im Südtirol oder Gantenbein in Fläsch! Und oben, im ersten Stock, wäre genügend Platz für ein hübsches Verkaufslokal, das man auch für ein Fest vermieten könnte. Selbst eine kleine Küche hätte noch Platz und sonst müsste man eben anbauen. Dann könnte man auch die schöne Aussicht nutzen und ein richtiges Weinzentrum errichten.

So verlockend die Pläne auch waren, sie zerplatzten stets wie eine Seifenblase: ohne Weinberg kein Weingut!

Hannes fröstelte. Die kühle Novemberluft, die in den letzten Tagen übers Land gekommen war, galt als unmissverständlicher Vorbote des Winters. Gedankenverloren verliess Hannes den Keller und machte sich auf den Weg, um am anderen Ortsende bei Ursina vorbeizuschauen.

In den Gärstanden brodelte es. Hannes drückte bei jedem Bottich den Traubenhut* nach unten, rührte um und mass die Temperatur. Eigentlich sollte er hier nicht alleine arbeiten, auch wenn er zur Sicherheit eine Kerze angezündet und sie auf den Boden neben sich gestellt hatte. Er wusste, dass das bei der Gärung entstehende Kohlendioxid schwerer als Luft war, absank und Seen bildete. Schon manch einem Winzer wurde dieses Naturgesetz zum Verhängnis, indem er sanft einschlief und nie mehr erwachte. Eigentlich kein schlechter Tod, sinnierte der junge Mann und drückte den Stössel in die Stande.

In dem Moment kam Ursina in ihren Gummistiefeln herangeschlurft.

---

* Traubenhut: Umgangssprachliche Bezeichnung für die während der Gärung nach oben drängenden Traubenhäute, die eine feste Schicht bilden und daher vom Winzer wieder runtergedrückt werden müssen, damit sich Farbpigmente und Tannine herauslösen.

«Bist du verrückt!» herrschte sie ihn an. «Du weisst, dass es gefährlich ist, alleine zu stösseln! Wärst nicht der erste, den man nur noch waagrecht aus dem Keller heraus trägt!»

«Ach was, ich pass schon auf...»

Hannes wusste, dass sein Versuch, den Leichtsinn herunterzuspielen, vergeblich war.

«Hör mir zu», fuhr Ursina fort, während sie die schmalen Kellerfenster öffnete und frische Luft hereinströmen liess, «ich verbiete dir das! Verstanden? Wenn du das nicht kapierst, dann kannst du auf der Stelle heimgehen, und ich will dich hier nicht mehr sehen!»

Hannes kannte Ursina gut genug, um zu wissen, dass sie es nicht bös meinte. Und tatsächlich, so schnell Ursina explodieren konnte, so geschwind beruhigte sie sich auch wieder und wechselte das Thema: «Übrigens, hast du gesehen, die Stande da drüben hat eine Gärstockung! Ich denke, die braucht etwas mehr Sauerstoff!»

Hannes schmunzelte und sagte gespielt überrascht: «Ah, dann warst du also auch alleine hier unten...»

Ursina ignorierte den Seitenhieb.

Derweil holte Hannes die Sauerstoffflasche und führte das Schläuchchen in die Stande ein.

«Riecht etwas schweflig, ich denke, ich gebe noch Nährstoffe für die Hefen dazu!» sagte er.

Ursina betrachtete das Werken ihres «Ziehsohns» mit Wohlwollen. Sie wusste, dass ihre Weine dank Hannes wirklich gut geworden waren, und sie bewunderte seinen intuitiven Umgang mit dem gärenden Most in den Behältern. Er betrachtete die Standen fast wie seine Babys, die gehegt und gepflegt werden mussten. Obschon ihr die ätzende Luft gar nicht gut tat, stand sie gerne neben Hannes und beobachtete ihn bei der Arbeit, betrachtete mit Wohlgefallen seine starken Arme. Ja, wenn sie nur 30 Jahre jünger wäre, den hätte sie genommen. Wie schon seinen Vater, den Joseph! Was war der doch für ein Pfundskerl! Schade, dass er sich nur für diese Gerda interessiert hatte, diese aufgetakelte Schachtel, die die Männer mit ihrem Rehblick verzückte, aber dumm wie Bohnenstroh war.

«Ist dir nicht gut?»

Ursina fühlte sich ertappt. «Wieso?»

«Weil du geseufzt hast!»

«Nein, mir geht es gut. Die Luft ist nur stickig!»
«Ich bin gleich fertig, nur noch eine Stande. Wenn die Gärung weiterhin gut läuft, dann können wir in ein paar Tagen abpressen!»

Kapitel 7

Maienfeld und die benachbarten Weindörfer Fläsch, Jenins und Malans lagen aufgereiht wie Perlen am Fusse des felsigen Falknis, einem mächtigen Felsriegel, der schon vor Urzeiten die nordwärts strömenden Gletscher zu einer Richtungsänderung gezwungen und dadurch die Landschaft geprägte hatte. Dank seiner Ausrichtung gegen Süden herrschte ein Lokalklima, das schon die Römer für den Weinbau nutzten. Waren noch im Oktober die Ausläufer des Altweibersommers zu spüren gewesen, wurde im November der Motor der Natur mutwillig abgewürgt. Pausenlos zogen von Westen her Wolken auf, die kalte Winde und Regen brachten und eine melancholische Stimmung übers Land legten. Wären die Menschen hier ein Stamm von Bären gewesen, sie hätten sich in eine Höhle zurückgezogen und wären vollgefressen in Winterschlaf gesunken.

Doch stattdessen mussten die Winzer bei der Sache sein, durften keinesfalls in diese süsse Lethargie verfallen, die sich perfekt mit einem anständigen Frühschoppen verbinden liess. Sondern sie mussten *jetzt an die Säcke*, wie sie zu sagen pflegten. Denn in ihren Kellern wartete Arbeit. Vergorene Weiss- und Roséweine mussten umgepumpt, behandelt, kontrolliert werden. Und die roten Moste, die einem marmeladigen Brei glichen, harrten der Presse, um Wein zu werden.

Hannes und Ursina hatten eben den letzten Bottich, randvoll gefüllt mit schonend vergorener Rotweinmaische, auf den Anhänger ihres Pickups gehievt und machten sich auf den Weg zu Roberts Weingut, das unweit des Städtliplatzes am schmalen, aber viel befahrenen Strässchen zum Heidihaus lag und über einen stattlichen Umfang verfügte. Das Haupthaus aus dem 17. Jahrhundert war massiv und besass Mauern, die mancher Kanonenkugel standgehalten hatten, dazu eine herrschaftliche Fassade mit verzierten Fenstern und einem Türmchen. Der Keller war das reinste Labyrinth und beherbergte edelste Tropfen aus dem Bordelais, dem Burgund und anderen Weingebieten. Hier hatte sich Robert eine Art Privatmuseum mit Raritäten aus aller Welt eingerichtet, wo nicht selten denkwürdige Weinabende stattfanden. Speziell von edelsüssen Kreszenzen besass Robert einige Flaschen aus dem 19. Jahrhundert, die auf jeder Auktion mehrere Tausend Franken wert gewesen wären.

Hinter dem herrschaftlichen Haupthaus sorgte der Anbau für einen augenfälligen Kontrast. Hier dominierte moderne Nüchternheit. Der längliche Bau bot den nötigen Platz für einen zeitgemässen Winzerbetrieb. Während im Erdgeschoss die Abfüllanlage und weitere Maschinen und Fahrzeuge untergebracht waren, fanden die Tanks und Fässer im Kellergeschoss ideale Bedingungen vor. Hier stand auch die Presse, die an diesen Tagen im Dauerbetrieb war. Denn Robert Vetscherin besass nicht nur 34 Hektaren eigene Reben, sondern kelterte zusätzlich die Trauben für ein Dutzend Winzer.

Somit war Ursina nur eine unter vielen, die Roberts Maschinenpark benutzte. Ein Umstand, der ihr gar nicht passte. Denn immerhin trug auch sie den Namen Vetscherin! Und hätte sie damals beim Tod der Mutter nicht eingewilligt, dass Robert sie auszahlen konnte, dann würde ihr das alles zur Hälfte gehören.

Doch diese Zusammenhänge schienen irrelevant, wenn sie mit ihren Fudern zum Abpressen kam. Wie sie diese Abhängigkeit von Roberts Goodwill hasste! Abgesehen davon war es mühsam, jede Stande per Kran auf den Anhänger zu hieven und sie dann hierher zu bringen und wie eine arme Bittstellerin warten zu müssen, bis der Vorarbeiter, den sie alle nur den «Mostkopf» nannten, weil er Max Birner hiess und ziemlich beschränkt war, endlich Zeit fand, um auch ihre Weine abzupressen. Denn der Mostkopf hätte es nie geduldet, dass Hannes die moderne Hightech-Presse selber bediente. Hier war er der Chef – zumindest in Vetscherins Abwesenheit.

Zu Ursinas und Hannes' Überraschung agierte der Mostkopf an diesem Tag ausnehmend freundlich und zuvorkommend. Er fand sogar lobende Worte für die Qualität der Maische und machte sich fast ohne wichtigtuerische Verzögerung an seine Arbeit.

Hannes lief es regelmässig vor Erregung kalt über den Rücken, wenn er dem Surren, Klacken und Aufpumpen der modernen Presse zusah. Sobald sich dann, wie die Vorboten eines warmen Sommerregens, die ersten schweren, roten Tropfen aus der Maschine befreiten und herabrieselten, war er glücklich. Die Minuten, die vergingen, bis aus dem Bauch der Presse ein roter Schwall hervorbrach und die Auffangwanne füllte, erschienen ihm wie Sekunden.

Betrachtete Ursina diesen Vorgang früher als lästig, fieberte sie jetzt mit Hannes mit und konnte es selber kaum erwarten, einen Schluck des jungen Weins zu kosten, dessen Blau die Zähne verfärbte und dessen Gerbstoffe ein pelziges Gefühl auf die Zunge legten. Doch mit einer gewissen Erfahrung und der nötigen Vorstellungskraft konnte man durchaus seine spätere Qualität erahnen.

Ursina war stolz, was sie und Hannes aus diesen Trauben gemacht hatten, galt ihr Wingert doch jahrelang als zweitklassig.

«Wir haben eben den Bacchus geweckt», meinte Ursina oft mit verschwörerischem Lächeln. «Und wir steigern uns jedes Jahr!» fügte Hannes jeweils an.

Freilich hatte dies auch Robert mitbekommen, der plötzlich in den Keller getrabt kam. Der Mostkopf machte fast einen Bückling und zog sich ein paar Meter zurück, um den gebührenden Abstand zu seinem Chef herzustellen; doch der schien für einmal guter Laune zu sein. Wohl eine Folge der Zufriedenheit über die eigenen Weine, die mustergültig ausgefallen waren, wie der Mostkopf vor ein paar Minuten geprahlt hatte.

Robert nahm sich ein Glas vom Regal und tauchte es ungefragt in Ursinas Most. Hannes spürte, wie er ärgerlich wurde, und selbst Ursina hätte ihren Bruder am liebsten weggescheucht. Robert liess sich nicht beirren, obwohl er die missbilligenden Blicke der beiden bemerkt hatte.

«Nicht schlecht», meinte er dann und kaute auf dem Schluck Wein herum, als handelte es sich um ein Stück Brot. «Nicht so gut wie unsere Lagen, aber besser, als ich es erwartet hätte!»

Ursina wusste nicht so recht, ob sie nun über seine ungewohnt positive Äusserung erfreut sein oder sich über den viel zu tiefen

Preis, den sie für diesen Wein dereinst von ihm erhalten würde, ärgern sollte. Doch Robert relativierte die Euphorie gleich selber, indem er schnoddrig anfügte: «Gut, bei diesem Jahr wäre es auch eine Schande, wenn man keinen gescheiten Wein herstellen könnte!»

Und zu seiner Schwester gewandt, fügte er an, als wäre es Zeitverschwendung, ihre Weine auch noch pressen zu müssen: «Nun seid ihr hoffentlich fertig mit euren Mosten. Wir haben noch viel zu tun!»

Wort- und grusslos schritt er in den hinteren Teil seines Kellers, wo Dutzende Barrique-Fässer gestapelt waren und sich der Mostkopf beeilte, mit einer Pipette aus einem der Fässer ein wenig Wein in ein Glas zu träufeln, das er mit einer unterwürfigen Geste seinem Chef reichte.

«Ja, das ist ein Tropfen!» sagte Robert in einer Lautstärke, bei der er sicher gehen konnte, dass die anderen ihn hörten. Doch Ursina und Hannes kümmerten sich nicht um ihn, sondern liessen ihren Wein in einen bereitstehenden Behälter fliessen. Wortlos luden sie ihn, und damit die letzten 600 Liter ihrer Ausbeute, auf den Anhänger. Den Trester schaufelten sie in blaue Plastikfässer, die sie dem Mostkopf überliessen. Da Robert über eine uralte Lizenz zum Schnapsbrennen verfügte, brannte er für viele Winzer den Marc, wie man den Grappa hierzulande nannte.

In Ursinas Keller pumpte Hannes den frischen Wein in einen der grossen Stahltanks um. «Wir haben insgesamt 7900 Liter», resümierte er ungefragt und Ursina nickte gedankenverloren. Sodann stapfte sie in ihren grünen Gummistiefeln aus dem Keller und Hannes betrachtete die Tanks, die vor ihm im dämmrigen Licht standen. Und während die Pumpe ratterte, fiel ihm eine Szene ein, wie er als zehnjähriger Bub die neuen, kleinen Holzfässer bestaunt hatte, die im Keller lagen. Vater war damit beschäftigt, den jungen Wein in die Barriques einzufüllen, als er ihn bemerkte. «Weisst du», sagte er zu seinem Sohn, als wäre Hannes ein alter Kumpel, der zufällig vorbei kam, «die anderen Winzer in der Herrschaft hielten mich noch Ende der Siebzigerjahre für verrückt und lachten mich aus, dass ich unseren Blauburgunder in Barriques ausbaute. Aber ich war sicher, dass unsere Weine das Zeug besitzen, um grosse Tropfen zu ergeben. Und die Resultate gaben mir Recht!»

Hannes überkam eine melancholische Stimmung. Wie gerne wäre er in Vaters Fussstapfen aufgewachsen, hätte von ihm gelernt und sich in die geheimnisvolle Welt der Weinbereitung einführen lassen. Nach Aufenthalten in anderen Weinländern, wäre er gerüstet gewesen, den Betrieb zu übernehmen.

Hannes starrte vor sich hin. Plötzlich kam ihm eine Idee. Ohne zu zögern, montierte er die Pumpe um und liess Wein aus dem Stahltank in den eben geleerten Behälter zurückfliessen.

Draussen war es bereits dunkel und ein eisiger Wind pfiff Hannes um die Ohren, als er den vollen Behälter wieder auf den Pickup lud und in die Nacht davonfuhr. Dass er sich von Ursina gar nicht verabschiedet hatte, fiel ihm erst zu Hause ein. Da sie aber bekanntlich keinen Wert auf Höflichkeiten legte, würde sie den Abschiedsgruss nicht vermissen – ebenso wenig die 250 Liter Blauburgunder...

Kapitel 8

«Was soll das heissen, du willst dein Studium abbrechen?» Robert Vetscherin fiel aus allen Wolken, als ihm seine 27jährige Tochter Stella ihre Pläne beibringen wollte.

«Nein, nicht abbrechen! Unterbrechen! Ich hab mein Praktikum bei der Anwaltskanzlei Rüegg & Partner abgeschlossen, sechs Monate hinter einem Schreibtisch geklebt, jeden Tag zehn bis zwölf Stunden gearbeitet. Jetzt bin richtig ausgebrannt. Ich brauche eine Auszeit! Muss den Kopf durchlüften.»

Robert erhob sich aus seinem Stuhl, um die paar Meter zur Küche hinüber zu gehen, wo seine Frau Heidi den Abwasch erledigte. Sie hatten vor kurzem zu Abend gegessen und er wollte sich eben einen Cognac gönnen, und dann das!

«Heidi, hast du gehört? Unser Fräulein Tochter will sich eine Auszeit gönnen, mag nicht mehr fertig studieren, hat schon in ihrem zarten Alter ein Burnout!»

Heidi war eine Frau mit feinen und gepflegten Gesichtszügen. Sie hatte Zeit ihres Lebens aufs Äussere geachtet, dennoch konnten auch die teuersten Faltencremen nicht verbergen, dass ihre Augen einen etwas verbitterten Eindruck machten. Ohne sichtbare Emotion meinte sie: «Ja, sie hat mir das bereits verraten!»

«Und was sagst du dazu?» Roberts Stimmlage deutete an, dass er sie für Erziehungsfragen als zuständig erachtete und einen gesalzenen Kommentar erwartete.

Doch Heidi liess sich nicht beeindrucken: «Stella weiss, was ich davon halte. Grundsätzlich finde ich es schade, wenn sie ein weiteres Jahr verliert. Aber sie ist erwachsen genug, um selber für sich zu entscheiden.»

Stella nickte zustimmend. «Paps», flötete sie, wohl wissend, dass sie ihren Vater trotz seiner vorgespielten Härte noch immer um den Finger wickeln konnte, «ich habe eine Idee. Wie wär's, wenn ich für ein paar Monate an deiner Seite arbeiten würde? Vielleicht packt mich dann der Weinvirus und ich könnte das Gut in ein paar Jahren übernehmen!»

Robert schien sich ein zweites Mal verhört zu haben. Seine Tochter, die noch vor kurzem proklamiert hatte, keinesfalls auf dem Land versauern zu wollen, plante plötzlich in seinen Betrieb einzusteigen? Konnte das Schicksal wirklich diese Fügung für ihn bereithalten, dass sein einziges Kind die Linie der Vetscherins auf diesem Weingut fortsetzte? Hatte sie das Zeug dazu?

Vieles ging ihm durch den Kopf, auch, dass er das Pensionsalter bald erreichte. Dennoch wollte er es seiner Tochter nicht zu leicht machen: «Im Betrieb einsteigen? Wie stellst du dir das vor? Wir brauchen keine Juristin. Und von Wein verstehst du nichts!»

«Wie du weisst, werde ich Wirtschaftjuristin! Mit anderen Worten weiss ich durchaus, wie man eine Buchhaltung führt, wie man rechnet und heutzutage eine Firma leitet!»

«Schon», sagte Robert und setzte sich wieder in seinen Lehnstuhl, in dem schon seit Vater gesessen hatte. Bedächtig griff er zu seinem Cognacglas, um es in demonstrativ langsam zum Mund zu führen. Bevor er weiterredete, genoss er einen Schluck: «Dass du rechnen kannst, mag ja sein. Dennoch glaube ich nicht, dass es eine gute Idee wäre, dass du bei mir einsteigst!»

«Wieso nicht?» entgegnete Stella stürmisch, «nur schon was ich über die Effizienzsteigerung in Klein- und Mittelbetrieben gelernt habe, könnte ich hier bestens einsetzen. Jeder Betrieb produziert Leerlauf und lässt sich optimieren!»

«Jetzt mal halblang!» protestierte der Vater, «unser Betrieb ist einer der bestorganisierten! Da wird kein Franken unnötig ausgegeben!»

Stella wusste, dass sie von den Abläufen auf dem Weingut wenig Ahnung hatte und sie verfluchte insgeheim die Zeit, als sie das Winzerhandwerk als bäurisch und uncool abtat.

Dennoch setzte sie alles auf eine Karte und meinte aufreizend lässig: «Wenn ich mir die Abwicklung der Lohnkelterei so ansehe, dann glaube ich sehr wohl, dass eine Effizienzsteigerung und mehr Cashflow möglich wären!»

Offenbar traf sie einen wunden Punkt, denn Robert schwieg und schien zu überlegen.

«Na», unterbrach Heidi die Stille und wandte sich zu ihrem Mann, «du kannst es ja mal mit ihr versuchen. Vielleicht kann sie wirklich das Gelernte einsetzen, dich entlasten! Und vielleicht hat sie nach einem kurzen Einblick ins reale Arbeitsleben wieder Lust, weiterzustudieren.»

Robert mochte den Pragmatismus seiner Frau und schwenkte häufig auf ihre Linie ein – auch wenn er nach Aussen immer den Anschein erweckte, selber die wichtigen Entscheidungen zu treffen. Aber die Idee, seine Tochter in den Betrieb einzuführen, sie gewisse Arbeitsabläufe neu organisieren zu lassen und Optimierungen zu suchen, gefiel ihm nicht schlecht. Und alle im Raum wussten, dass sein Schweigen ein Ja bedeutete.

Kapitel 9

Hannes sass am Küchentisch und blätterte in der Tageszeitung. Gerda stand am Herd und fuhrwerkte mit Pfannen, schnitt Gemüse klein, briet Fleisch an und sorgte für einen würzigen Duft, der die

Küche erfüllte. Obschon es erst kurz vor sechs Uhr abends war, herrschte draussen eine Finsternis, als wäre es nie Tag gewesen.

Kaum zu glauben, dachte Hannes und blickte zum schwarzen Fenster hinaus, dass ab heute die Tage wieder länger werden sollen. Gedankenverloren sinnierte er über die Mechanik dieser undurchschaubaren Schöpfung. Was wird bis zum 21. Juni passieren? Was steht bereits fest, was wird sich spontan ergeben?

«Weisst du eigentlich», meinte Gerda und riss ihn aus seinen Gedanken, «dass Stella Vetscherin bei ihrem Vater im Betrieb eingestiegen ist?»

«Stella? Ausgerechnet? Die wollte doch studieren und Karriere machen!»

«Offenbar hat sie ihre Meinung geändert.»

«Woher weisst du das?»

«Ich hab sie in der Bäckerei getroffen und kurz mit ihr geplaudert. Ist eine attraktive Frau geworden...»

«Mama, bitte!» unterband Hannes die Gedanken seiner Mutter, die er gleich durchschaute. «Sie ist ein verwöhntes Gör und hat vor nicht allzu langer Zeit proklamiert, kein Landei werden zu wollen! Ich denke, die weiss gar nicht, was sie wirklich will und geht nur den Weg des geringsten Widerstands!»

«Es ist kein Verbrechen zu sagen, dass man hier versauert. Speziell als junger Mensch schadet es nichts, wenn man mal wegkommt. Das war auch bei mir so!»

Hannes, der verstand, dass seine Mutter ihn meinte, musste kontern, da er keine Lust auf eine Grundsatzdiskussion hatte:

«Also so weit weg bist auch du nicht gekommen, oder täusche ich mich? Vom Städtli bis hierher zum Rüfiberg, das sind, sagen wir, tausend Meter?»

Gerda musste schmunzeln. Sie wusste, dass er nicht Unrecht hatte. Aber im Leben gibt es eben manchmal eine zweite, verborgene Wahrheit. Und während sie aus dem Schrank Teller und Besteck hervorholte und beides auf den Tisch legte, meinte sie mit einem doppeldeutigen Lächeln: «Objektiv betrachtet hast du Recht. Weit bin ich nicht gekommen. Heute. Aber als ich jung war, ging ich sehr wohl weg, lebte fast zwei Jahre in Zürich und Vevey, bis mich dein Vater zurückholte.»

«Zürich? Vevey? Was hast du denn da gemacht?»

«In Zürich mietete ich ein Zimmer bei einer alten Witwe, der ich erzählte, eine Stelle als Verkäuferin zu haben. In Tat und Wahrheit arbeitete ich als Fotomodell...»

Hannes, der diese Episode nicht gekannt hatte, glaubte sich verhört zu haben, doch seine Mutter wiederholte das Gesagte:

«Ja, ich war Fotomodell für eine Modezeitschrift und hab mich sogar beim Fernsehen als Ansagerin beworben und kam in die letzte Runde. Doch für die kleidete ich mich etwas zu modern damals, aber die Mode Anfang der 70er-Jahre war nun mal recht körperbetont und kurz.»

Gerda deutete mit ihren Händen an, wo in etwa ihr Kleid aufgehört haben musste.

«Du bist in einem Minikleid an ein Vorstellungsgespräch gegangen?»

Hannes kam aus dem Staunen nicht heraus und Gerda musste lachen.

«Aber warum bist du dann nach Maienfeld zurückgekommen?»

«Die Auftragslage für ein Fotomodell war nicht besonders gut. Da hätte ich schon nach London oder Mailand gehen müssen. Doch das fand ich zu unsicher. Ausserdem beknieten mich meine Eltern, dass ich sie nicht unglücklich machen sollte, weil sich einige Männer aus dem Dorf für mich interessierten.»

«Einige Männer? Warst du die Schönheitskönigin von Maienfeld?»

«Nein, aber unter den Blinden sind die Einäugigen Königinnen!»

Wieder musste Gerda lachen, und Hannes schien es, als hätte er an seiner Mutter eine ganz neue Seite entdeckt, eine stolze und selbstbewusste. Derweil keimten bei Hannes immer neue Fragen:

«Und wer ist dir – von Vater abgesehen – denn sonst noch nachgestiegen?»

Gerdas Lächeln fror ein. Als würde sie eine Reihe von Bildern sichten, die sie schon Jahre lang nicht mehr vor Augen gehabt hatte, meinte sie:

«Es hätte nicht viel gefehlt, und ich wäre die Frau von Robert Vetscherin geworden.»

«Von Vetscherin, ausgerechnet?»

«Ja, wir waren eigentlich verlobt, wenigstens, wenn es nach ihm und meinen Eltern gegangen wäre. Natürlich schmeichelte es mir, dass mich der begehrteste Junggeselle von Maienfeld heiraten wollte, und fast hätte ich eingewilligt. Doch in meinem Innern blieb ich unsicher, ich spürte eine gewisse Zuneigung, aber keine Liebe. Aus diesem Grund brauchte ich Zeit, nahm eine Stelle als Kinder-Mädchen an und ging für ein Jahr nach Vevey. Als ich zurückkam, hatte Robert bereits die Heidi Gähwiler geheiratet, weil sie schwanger geworden war.»

«Schwanger?» wunderte sich Hannes, «aber Stella ist doch ein Jahr jünger als ich. Wie soll das gehen?»

«Heidi», fuhr Gerda fort und ihr Gesicht verriet Mitgefühl, «verlor damals ihr erstes Baby in der 35. Woche. Muss tragisch gewesen sein...»

Hannes verstand. Umso mehr schauderte es ihm bei der Vorstellung, dass Robert Vetscherin quasi sein Vater hätte werden können, auch wenn das biologisch gesehen Unsinn war.

«Und wie bist du mit Vater zusammen gekommen?»

«Oh, wir kannten uns von Kindsbeinen an. Und er machte mir stets schöne Augen, schrieb mir ein-, zweimal ins Welschland, wie auch der Robert, wenigstens anfänglich. Ebenso der Oskar Walthert.»

«Was, der auch? Warst du das einzige hübsche Mädchen im Dorf?»

Gerda lächelte etwas verlegen, dann fügte sie an: «Ich war sicher attraktiver als die Heidi oder die Ursina Vetscherin, die während meiner Abwesenheit mit Joe ein Techtelmechtel hatte und sich wohl Hoffnungen auf mehr machte.»

Hannes war nicht nur erstaunt, er fragte sich auch, was er über seine Eltern ausserdem nicht wusste, und begriff gleichzeitig, dass er und seine Mutter eigentlich nie über derartige Dinge redeten. Wohl deshalb, weil jeder für sich in seiner Welt lebte und sie nur wie zufällig unter demselben Dach hausten.

Derweil schwelgte Gerda in Erinnerungen, sah sich und Joe auf dem Motorrad! Er, der Easyrider der Bündner Herrschaft, und sie, die kokette Hippiebraut. Einmal flogen sie sogar nach London und besuchten das Musical «Hair». Das war eindrücklich gewesen und sie fühlte sich aufgehoben in diesem Wir-Gefühl. Sie spürte damals die Aufbruchsstimmung, den Drang nach Erneuerung und Freiheit, begriff aber bald, dass das Woodstock-Feeling der Realität des biederen Bündnerlands nicht standhalten würde. Dennoch versuchte sie, einiges in den Alltag zu retten, trug fortan weite Batikkleider und selbstgefärbte T-Shirts, verzichtete vorübergehend auf BH und Schminke und rauchte ab und zu einen Joint. Was waren das für Jahre! dachte sie. Ihr Sohn holte sie wieder zurück: «Und was war mit Oskar?»

«Oh, den fand ich sympathisch, als er nach Maienfeld kam. Mehr nicht. Als Zugezogener und Sohn einer Geschiedenen hatte er es nicht einfach. Und dann passierte diese Geschichte mit Oskars Schwester, der Maria. Die war zwei Jahre älter als ich und sah für ihr Alter sehr erwachsen aus. Die Burschen schwärmten alle für sie, dein Vater ebenso wie Robert Vetscherin und vor allem Elmar Obrist. Doch dann geschah ein...»

Gerda stockte, weil ihr beinahe der Reis in der Pfanne angehockt war, und beeilte sich, Wasser dazuzugeben, doch Hannes realisierte, dass Gerdas Redefluss auch aus einem anderen Grund versiegte: «Was passierte damals?»

«So genau weiss ich das nicht mehr. Aber es muss etwas Tragisches vorgefallen sein. Eines Tages fand man Maria erhängt im Dachstock ihres Hauses. Das warf unser Dorf natürlich aus dem Gleichgewicht: Ein Selbstmord aus heiterem Himmel! Ausserdem hatte man einen Abschiedsbrief gefunden, der gewisse rätselhafte Andeutungen enthalten haben soll.»

«Was für Andeutungen?»

«Das weiss ich nicht. Niemand hat ihn gelesen, ausser dem Pfarrer, dem Polizisten und Marias Mutter, die man aber weder vorher noch nachher auf der Strasse angetroffen hat. Waren eben andere Zeiten damals!»

Und als hätte sie genug geredet, stellte Gerda die Pfannen auf den Tisch und meinte: «So, lassen wir die Vergangenheit ruhen, sonst wird das Essen kalt!»

Kapitel 10

Der erste Schnee kam ungewöhnlich spät in diesem Winter, dafür in Massen, wie es die Herrschaft kaum je gesehen hatte. Auch wenn alle Welt über die Klimaerwärmung lamentierte, für die Einheimischen war diese Wetterkapriole nur ein weiterer Beweis dafür, dass die Natur immer am längeren Hebel sitzt und der Mensch bestenfalls die zweite Geige spielt. Ausserdem konnte man es sich bei diesen sibirischen Temperaturen schwer vorstellen, dass die Polkappen abschmolzen und halb Holland unter Wasser stehen würde. Aus diesem Grund dachten die Menschen in Maienfeld und Umgebung stets pragmatisch, abgebrüht und gottergeben.

Aber wehe, wenn Ereignisse über die Gemeinschaft hereinbrachen, die nicht unabänderlich waren, sondern hausgemacht. Wenn ein Schlitzohr dem anderen einen Vorteil abluchste oder es zumindest versuchte. Wenn einer einen Gewinn machte, der ihm nicht zustand, oder wenn's zu Lasten eines anderen ging. Dann brach im Ort ein Orkan der Entrüstung los, der kaltblütiges und egoistisches Denken und Handeln rechtfertigte. Keiner wollte zurückkrebsen, und jeder kaschierte seine mitunter alles andere als legalen Strategien mit einer Art bäuerlichem Darwinismus, der das Nachgeben als Schwäche apostrophierte.

Jede Sippe lebte für sich und war dennoch eingewoben in das Netz der gegenseitigen sozialen Überwachung, eine Art Frühwarnsystem, wenn es darum ging, nicht zu kurz zu kommen. Dazu kamen, erschwerend und für Aussenstehende nicht durchschaubar, die innerfamiliären Fehden, die es in jeder Sippe gab und die sich an Kleinigkeiten entzünden konnten: an einer längst verjährten Erbteilung oder an einer mehr oder weniger begründeten Eifersucht. Hinter den trutzigen Wänden der herrschaftlichen Winzerhäuser herrschten Verhältnisse, wie sie einst von Verona oder Florenz erzählt wurden.

Genau diese Gedanken gingen dem dunkel gekleideten Mann durch den Kopf, als er sein Auto etwas abseits parkiert hatte und trotz des Schneesturms die letzten hundert Meter zum Weingut von Elmar Obrist zu Fuss ging. Sein Ziel war erneut der Keller, um zu Ende führen, was er vor drei Monaten begonnen hatte.

Der Sturm war mittlerweile so angeschwollen, dass der sportliche Mann Mühe hatte, ein Bein vors andere zu setzen. Eingehüllt in seinen dicken Mantel, eine Roger-Staub-Mütze über die Ohren gezogen, trotzte er den Elementen, wohl weil hinter seinem Streben ein unbändiger Wille steckte. Nach einigen Minuten erreichte er den kleinen Haselsträucherwald, von wo er auf Obrists Anwesen blicken konnte.

Alles schien ruhig, und der Mann wollte eben aus seiner Deckung in Richtung Kellergebäude aufbrechen, als ein Range Rover durchs Schneegeflimmer auf den Vorplatz fuhr. Der Verborgene erschrak, wich zurück und beobachtete, wie der hagere Robert Vetscherin aus dem Auto stieg und zur Türe rannte, wo schon der rundliche Elmar Obrist wartete und ihn wortlos ins Haus liess.

Danach kehrte wieder Ruhe ein – abgesehen vom Wind, der in den Bäumen heulte.

Als ginge ihn das Schneetreiben nichts an, kam der Mann aus seiner Deckung hervor und stapfte zu den Häusern. Er fühlte sich sicher. So sehr, dass er beim Wohnzimmerfenster reinschaute und die beiden Männer bei einer Flasche edlen Bordeaux-Weines sitzen sah. Vetscherin fuchtelte mit den Händen und Obrist lachte auf, als hätte Robert einen Witz erzählt.

Mit ruhigem Schritt ging der Mann über den Platz und öffnete mit seinem Dietrich die Kellertüre. Leise huschte er hinein, wohl wissend, dass ihn niemand hören würde, selbst wenn er die Türe mit einem Rammbock eingeschlagen hätte. Ausserdem bemerkte er, als er nochmals auf den Vorplatz blickte, dass seine Fussabdrücke fast schon wieder zugeschneit waren.

Alles läuft nach Plan, dachte er befriedigt, und sogar das Wetter passt!

Als er in den unterirdischen Keller kam, schlug ihm eine vertraute Wärme entgegen. Sie verriet ihm, dass man den Raum geheizt hatte, um die malolaktische Säureumwandlung* durchzufüh-

---

* Während der malolaktischen Säureumwandlung – fälschlicherweise auch zweite Gärung genannt – wird durch Bakterien die scharfe Apfelsäure in eine milde Milchsäure umgewandelt. Das vermindert den Säureanteil in den Weinen und ist speziell bei den Roten ein erwünschter Vorgang.

ren, was die roten Weine milder und bekömmlicher machte. Der Mann schmunzelte. Er wusste, dass er zum richtigen Zeitpunkt gekommen war. Schnell öffnete er seinen Rucksack und holte eine Flasche mit einem weisslichen Inhalt hervor, dazu eine Spritze, in die er die Flüssigkeit aufzog. Nun ging er von Tank zu Tank und spritzte 10 Milliliter auf 50 Liter Wein hinein.

Obschon nichts passierte und sich die milchige Flüssigkeit nicht einmal mit dem Wein mischte, wusste er, dass sie ihren Dienst tun würde. Nach einer halben Stunde war das Werk zu Ende: Sämtliche Stahltanks, in denen Rotwein gelagert wurde, waren kontaminiert. Die Barriques liess er unangetastet. Auf die wartete ein anderes Szenario...

Zufrieden verliess er den Keller, schloss wieder ab und trat in das Schneegestöber hinaus.

Drinnen, in der warmen Stube, sassen derweil Elmar Obrist und Robert Vetscherin. Nichts ahnend debattierten sie über ihr nächstes Geschäft. Sie wollten slowenischen Blauburgunder *en gros* einkaufen und ihn in der Schweiz «veredeln». Da sie den kantonalen Weininspektor schon längst auf der (geheimen) Gehaltsliste führten, dürfte die nachträgliche Mengenkorrektur in den Rebverzeichnissen kein Problem sein, meinte Vetscherin, zumal sie schon in den letzten Jahren den Ertrag des Rüfibergs auf dem Papier künstlich gesenkt hätten. Rund 20 000 Flaschen vom besten Maienfelder Pinot-Noir fanden so den heimlichen Weg ins Ausland zu befreundeten Grossabnehmern, ohne je in den Büchern aufzutauchen.

Stolz und voller Vorfreude fasste Obrist die geplante Transaktion zusammen: «Ende Januar werden insgesamt 20 000 Liter ankommen und im Februar nochmals 30 000 – getarnt als Traubensaft. Wir verteilen den Wein auf unsere Basisqualität, aromatisieren noch ein wenig nach und verkaufen ihn den Grossverteilern. Die werden sich um unsere Weine reissen, zumal ich schon mit einigen Weinjournis von der Sonntagspresse gesprochen habe, damit sie unsere Tropfen hoch bewerten. Somit verfügen wir über 50 000 Liter mehr, die wir dank dieses Traumjahres als teurere Auslese anbieten! Ganz zu schweigen von den 30 000 Flaschen, die wir als ‹Sélection Barrique› bei Schacher in Wien und bei Lohner in

Köln verkaufen können und die in unseren Bilanzen nicht erfasst sind...»

Vetscherin rechnete auf einem Papier zusammen, was dies in Zahlen bedeutete, denn er war schon immer fürs Rechnen zuständig, während sein alter Kumpel Obrist die Ideen einbrachte: «Unterm Strich verdienen wir rund eineinhalb Millionen! Schwarz auf die Hand! Soll noch einer sagen, die Klimaerwärmung hätte nur Nachteile!»

Kapitel 11

War der Januar im Schnee versunken, sorgte der Februar für milde Temperaturen, die an sonnigen Tagen bis auf 15 Grad kletterten. Für die Winzer bedeutete dies in erster Linie Arbeit. Denn nun mussten Tausende Rebstöcke zurückgeschnitten werden. Die meisten Winzer liessen zwei Ruten stehen, um allfälligen Frostschäden zu begegnen. Denn wer wusste schon, wie der März würde?

Wer jedoch eine Spitzenqualität anstrebte, musste spätestens im März einen der beiden Triebe stutzen, um die Kraft des Stockes in einem einzigen Ast zur Geltung kommen zu lassen. Alle wussten das, und man konnte die gereizte Nervosität im Dorf spüren.

Der März aber blieb vergleichsweise harmlos und die Sonne schien häufig genug, um die Rebstöcke wieder zum Leben zu erwecken. Die Winzer konnten die verholzten, aber biegsamen Äste an die Drähte des Erziehungssystems* binden. An den Schnittstellen trat Wasser aus, so dass es den Anschein machte, als weinten die Reben. Die Tropfen reflektierten die Sonnenstrahlen wie ein Prisma, bevor sie zu Boden fielen.

---

* Es gibt verschiedene Varianten, Reben in Drahtrahmen einzuspannen oder «zu erziehen» (Z. B. Kordonerziehung oder Guyotsystem). Damit erreicht man die Reduktion des Arbeitsaufwandes und das Absenken des Pilzdruckes und sorgt für eine bessere Belaubung, so dass in den Trauben möglichst viel Zucker eingelagert werden kann.

In den kühlen Katakomben reiften derweil die Weine langsam vor sich hin, stets kontrolliert vom Kellermeister oder Winzer, denn auch da konnte es zu Problemen kommen, sorgten spontane Nachgärungen für geschmackliche Irritationen. Ausserdem musste filtriert, geschönt, umgepumpt und verkostet, teilweise assembliert werden.

Dennoch bot der späte Winter beschauliche Momente, die den Menschen in den Dörfern Zeit liessen, die winterliche Sonne zu geniessen und in den Beizen des Städtchens, in der Post oder beim Bäcker einen Schwatz zu halten und mal «fünf gerade sein zu lassen», wie eine Redewendung lautete, die ein Mass an Nonchalance erlaubte, das man hierzulande, in dem alemannisch geprägten Landstrich, nur selten antraf.

Doch mit dem April waren die Tage des Laisser-faire passé. Mit einem Mal musste alles lieber heute als morgen passieren. Ausserdem wartete die Weinwelt auf die ersten Flaschen des neuen Jahrgangs. Das galt vor allem für die Weissen, die abgefüllt und etikettiert wurden und in den Verkauf gelangten. Gleichzeitig häuften sich die Anfragen und Bestellungen seitens der Händler, und die Gilde der Weinjournalisten lechzte nach neuem Stoff. Traditionellerweise öffnen die Winzer in der Region um Maienfeld ab April ihre Keller, um interessierten Kreisen den neuen Jahrgang zum Verkauf anzubieten.

Auch dieses Jahr verwandelte sich Maienfeld in eine quirlige Weinmetropole. Allerdings war die Szenerie noch hektischer als sonst, weil das Wetter unsicher war und Frostnächte drohten.

Auf dem Gut von Elmar Obrist ging es an diesem Wochenende zu wie auf einem orientalischen Bazar. Während auch am Samstag die Abfüllanlage auf Hochtouren lief und mit ihrer komplizierten, aber durchdachten Konstruktion lustige Klänge erzeugte, verkaufte man im Verkaufsladen bereits die ersten Weine des neuen Jahrgangs *en gros*. Wie schon im letzten Herbst von Seiten der Weinpresse gemunkelt wurde, erfüllten die Weissweine alle in sie gesetzten Hoffnungen und Erwartungen! Chardonnay, Pinot Blanc, Sauvignon Blanc, Kerner und selbst der einfache Müller-Thurgau erfreuten die Nasen und Gaumen der Wiederverkäufer, der geladenen Journalisten und Weinfreunde.

Weil Elmar auch bei den Roten, speziell beim Pinot Noir aus dem Stahltank, das Verkaufsrennen eröffnen wollte, hatte er ausgewählten Händlern bereits einige Flaschen seines jüngsten Geniestreichs geschickt. Diesem Wein eilte ein erstaunlicher – und für Konsumenten undurchschaubarer – Ruf voraus, wurde er doch von einflussreichen Weinjournalisten bereits als Sensation angepriesen, obschon es den fertigen Wein noch gar nicht gab.

Dementsprechend war die Nachfrage, die auch von einer markanten Preiserhöhung nicht gebremst wurde. Elmar war zufrieden, schmunzelte in sich hinein, wenn er in der Presse einen weiteren Lobgesang über seine Pinots lesen konnte, – wohl wissend, dass die vollen Fruchtaromen und die balsamischen Töne nicht zufällig entstanden waren. Und dass auch die Natur nicht so perfekt war wie er: der grosse Elmar Obrist, der Winzer des Jahres und Zampano der Bündner Herrschaft (nebst Vetscherin, wie er dann und wann einschob, um die Kirche im Dorf zu lassen...)!

Bereitwillig stand Elmar den angereisten Journalisten Red und Antwort, spielte den grosszügigen Gastgeber und liess sich nicht anmerken, dass er von diesen Schreiberlingen, diesen Schmeissfliegen und Schmarotzern, wie er gegenüber Seinesgleichen redete, nichts hielt. Er wusste sie für seine Ziele einzusetzen, spielte auf der Klaviatur des Marketings wie ein Konzertpianist. Er fand gar Zeit, mit wichtigen Gästen (vor allem amerikanischen und deutschen Weinkritikern) eine Privatführung im Keller durchzuführen, wo sie ein Schlückchen des neuen Wunderpinots kosten durften.

Er wusste: Von nichts kommt nichts, und deshalb rührte er mit der grossen Kelle an! Freilich verschlang dieses Tamtam ein schönes Sümmchen. Aber die Ausgaben lohnten sich tausendfach, das wusste Elmar, der sonst jeden Rappen zweimal umdrehte.

Wahrlich, dieser Samstag Ende April hätte besser nicht laufen können, als plötzlich sein Handy klingelte. Elmar, der am anderen Ende der Leitung einen seiner grössten Kunden, den Geschäftsfreund Jens Lohner aus Köln, erkannte, lachte in den Hörer hinein, scherzte, bis er von einer Sekunde auf die andere ernst wurde, seine Stirn in Falten legte und tief zu schnaufen begann. Auf seiner Stirn quollen kleine Schweissperlen aus den Poren.

«Bitter!?» schrie er in den Hörer. «Was meinst du mit bitter? Natürlich ist ein Pinot etwas bitterer als ein Cabernet! Das weiss doch jeder Idiot! Was würden die Kunden nach so einem Jahr erwarten: einen Himbeersirup?»

Doch die Stimme am anderen Ende des Hörers liess sich nicht beirren und auch nicht beschwichtigen.

Er habe mehrere Reklamationen von namhaften Weinhändlern erhalten, sagte Lohner, die den Pinot als unausstehlich bitter beschrieben hatten und ihre Bestellung rückgängig machen wollten. Und auch er selber habe eine Flasche probiert und sei zum gleichen Ergebnis gekommen.

Elmar begriff die Welt nicht mehr. Seine Wutausbrüche waren seit jeher legendär. Doch dieser entlud sich wie ein Geysir. Elmar spürte Stiche in der Herzgegend, er schwitzte am ganzen Körper, sodass sein Hemd auf der Haut klebte. Nur mühsam konnte er sich etwas beruhigen, zumal einige Gäste das Toben des Patrons mitbekommen hatten. Fast flüsternd beschloss er das Gespräch mit dem Versprechen, der Sache unverzüglich nachzugehen.

Obrist wusste, was auf dem Spiel stand. Da braute sich etwas zusammen, und wenn wirklich der Wein eines Tanks einen Fehler haben sollte, müsste das Problem sofort behoben werden. Gerade diese Phase des Verkaufs verkraftete keinen Rückschlag. Bei der ersten Gelegenheit, als er gerade von keinem Journalisten oder Händler angequatscht wurde, stieg er in den Keller, holte sich ein Glas und begab sich zum ersten Stahltank. Gekonnt liess er die purpurrote Flüssigkeit in einem feinen Strahl ins Glas schiessen, dann schwenkte er es.

Die Farbe ist hervorragend, dachte er, eine gelungene Folge seiner Extraktionsanstrengung und des neuen Enzyms, das er in den USA erstanden hatte.

Elmar lächelte selbstverliebt und vergass für kurze Zeit den Grund, warum er hier war. Dann, etwas vorsichtiger und mit leicht verkrampfter Haltung, hielt er das Glas unter seine Nase: Er roch feine Beerennuancen, dazu kräftige balsamische Töne, einen leichten Hauch von Zwetschgen und eine erfrischende Kräuternote! Seine Nase meldete Begeisterung. Dieser Wein ist einwandfrei, dachte er, als er einen Schluck in seinen Mund nahm, darauf herumkaute als wäre es ein Kaugummi und gleichzeitig röchelte, um mehr Sauerstoff beizufügen. Im Mund eröffnete sich ein harmonisches Ganzes, ein perfektes, rundes Konzert von Sinneseindrücken.

Gut, die Säure, dachte er, ist etwas schroff und der Abgang holprig, aber das wird sich in ein paar Monaten geben. Von den Bittertönen fand er nichts. Elmar atmete ruckartig und erleichtert aus, und sein grosser, schwerer Bauch entkrampfte sich wieder. Obwohl die Temperatur im Keller nicht mehr als zwölf Grad betrug, war sein Körper immer noch überhitzt. Nun merkte er, wie sich sein Puls wieder verlangsamte. Dann ging er zum nächsten Tank und nahm eine weitere Probe. Doch auch hier fand er nichts, was ihn irritiert hätte. Da er unmöglich alle 17 Tanks durchprobieren konnte, begann er zu überlegen:

Bittertöne können auch durch den Korken entstehen. Wie vom Blitz getroffen, riss er die Augen auf: Verdammt, wenn die Korken schlecht sind, dann reiss ich dem Korkhändler den Kopf ab!

Elmar hetzte erstaunlich flink in das geräumige Flaschenlager, in dem sich bereits Tausende von Weissweinflaschen stapelten. In einer Ecke fand er die wenigen bereits abgefüllten Musterflaschen des Pinots, die weder über Etikette noch über eine Kapsel verfügten. Seine prankenhafte Hand griff nach zwei Flaschen und sein massiger Körper schob sich wie ein Wal durch den Keller, um durch die Hintertür direkt in sein Haus zu gelangen. Er brauchte nun Ruhe und musste Klarheit bekommen. In der Küche angekommen, hielt er die erste Flasche unter den am Küchenbrett fixierten Flaschenöffner, der sich wie ein Tunnelbohrer in den weichen Kork drillte und mit einem Plopp den Zapfen aus der Flasche hob.

Elmar roch am Korken, der einwandfrei aussah, dann schüttete er einen kräftigen Schluck ins bereitgestellte Burgunderglas. Der Wein erstrahlte in purpurnem Glanz und nach wenigen Sekunden entströmte ihm ein erhabener, majestätischer Duft. Elmar schwenkte das Glas und hielt es an die Nase. Augenblicklich schossen ihm ähnliche Assoziationen durch den Kopf wie im Keller; allerdings war die Nase etwas verhaltener, was nicht überraschte, denn diesem jungen Wein steckte der Abfüllschock noch in den Knochen. Dann hielt er das Glas an die Lippen und liess das samtige Rot in seinen Mund fliessen. Jede Zungenpore war wie eine Feder gespannt und meldete ihre Eindrücke ans Gehirn weiter. Von einem störenden und sogar unausstehlichen Bitterton fand er nach wie vor nichts. Elmar Obrist atmete erleichtert aus. Da er seine Gäste schon mehr als eine halbe Stunde im Stich gelassen hatte, verliess er nachdenklich sein Haus, um zum Verkaufsatelier hinüber zu gehen.

Glücklicherweise hatte niemand sein Fehlen bemerkt, selbst seine Mitarbeiter vermissten ihn noch nicht, so dass er wieder den entspannten Grandseigneur der hiesigen Weinszene mimen konnte. Gegen neun Uhr abends waren die letzten Händler und Journalisten in ihre Autos gestiegen. Seine Angestellten räumten das Degustationsatelier und den Verkaufssaal auf, reinigten unzählige Gläser, während er nochmals die Bestellungen durchging.

Wahrlich, das kann sich sehen lassen, dachte er erfreut. Von den Weissen ist über die Hälfte bereits verkauft, bei den Blauburgundern haben wir mehr Vorab-Reservationen als in den letzten beiden Jahren zusammen!

Elmar zündete sich genüsslich eine Zigarre an. So ein Tag musste gefeiert werden! Vielleicht sollte er sich wieder mal verwöhnen lassen. Beispielsweise von Mara oder von Steffi im Moulin d'Or? Elmar spürte ein angenehmes Ziehen in seinen Lenden. Vielleicht würde sogar Vetscherin mitkommen, wenn er seiner Heidi eine plausible Erklärung auftischen könnte. Manchmal, so dachte Elmar weiter, hatte es schon Vorteile, wenn man alleine war.

In diesem Moment klingelte sein Handy. Überrascht und amüsiert registrierte Obrist, dass Vetscherin anrief.

«Das nenn ich einen Zufall, hab eben an dich gedacht!»

«Na, freu dich nicht zu früh», ertönte es vom anderen Ende.

Doch Elmar wollte sich nicht schon wieder aus seiner Laune herausreissen lassen, sondern auf die Idee zu sprechen kommen, in den Puff zu gehen. Vetscherin liess sich aber von seiner Ernsthaftigkeit nicht abbringen: «Ich hab ein merkwürdiges Problem!»

«So?»

«Wenn meine Pinots warm werden, entwickeln sie eine unglaubliche Bitterkeit!»

Elmar lief ein kalter Schauer über den Rücken, Steffi und Mara waren nullkommaplötzlich Lichtjahre entfernt.

«Was meinst du mit *warm*?»

«So ab sechzehn Grad, also unter der normalen Trinktemperatur!»

Elmar war selten so schnell vom Ausschankraum in seine Küche gerannt. Dort griff er zum Glas, in dem seit drei Stunden sein Pinot glänzte.

«Moment», keuchte er ins Telefon und liess Vetscherin am anderen Ende der Leitung warten. Dann führte er das Glas zum Mund und nahm einen grossen Schluck. Was er erlebte, verschlug ihm den Atem. Mit letzter Körperbeherrschung zwang er sich, den Wein nicht sofort wieder auszuspucken. Stattdessen machte er geistesgegenwärtig einen Schritt zum Waschbecken, um das grässliche Gesöff loszuwerden.

«Was, verdammt noch mal, geht hier vor?»

«Ich sag's dir», sagte Vetscherin mit einem Unterton, der verriet, dass er das Warten satt hatte, «die Slowenen haben uns übers Ohr gehauen! Die ziehen uns mit diesem Scheisswein über den Tisch!» Vetscherins Stimme dröhnte so durch das Handy, dass Elmar das Ding reflexartig vom Ohr weghalten musste. Doch dann begann in Elmars Hirn das Laufwerk zu rattern: «Vielleicht sind es auch die künstlichen Aromen und die Enzyme, die wir verwendet haben!»

«Na, bravo!» plärrte es wieder aus dem Hörer, «gab man dir keine wissenschaftlichen Beweise für das Funktionieren der Enzyme mit?»

«Doch natürlich! Ich bin auch noch nicht sicher, was Schuld an dieser Misere ist, aber wir müssen das schnell herausfinden, sonst sind wir geliefert!»

«Worauf du einen fahren lassen kannst, verdammt!»

«Ich hab von Lohner in Köln vor längerem einmal die Nummer eines gewissen Adrian Kuntze bekommen. Der ist Önologe* in Geisenheim und soll einer der besten seines Faches sein. Den werde ich bitten, sich sofort ins Auto zu setzen und herzukommen, um sich das Ganze mal anzusehen!»

«Gute Idee», gab Robert Vetscherin zurück, «ich finde es auch besser, wenn wir einen Ausländer mit diesem Problem betrauen, als

---

* Önologie: die Wissenschaft des Weinbaus

einen von unseren G'studierten. Damit erhöht sich die Wahrscheinlichkeit, dass nicht zu viel durchsickert. Ich werde überprüfen, ob bei mir alle Pinots spinnen und ob die Barrique-Weine in Ordnung sind. Wenn das der Fall sein sollte, dann bin ich mir sicher, dass der Slowenen-Mist Schuld ist, denn in den Barriques haben wir ja ausschliesslich eigene Weine verarbeitet.»

«Ja, aber nicht mit denselben Enzymen. Das ist also kein stichhaltiger Beweis!»

«Okay, versuch mal, ob du diesen Kuntze erreichst, ich schau mal bei mir und melde mich wieder!»

Elmar sass einen Moment wie benommen in seinem Stuhl. Draussen war ein herrlicher Frühlingstag zu Ende gegangen, doch von dessen abendlichem Lichtspiel wollte Elmar nichts mehr wissen. Er suchte den Namen des Önologen in seinem Handy und wählte dessen Nummer.

Kapitel 12

Adrian Kuntze stand schon am nächsten Tag in Elmars Keller. Es war ein Sonntag, aber er wollte die Anfrage des berühmten Obrist nicht aufschieben. So setzte er sich morgens um fünf Uhr in seinen Peugeot und flitzte in die Schweiz. Denn, so viel wusste er, es handelte sich hier um ein delikates Problem, das ihn als Wissenschaftler, aber auch als Geschäftsmann – denn wenn er mal der Hausönologe von Obrist wäre, dann würde der Rubel rollen – genügend ansporne, um die Radtour, die er mit seiner Freundin vorhatte, sausen zu lassen. Sie war nicht erfreut gewesen, liess sich jedoch mit dem Versprechen trösten, dass Adrian Schweizer Schokolade mitbringen würde.

So stand er also in den heiligen Hallen des Elmar Obrist, er, der vierzigjährige, promovierte Diplomönologe, der in der Fachwelt mit seiner Publikation über unerwünschte Piratenhefen für Furore gesorgt hatte, weil er nachweisen konnte, dass erstaunlich viele namhafte Weingüter von unliebsamen Hefestämmen verseucht waren, die die Weinqualität massiv senkten. Vor ihm standen zwei der berühmtesten Winzer der Schweiz. Und beide erzählten von Problemen mit ihren Weinen, als handelte es sich um eine bodenlose Gemeinheit, dass ausgerechnet sie von einem solchen Schicksalsschlag getroffen wurden. Freilich vermieden sie es, über die Vorgeschichte der Weine zu sprechen.

«Na, dann wollen wir uns den Patienten mal ansehen», sagte Kuntze in jovialem Ton. Die Wirkung seiner Worte überraschte ihn: die Angesprochenen, immerhin Männer im gesetzten Alter, standen wie Schulbuben da und strahlten, als wäre er der liebe Onkel, der sich die wacklige Konstruktion ihrer Baumhütte ansehen wollte, damit sie dort während Sommernächten schlafen könnten.

Schnell war klar, dass Kuntze einiges von seinem Fach verstand. Er hatte im Verkostungsraum eine Batterie von Gläsern aufgebaut und insgesamt zwanzig Proben abgefüllt, die von verschiedenen Tanks und Fässern stammten. Mit einem digitalen Thermometer überwachte er den Temperaturanstieg in den Weinen, kostete nach jedem Grad und erfasste seine Eindrücke mit dem Computer. Fortwährend machte er sich Notizen und sezierte die Weine, als wären es Lebewesen und nicht einfach rote Flüssigkeiten.

Zu jeder Probe verlangte er die genauen analytischen Angaben wie Zucker- und Säuregehalt sowie Maischezeit, Temperatur bei der Vergärung, Temperatur im Gebinde, ferner Bodenbeschaffenheit der Rebstöcke, Alter, Pilzbefall, Krankheiten, Angaben über Spritzmittel.

Elmar und Robert mussten einige Male über wichtige Details passen, da sie nicht so genau Buch führten und jeden Schritt von Verarbeitung, Vergärung und Ausbau notiert hatten. Für sie war Weinmachen immer noch eine intuitive Arbeit; zuviel Wissenschaft würde hier hemmen, der Kreativität den Riegel schieben, dachten sie.

Doch Kuntze erklärte mit einer Engelsgeduld, weshalb er diese oder jene Angabe als entscheidendes Puzzleteilchen benötigte und deshalb nicht drum herum komme, etwas unwissenschaftlich vorzugehen. Die beiden alten Herren seufzten mit dem jüngeren Wissenschaftler mit, waren aber insgeheim froh, dass er aufgrund fehlender Zahlen nicht noch mehr Zeit für Detailscheisse brauchte.

Und in der Tat, das digitale Thermometer zeigte bei allen Proben, die aus den Stahltanks kamen, 15.8 Grad Celsius, als der degustationsgewohnte Wissenschaftler erste Bittertöne registrierte.

«Seltsam», meinte der Önologe, und Elmar machte ein Gesicht wie damals, als der Doktor zu ihm gekommen war und gesagt hatte, dass man für den hochbetagten Vater nichts mehr tun könne. Auch Vetscherins Stirn legte sich in Falten, während er Kuntzes flinke Hände mit grossem Interesse beobachtete.

Die Stimmung im Degustationsraum wurde noch verschwörerischer, als die Bitterkeit mit jedem weiteren Grad zunahm.

«Das habe ich bisher nie erlebt», meinte der sichtlich verdutzte Kuntze. «Aber so viel lässt sich schon jetzt sagen, dieses Phänomen zeigt sich nur in den Pinots aus dem Stahltank. Die Barriqueweine scheinen mir nicht kontaminiert zu sein, auch wenn ich bei Ihren Weinen, Herr Vetscherin, den Eindruck bekomme, sie hätten Brett!»

Robert Vetscherin erbleichte.

Als hörte er ein Urteil, das noch verheerender war als dieser vermaledeite Bitterton, stammelte er: «Brett? Aber wir benutzen doch nur neue Fässer und arbeiten sauber...»

«Brett, also die Brettanomyces Hefe, ist eben ein wahrer Versteckspieler, kommt in den Fässern, Tanks, Schläuchen, Pumpen, kurz überall vor», dozierte Kuntze ohne grosse Regung. Er wusste nur zu gut, dass sich dieser heimtückische Hefepilz gerade in wärmeren Gebieten – und dank der Klimaverschiebung dürfte man die Regionen nördlich der Alpen schon bald dazu zählen – wie Unkraut vermehrte. Nicht immer würden die Weine geschmacklich beeinflusst, doch dort, wo Aromen wie Pferdeschweiss, gekochter Schinken oder Heftpflaster auftauchten, da sei die Entwicklung der Weine bereits beeinflusst und jeder, der sagte, dies sei eine Terroir-Komponente, wäre ein Trottel oder ein Ignorant, dachte Kuntze.

«Ich kann kein Brett finden, für mich ist das lediglich eine Terroir-Komponente», meinte Vetscherin und Elmar Obrist, der ebenfalls am Glas roch und einen weiteren Schluck nahm, pflichtete ihm bei. Kuntze merkte, dass er besser das Thema wechselte. Denn hier harrte eine weitaus spannendere Frage der Antwort: Woher stammte die Bitterkeit?

«Meine Herren», sagte er dann und erhob sich, um theatralisch durch den Raum zu schreiten, «ich denke, wir können folgendes Zwischenfazit ziehen: Die Weine aus beiden Gütern zeigen auffallend ähnliche Verläufe, was mich wundert; denn Sie haben sie ja kaum zusammengeschüttet und wieder getrennt. Zweitens dürfte es nicht an den Spritzmitteln, auch nicht an den Düngemitteln liegen, da Sie verschiedene verwendet haben. Sodann denke ich, dass es keine Frage der Hefen sein kann, da Sie beide normale Reinzuchthefen einsetzen. Mit anderen Worten ist es wohl ein eigener Prozess, den ich zuerst analysieren muss, zumal er merkwürdigerweise thermodynamisch wirkt!»

Dann stockte Kuntze und blickte sie unverblümt an: «Kann es sein, dass Sie bei der Gärung oder danach gewisse, sagen wir's mal vorsichtig, unübliche Enzyme und Geschmacksverstärker verwendet haben?»

Elmar und Robert kamen sich vor wie bei einem Magier, der ein Kaninchen nach dem anderen aus dem Hut zauberte. Vielleicht sollte man ihn wirklich aufklären, dachte Elmar beiläufig, doch Kuntze fuhr schon weiter: «Wobei, eigentlich sind auch die Enzyme auszuschliessen, denn Sie haben separat verarbeitet, oder?»

Wieder blickte der Deutsche in die Gesichter der beiden Winzer, die sich kurz anblickten und mit einem beiläufigen Nicken das Einverständnis gaben, dem Experten reinen Wein einzuschenken.

«Wir haben», sagte Elmar dann wie ein reuiger Sünder, «tatsächlich beide Dextrohydramin benutzt, um den Glycerinanteil zu erhöhen und die Primärfruchtanteile besser zu konservieren.»

«Und dann», beeilte sich Vetscherin anzufügen, weil er realisierte, dass Elmar wieder mal nicht die ganze Wahrheit erzählen wollte und dieses Lavieren nur unnötige Zeit kosten würde, weil es Kuntze auch so herausfand, «haben wir noch einen künstlichen Geschmacksverstärker beigegeben, den Elmar in den USA gekauft hat. Ich war ja von Anfang an skeptisch...»

«Skeptisch?» wiederholte Obrist aufgebracht und mit aufgerissenen Augen: «Du Heuchler, du wolltest von meinem Wissen profitieren und auch mal den besten Wein machen! Und du hast mir die Enzyme und das Aroma fast aus der Hand gerissen!»

«Meine Herren», unterbrach Kuntze mit erstaunlicher Stimmgewalt, denn er ahnte, dass es sonst zu einer handfesten Auseinandersetzung käme, «das bringt uns nicht weiter! Was wer warum gemacht hat, interessiert nicht. Aus der Sicht der Wissenschaft muss ich Ihre Praktiken aufs Schärfste hinterfragen, aber ich bin kein Moralist. Die Zeit ist nicht stehen geblieben, und mir ist klar, dass manch ein Winzer nachhilft, zumal die Amerikaner diese Techniken bereits rigoros anwenden. Aber ich kann Sie beruhigen, aus meiner Sicht sind es kaum diese künstlichen Zutaten, die einen derartigen Prozess auslösen. Da steckt etwas anderes dahinter. Um Klarheit zu bekommen, brauche ich aber mehr Zeit und Ruhe.»

Wie zwei begossene Pudel verliessen Elmar und Robert den Degu-Raum, knurrten sich zuvor nochmals an, doch das schien normal zu sein, wie Kuntze durchschaute.

Der Wissenschaftler wandte sich wieder den Weinen zu und überlegte, welches die nächsten Schritte seiner Untersuchung wären. Zuerst wollte er sicher gehen, dass das, was er gesagt hatte, zutraf, denn die genaue Wirkweise eines Enzyms namens Dextrohydramin war ihm nicht geläufig. Aber da er eine umfangreiche Datenbank über Enzyme in seinem Computer gespeichert hatte, fand er schnell mehr heraus. Über eine Beeinflussung im Bereich von Bitterstoffen fand er allerdings nichts, dafür war die Gefahr angegeben, ab einer gewissen Menge die Säure-Süsse-Balance zu verlieren. Aber das war hier ja nicht der Fall, zumal Traubensorten wie Merlot oder Carmenère erwähnt waren, bei denen dieses Risiko bestünde.

Kuntze war ratlos. Vielleicht sollte er versuchen, mehr über die Komponenten, die in diesen Weinen vorkamen, zu erfahren. Eine Extraktion und eine Chromatographie schienen angezeigt. Kuntze machte sich ans Werk und baute die nötigen Apparaturen auf. Im Degu-Raum sah es bald wie in einer Alchimistenküche aus, doch das war ihm egal. Er fühlte sich in seinem Element.

Gegen acht Uhr abends, draussen war es bereits am Eindunkeln, staunte der Önologe:

«Das müssen die mir aber erklären», dachte er und suchte auf seinem Handy die Nummer von Elmar.

Kapitel 13

Der Sonntagabend war die Krönung des ersten schönen Frühlingswochenendes. Die untergehende Sonne tauchte die Flanke des Falknis in ein wildes Korallenrot, das durch dunklere Partien unterbrochen wurde, die von Einschnitten und Brüchen im Fels herrührten. Auf der über 2000 Meter hohen Spitze lag noch viel Schnee, so dass das Gebirge wie eine überdimensionale Eistorte wirkte, die über der Herrschaft schwebte. Unten, am Rand des Städtchens, stand das Haus von Elias Rapolder bereits im Schatten der Dämmerung. Aus dem hell beleuchteten Saal seines kleinen Weinguts erklangen coole, jazzige Töne. Rapolder, vor einem Monat 34 Jahre alt geworden, hatte vor vier Jahren das alteingesessene Weingut seiner Eltern übernommen, war mit Lydia Balsiger verheiratet und bereits Vater zweier Söhne. Mit anderen Worten: Er galt als Bilderbuchwinzer einer neuen, jungen Generation. Und weil seine Weine mithalten konnten und er Neues ausprobierte, gehörte er zu den Leitfiguren einer aufbrechenden Szene, die den verkrusteten Weinbau aus seiner Lethargie befreien wollte. Das zeigte sich auch an seinem Auftritt. Die Etiketten verzichteten auf die traditionellen Abbildungen des Weindorfes oder auf aquarellfarbene 70er-Jahre Motive und liess den Namen Rapolder als Hauptbotschaft auf grafischem Untergrund wirken. «Reduce to the max», dieser Leitspruch aus den 90er Jahren war seine Devise. Dazu kam ein modernes Verständnis für Marketing und Auftritt, was ihm im Dorf schnell das Image des «Revoluzzers» eintrug. Die alten Marktführer wie Obrist, Vetscherin, Reichlin und Sägesser waren alles andere als erbaut über diesen Trend, liessen den jungen Rapolder aber gewähren, weil er ihnen bislang noch keine Schwierigkeiten gemacht hatte. Hierfür war sein Weingut mit den viereinhalb Hektaren schlicht zu klein. Doch man behielt ihn im Auge und beargwöhnte sein Unterfangen, einen «Club der jungen Wilden» zu gründen. Wie immer begegnete man innovativen Strömungen mit Spott, doch Elias machte sich nichts draus. Was er anpackte, das führte er zu Ende. Teils mit Esprit, teils mit einer unüberbietbaren Sturheit, die auch seine Frau bisweilen zur Weissglut brachte.

Heute Abend sollte die erste Versammlung der «jungen Wilden» stattfinden. Geladen war eine Hand voll Winzer und Winzerinnen aus der Gegend, die sich seit Jahren kannten und zum Teil gemeinsam zur Schule gegangen waren.

Als erster trat der 36jährige Reto Lehner in den nüchtern gehaltenen Ausschankraum, ein grosser Mann mit leidenschaftlichen Augen und Abkömmling der Sägesser-Sippe, die aber seit Generationen so zerstritten war, dass jeder für sich schaute und die verwandtschaftlichen Verbindungen nichts mehr galten.

Dann kam Maja Rechtsteiner. Mit ihren vierzig Jahren die Älteste, hatte sie einen der Reichlinbrüder geheiratet, wurde jedoch nie in die Kreise der Maienfelder Stammfamilien aufgenommen. Seit ihr Mann Walter bei einem Skiunfall ums Leben gekommen war, herrschte sie über fünf Hektar Rebland und wirtschaftete erfolgreich auf eigene Faust. Sie verbündete sich mit Winzerfrauen von auswärts und kam so zu den nötigen Informationen, erhielt fachliches Feedback, das sie in Maienfeld nie bekommen hätte. Sie zögerte lange, bis sie auf Elias' Einladung reagierte, denn sie lebte mit ihren drei Kindern zurückgezogen auf einem Hof, der sich unweit der Jeninserstrasse am Ortsrand befand. Sie mochte die Maienfelder nicht besonders, doch dann überlegte sie sich, dass sie nicht viel zu verlieren hatte und sagte zu, da sie mit den jungen Winzern eigentlich gut auskam.

Aus Fläsch kamen Lena Böscheler und Regius Irion. Sie waren noch keine dreissig Jahre alt, bewirtschafteten aber seit einigen Jahren im nördlichsten Ort der Herrschaft annähernd zehn Hektar Reben.

Als letzte stiessen Hannes Rüfener und Marcel Vonstetten zu dem bereits angeregt fachsimpelnden Grüppchen, das sich über die heurige Qualität des Riesling-Silvaners, wie man hier den Müller-Thurgau nannte, unterhielt und gleichzeitig an den Gläsern nippte. Dass auch Hannes eingeladen wurde, war nicht selbstverständlich, denn er besass ja keine Reben. Aber alle kannten seine Geschichte und wussten, dass er seit jeher im Herzen ein Winzer war und mittlerweile Ursina Vetscherins kleines Weingut praktisch alleine managte. Und wer weiss, vielleicht konnte er sich ja irgendwann selbständig machen und eigenen Wein produzieren. Manche im Dorf, und alle Anwesenden, hätten es ihm gegönnt.

Bei Marcel Vonstetten war es wiederum kein Wunder, dass er eingeladen wurde. Auch wenn sein Weingut nicht in der Kernzone der Herrschaft, sondern in Zizers lag, stammte er als Erbe eines prächtigen Schlossgutes aus einer Familie, die seit Jahrzehnten mit Weinbau ansehnlich Geld verdiente und dem Marktdruck der Maienfelder Winzer stand hielt. Auch wenn das Terroir von Zizers nicht ganz so hochklassig eingestuft war: die Weine konnten sich sehen lassen.

Es brauchte kein langes Abtasten und höfliche Floskeln waren ebenso unnötig, damit ein angeregtes Gespräch entstand, und bald schickte sich Elias an, den offiziellen Teil des Abends zu eröffnen. In fast pathetischer Art erläuterte er, warum man sich eingefunden hatte. «Wir Jungwinzerinnen und Winzer müssen zusammenhalten», sagte er euphorisch, «wollen wir ein Wörtchen in der Deutschschweizer Weinszene mitreden oder gar international agieren!»

Die anderen nickten und malten sich aus, wie das wäre, wenn sie dereinst zu den führenden Häusern der Herrschaft aufstiegen und die Geschicke der Weinszene lenkten. Auch wenn man ab und zu die dräuende Ernsthaftigkeit mit einem träfen Spruch auflockerte, die Botschaft blieb klar: die Bedingung, an der sie nicht vorbeikamen, war die Qualitätskontrolle und -steigerung.

Wie abgemacht, hatten alle Teilnehmer ihre jüngsten Weine mitgenommen, um sich offen und ehrlich die Meinung zu sagen. Alle wussten, dass die jungen Pinots noch lange nicht fertig ausgebaut waren, doch als Zeichen der ernst gemeinten Anstrengung, alte Gräben zu überwinden, wollte man einen Vergleich anstellen und über Verbesserungsmöglichkeiten diskutieren.

Elias machte den Anfang und kredenzte seinen neuen Pinot, und die Runde hielt ihre Nasen über die Gläser.

Maja Rechtsteiner, die zuvor eingewendet hatte, dass Qualität ja nichts Sakrosanktes sei, sondern auch Ausdruck individueller Präferenzen, führte das Glas an ihre Lippen. Sogleich – einem antrainierten Automatismus zur Folge – schalteten die Geruchsrezeptoren einen Gang zu und Maja roch sich in die beerige Flüssigkeit hinein. Vor ihrem Auge sah sie Heidelbeeren, etwas Zimt, einen Schuss Moschus und getrocknetes Heu. Dann nahm sie einen Schluck. Der etwas kühle Wein füllte ihre Geschmacksporen und hinterliess einen ersten gelungenen Eindruck, den sie mit einem Kopfnicken unterstütze, als sich die Rezeptoren am hinteren Zungenrand durchzusetzen begannen und eine etwas störende Bitterkeit registrierten.

Maja, keine Frau, die gleich losplapperte, blickte in die Runde und prüfte die Gesichter der anderen, die mittlerweile ebenfalls zu reden aufgehört und sich dem Wein zugewandt hatten. Sie machte keine Irritation aus und zweifelte folglich an ihrem Eindruck. Sie nahm erneut einen Schluck, diesmal einen wackeren und röchelte ein wenig, um Sauerstoff hinzuzufügen – etwas, das in Winzer- und Weinkreisen überhaupt nicht unanständig wirkt – und liess die Eindrücke auf sich wirken. Doch sie täuschte sich nicht. Erneut, allerdings erst nach ein paar Sekunden, dann aber unverkennbar, machte sie eine Bitterkeit aus, die den Abgang zu einem Desaster werden liess.

Wieder blickte sie in die Runde. Nun hatte sie jedoch das Gefühl, auch in anderen Gesichtern einen fragenden Blick zu entdecken. Selbst Elias, der die Beschaffenheit seines neuen Weins kurz zuvor noch gelobt hatte, schien irritiert. Als erster ergriff Regius Irion das Wort. Er lobte die Blume des Weines und bemängelte in höchst diplomatischer Art die etwas schroffen Tannine. Immerhin fügte er an, dass der Abgang ein wenig zu grün ausgefallen sei.

«Merkwürdig», fuhr Maja fort, weil sie an ihren Sinneseindrücken nicht mehr zweifeln konnte, «mir gefällt der Wein im Ansatz, aber der Abgang irritiert. Ich finde ihn bitter!»

«Bitter?»

Elias Rapolders Stimme klang gereizt, «also ich bitte dich, wenn das bitter ist, dann... Der Wein schmeckt vielleicht noch ungehobelt und ungelenk. Aber wir haben es hier mit Tankmustern zu tun!»

«Nein», fuhr Reto Lehner fort, «Maja hat nicht Unrecht. Auch ich spüre eine gewisse Bitterkeit im Abgang. Hast du die Stängel mitverarbeitet?»

Elias wollte aufbegehren. So hatte er sich die erste Runde des neuen «Clubs der Wilden» nicht vorgestellt. Dass man seine Weine nicht gleich überschwänglich loben würde, okay, damit konnte er leben. Aber gleich so herunter machen! Er war gekränkt, und das sah man ihm an.

Doch dann ging es Schlag auf Schlag und Elias wäre je länger desto lieber im Boden versunken. Selbst Lydia, seine Frau, musste eingestehen, dass sie diese Bitterkeit im Keller nie derart gespürt hatte, doch nun sei sie störend. Und zu guter Letzt musste Elias sogar anhand seiner eigenen Sinneseindrücke eingestehen: Ja, sein Wein war ungeniessbar.

Die Stimmung war nicht dazu angetan, besser zu werden, als man zu Hannes Überraschung auch bei seinem Wein diese merkwürdige Bitterkeit feststellte. Selbst Reto Lehners Weine schienen ähnlich ausgefallen zu sein, und obschon man verdutzt und engagiert über die Ursachen diskutierte, fiel es lange Zeit nicht auf, dass nur Maienfelder Weine betroffen waren.

Als Hannes gegen elf Uhr nach Hause kam, fiel ihm das Barrique ein, das er in seinem Keller liegen hatte. Ohne lange zu überlegen, füllte er sich ein Glas und nahm es nach oben in die Küche. Alle paar Minuten nahm er einen Schluck. Und zu seiner wachsenden Verwunderung blieb der Wein einwandfrei.

Er musste diesem Phänomen auf den Grund gehen. Als er kurze Zeit später in Ursinas Keller stieg, glaubte er zu träumen. Das Licht brannte und vor ihm stand Robert Vetscherin, der eben daran war, aus den Tanks Wein abzufüllen.

Robert erschrak mindestens so sehr wie Hannes, dessen Muskeln sich wie bei einem Raubtier anspannten, als er im letzten Moment Ursina erblickte.

«Was zum Teufel macht ihr da?» rief er aus.

Kapitel 14

Der Mann sass in einem breiten Lederstuhl. Um ihn herum war ein stattlicher Raum, doch die Regale und Bilder versanken im Halbdunkel. Wäre man eben erst hereingekommen, hätte man nur knapp erahnen können, wie gross das Zimmer wirklich war. Es mass an die 30 Quadratmeter, befand sich im Kellergeschoss eines anonymen Bürohauses. Eine bronzene Stehlampe leuchtete mit einem gebündelten Spot über die linke Schulter des Mannes auf ein geöffnetes Notizbuch. Er blätterte in seinen Aufzeichnungen, dann und wann führte er sich ein Glas Wein an den Mund, trank beiläufig, ohne sich mit dem burgundischen Chardonnay wirklich auseinanderzusetzen. Das schwarz eingefasste Notizbüchlein war abgegriffen, wies Dellen und Risse auf. Es beinhaltete flüchtig hingeworfene Buchstaben und Zahlen in kaum leserlicher Schrift. Dazwischen Pläne, Skizzen und Zeichnungen sowie eine Unmenge von chemischen Formeln und Tabellen.

Dem Mann, der sich das Büchlein zu Gemüte führte, schien es keinerlei Mühe zu bereiten, die Hieroglyphen zu entziffern. Obschon er das Geschriebene auswendig hätte aufsagen können, machte es ihm sichtliches Vergnügen, in seinen Aufzeichnungen zu stöbern. Am Schluss des Büchleins stiess er auf eine Tabelle, in die verschiedene Namen eingetragen waren. Er nahm seinen immer spitzen Architektenbleistift hervor und machte einen Haken hinter den folgenden Namen:

Elmar Obrist
Robert Vetscherin
Ursina Vetscherin
Alvin Sägesser
Emil Sägesser
Anton Reichlin
Joseph Reichlin
Reto Lehner
Elias Rapolder

Zufrieden lächelnd ging er die Liste durch. Beim Namen Rapolder ergänzte er die letzten Einträge: Impfung 22. Oktober. Anzahl Standen: 12 à 600 Liter. Gegenkomponente 16. Januar. Reaktionsdauer 77 Tage. Schaden: Fr. 110 000.

Damit war seine Liste komplett. Genüsslich rechnete er den Gesamtbetrag seiner Aktion zusammen, notierte die Zahl 5 Millionen und unterstrich sie zweifach.

Da wünsche ich einen schönen Frühling, dachte er zufrieden und blickte ins Schwarz des Raumes. Nochmals führte er das Glas an seine Lippen, stellte es dann neben sich auf ein Beistelltischchen und fischte aus einem daneben liegenden Päckchen eine Zigarette, zündete sie an und zog genüsslich daran. Ein Hustenreiz stieg auf, doch er konnte sich beherrschen. Er zog nochmals am glimmenden Stengel, wieder musste er einen Hustanfall überwinden, doch das war er gewohnt. Konnte das Rauchen wider besseres Wissens einfach nicht lassen. Wenigstens eine bis zwei pro Tag, das wollte er sich gönnen. Lunge hin oder her. Die Erinnerung an den stechenden Ammoniakgeruch kam ihm wieder hoch, damals, während seines Studiums, als die Explosion das Gefäss im Chemielabor in tausend Stücke gerissen hatte und er zu spät die Kapelle schliessen konnte. Er musste dieses Gemisch minutenlang eingeatmet haben, so dass fast jedes seiner Lungenbläschen verätzt wurde. Bewusstlos war er nieder gesunken. Irgendwie schafften es seine Kollegen, ihn aus dem Labor zu holen, setzten ihm eine Sauerstoffmaske auf und brachten ihn ins Spital. Dort wetteten die Ärzte nicht mehr viel auf ihn. Aber er biss sich durch. Das war er seiner Mutter schuldig, die ihm das Studium ermöglicht und selber auf alles verzichtet hatte, was das Leben irgendwie lebenswert machte. Wäre er gestorben, sie hätte es kaum überlebt. Nicht nach all dem anderen, was passiert war!

Vor genau vierzehn Monaten erlag sie ihrem Krebsleiden, doch er hatte ihr viel vom Leben zurückgeben können, nahm sie mit auf Reisen, in die Ferien, einmal sogar bis nach Südafrika. Nur Enkel konnte er ihr keine schenken. Zweimal war er verheiratet gewesen; beide Male klappte es nicht. Er liess sich untersuchen und erhielt vom Arzt das ernüchternde Resultat, dass es mit seinen Spermien nicht zum Besten stünde. So hatte er stets gehofft, jeden Monat aufs Neue, bis seine Ehen an diesem Wunsch zerbrachen.

Man kann bekanntlich nicht alles haben im Leben, dachte er und zog an der Zigarette, bis ihn der Hustenreiz übermannte. Aber er konnte sich schnell beherrschen und beobachtete den aufsteigenden Rauch.

Wenigstens lernte ich zu schätzen, was mir geschenkt wurde, dachte er. Und nun würde er zu Ende führen, was er sich seit Urzeiten vorgenommen hatte; auch wenn dieser Plan zwischenzeitlich nur verschwommene Konturen aufwies und er bisweilen nicht mehr an die Realisierung glaubte.

55 Jahre musste er alt werden, um das Geheimnis zu lüften! Das entsetzte ihn. Zumal es Mutter immer gewusst, aber niemandem anvertraut hatte. Nicht mal ihm, ihrem einzigen Sohn, der fast daran zerbrochen wäre. Wie konnte sie ein solches Geheimnis nur für sich behalten?

Doch er wollte ihr nicht böse sein. Sie meinte es sicher nur gut.

Freilich war das ein schwacher Trost. Aber seit er mit dem Aufräumen begonnen hatte, ging es ihm besser. Noch selten fühlte er sich so entspannt wie an diesen Tagen.

Zugegeben, alleine hätte er es nicht geschafft, sich kaum aufgerafft und zurückgeschlagen. Aber wie so oft im Leben lenkte ihn ein Zufall zur richtigen Person; und es war eine Sternstunde, als sie einander fanden und realisierten, dass sie beide Opfer derselben Subjekte geworden waren und ihr ganzes Leben auf den Tag gewartet hatten, Rache zu nehmen.

Genüsslich zog der Mann ein letztes Mal an seiner Zigarette. Wieder stieg ein Hustenreiz empor, den er mit erstaunlicher Körperbeherrschung unterdrücken konnte. Dann machte er die Zigarette aus und erhob sich aus seinem Sessel. Er wusste, dass seine *Babies* auf ihre Nährstoffe warteten. Der Mann ging in einen Nebenraum, in dem ein bläuliches Licht für eine eigenartige Laborstimmung sorgte. In Dutzenden Plastikgefässen wimmelten unzählige Insektenlarven, die nur ein Ziel hatten: binnen zwanzig Tagen so viel zuzunehmen, dass sie sich verpuppen konnten.

Der Mann betrachtete mit Wohlgefallen sein Werk und fühlte sich fast wie Gott.

Kapitel 15

«Herr Obrist, ich stehe vor einem weiteren Rätsel, das Sie mir sicherlich erläutern können. Meine physikalischen und chemischen Versuche haben ergeben, dass es sich bei Ihrem Wein nicht um einen, sondern um deren zwei handelt! So kann ich nicht arbeiten! Ich muss alles wissen. Sofort, sonst fahre ich noch heute zurück!»

Kuntzes Worte, die durchs Telefon drangen, waren scharf wie ein Messer und liessen Elmar Obrist zusammenzucken. Und bevor der deutsche Önologe weitere Stiche setzen konnte, brach der Winzer das Gespräch ab und versprach sofort vorbei zu kommen.

Ja, er könne schon einiges erklären, gab er halblaut zu, aber er wolle Vetscherin dabei haben. Sie würden in wenigen Minuten bei ihm sein.

Als Elmar und Robert in den Degustationsraum traten, trauten sie ihren Augen nicht. Kuntze hatte in den wenigen Stunden, seit er hier war, alles auf den Kopf gestellt, aus dem adretten Raum ein Mittelding zwischen Labor und Büro gemacht.

Auf einer Theke sauste eine Zentrifuge im Kreis. Daneben stand eine komplette Anlage für die chromatographische Bestimmung der Weine. Auf dem Spezialpapier, das in einem Rahmen aufgespannt war, bildeten übereinander liegende Farbpunkte ein buntes Muster. Links und rechts dieser Apparaturen standen zu Gruppen sortierte Glasbatterien; alle fein säuberlich numeriert und angeschrieben. Auch der lange Eichentisch wurde zweckentfremdet. Auf ihm thronte nun ein pyramidenartiges Destilliergerät, das die Alkoholwerte bestimmte. Daneben lag ein Laptop, dahinter stand ein Drucker.

Adrian Kuntze lehnte an der Bar, die Arme verschränkt. Er wirkte mürrisch und zeigte nur noch wenig Enthusiasmus. Er hatte die beiden Männer bereits auf dem Vorplatz beobachtet. Sie schienen sich zu streiten; aber vielleicht war es der normale Umgang, den die beiden miteinander pflegten, dachte Kuntze. Nun blickte er ihnen unverfroren ins Gesicht: «Ich höre...»

Elmar, der es nicht gewohnt war, dass man mit ihm so schulmeisterlich umsprang, fühlte, wie sich sein Bauchfell anspannte und eine Wut in ihm aufstieg. Er spürte den beschleunigten Pulsschlag in seinem Kopf. Am liebsten hätte er den Quacksalber heimgejagt. Allein er wusste, dass er in eigenem Interesse kooperieren musste, und so strengte er sich an, nicht zu ärgerlich zu tönen:

«Gut, was wollen Sie hören, wo Sie doch schon alles wissen? Ja, wir haben unsere Weine mit einem Pinot aus Slowenien gepanscht. Ein anderer Pinot-Klon, aber recht farbstark und mit einem höheren ph-Wert als unsere Weine...»

«Ich meine, es geht mich nichts an, und die schweizerische Gesetzgebung kenne ich nicht genau», sagte Kuntze und seine Stimme wurde wieder förmlich, während er ein paar Schritte auf die anderen zumachte, «aber ich würde wetten, dass dies auch hier nicht legal ist. Zumal im Verhältnis 45 zu 55!»

Vetscherin rollte mit den Augen: «Lassen wir das Moralische auf der Seite. Was wir hier dürfen und was nicht, ist eine andere Geschichte. Uns interessiert...»

Weiter kam er nicht, da ihm Kuntze dazwischen redete: «Moment mal! Was Sie getan haben, verstösst gegen Gesetze! Sie wollen die Kunden für dumm verkaufen! Gleichzeitig frage ich mich natürlich, was Sie sonst alles tun...»

«Aber jetzt mal langsam!» fuhr Elmar energisch dazwischen. Hätte ihn sein Kollege nicht zurückgehalten, wäre er auf Kuntze losgegangen.

So war es an Robert, wieder mehr Sachlichkeit ins Gespräch zu bringen: «Also, wir haben vielleicht die Legalität ein wenig ausgereizt, aber wir verarschen unsere Kunden nicht, sondern verkaufen ihnen ein gutes Produkt. Kommt es da darauf an, woher es letztlich stammt? Hauptsache, der Wein ist gut und günstig. Aber – und deshalb sind Sie hier – uns quält ein anderes Problem, nämlich diese verdammte Bitterkeit! Haben Sie da auch was herausgefunden?»

Kuntze atmete kurz durch, um den Ärger weichen zu lassen. Dann begann er: «Ich muss zugeben, diese Fragestellung ist neu für mich und aus wissenschaftlicher Sicht faszinierend. So, wie die Dinge liegen, sehe ich das Problem nicht bei der Grundstruktur der spezifischen Weine. Allerdings kann ich Ihnen noch nicht genau sagen, welche chemischen, allenfalls welche physikalischen Prozesse zu diesem Phänomen geführt haben. Aber mit hoher Wahrscheinlichkeit lässt sich vermuten, dass es künstlich erzeugt wurde. Ich würde mich nicht wundern, wenn es sich um ein Salz handelte, das sich ab einer gewissen Temperatur im Wein auflöst und für diese Bitterkeit sorgt.»

«Ein bitteres Salz?» flüsterte Elmar ungläubig zu Robert, «so etwas habe ich noch nie gehört!»

Kuntze liess sich nicht aus dem Konzept bringen und dozierte weiter: «Ja, ein bitteres Salz, dessen Verflüssigungspunkt bei ungefähr 15.6 Grad Celsius liegt. Natürlich würde man erwarten, dieses Salz bei tieferen Temperaturen ausfällen zu können. Aber das geht nicht. Erstaunlicherweise! Mit anderen Worten – doch das konnte ich bislang nicht belegen – es zerfällt bei Temperaturen unterhalb von 15 Grad in Komponenten, die nicht auffällig häufig vorkommen. Ich müsste also die Fraktionierung massiv verfeinern, um ein klareres Ergebnis zu erhalten, was hier nicht möglich ist!»

Robert hörte den unerfreulichen Ausführungen des deutschen Wissenschaftlers interessiert zu, setzte sich dann auf einen Stuhl, den er erst von Kuntzes Unterlagen befreien musste.

«Sie meinen, dass eine Art Sabotage dahinter stecken könnte?»

Elmar schien erst bei diesem von Robert ausgesprochenen Wort zu begreifen, was die Konsequenz aus Kuntzes Vortrag war, und erblasste.

«Sabotage», fuhr jener fort, «ist ein heikler Ausdruck. Denn das würde ein Motiv implizieren...»

«Aber vielleicht war es ein Zufall», beeilte sich Elmar einzustreuen, «irgendwer hat irgendwas fälschlicherweise in den Wein geschüttet, und es hat diese Reaktion gegeben.»

Robert schüttelte den Kopf. «Nein, das kann nicht sein! Denk mal nach! Wie hätte jemand durch puren Zufall bei dir und bei mir das Gleiche in die Tanks schütten sollen!»

«Aber es könnte natürlich in Slowenien passiert sein», räumte Kuntze ein.

«Ich dachte, Sie hätten gesagt, dass es nicht an der Grundstruktur der Weine liege», meinte Elmar leicht verwirrt.

«Ja, die Moste waren wahrscheinlich sauber. Dennoch sind möglicherweise in den fertig vergorenen Wein Zutaten gelangt, die diesen Effekt zeitigen, aber erst aufgrund einer zweiten Reaktion.»

«Diese verdammten Slowenen!» rief Elmar und schlug mit der Faust auf den Tisch. Doch Robert hob beschwichtigend die Hände und dachte laut weiter: «Das Weingut, bei dem wir in Maribor den Wein gekauft haben, gehört einem Schweden. Der war über beide Ohren verschuldet und folglich mehr als froh, dass er mit seinem Pinot einen Gewinn machen konnte. Was hätte er also für Vorteile, den Wein zu verderben? Keinen!»

«Vielleicht hat er Feinde?» meinte Elmar verschwörerisch.

«Vielleicht haben Sie Feinde», stellte Kuntze trocken fest und brachte eine andere Möglichkeit ins Spiel.

Elmar erhob sich, schnaufte ein paar Mal. Er spürte, wie sich sein Rücken versteifte und er zu schwitzen begann. Nachdenklich ging er hinter die Bar, griff nach einer Flasche Cognac und drei Gläsern. Mit gut gefüllten Schwenkern kehrte er zum Tisch zurück und reichte zwei weiter. Das dritte führte er zu den Lippen und genoss die Kraft des edlen Brandes, der seinen Mund wie ein aufflackerndes Feuer erwärmte.

«Wir haben Feinde», sagte er dann, «und nicht zu knapp! Aber wer wäre fähig, so etwas zu tun. Ich meine rein fachlich?»

«Eine gute Frage», erwiderte Kuntze, «sicher jemand, der viel von chemischen und physikalischen Zusammenhängen versteht. Das ist kein Zufallsprodukt, sondern das Werk eines Profis. Entweder Biochemiker oder Lebensmitteltechnologe!»

Bei diesen Worten schaltete es in Roberts Kopf. Es war mittlerweile später Abend geworden, doch er griff zu seinem Handy und wählte ohne Zögern Ursinas Nummer.

Kapitel 16

«Was zum Teufel macht ihr da?»

Hannes Worte hallten durch den Keller und Ursina, die einmal mehr gegen den Willen ihres Bruders nicht ankam und noch spät nachts ihre Kellertüre geöffnet hatte, beeilte sich, die Situation zu erklären.

«Du kommst gerade rechtzeitig. Robert hat in seinem Keller ein Problem, und er will herausfinden, woher es stammt und ob wir dasselbe...»

Hannes hätte seine Wut am liebsten handfest ausgelebt und Vetscherin verprügelt, doch er blieb mit verschränkten Armen stehen.

«Wenn du einen Übeltäter für allfällige Bitterstoffe suchst, dann bist du hier am falschen Ort!» sagte Hannes schroff. «Aber es beruhigt mich, dass es auch dich betrifft!»

Robert Vetscherin erbleichte und presste seinen Kiefer zusammen. Dass Hannes ihn durchschaut hatte, gefiel ihm gar nicht. Noch weniger, dass dieser als möglicher Täter wegfiel. Wenigstens fürs erste...

Ursina, die nach wie vor nicht begriff, was das Ganze bedeutete, blickte müde zu Hannes: «Was meinst du mit Bitterstoffen? Und was für ein Übeltäter?»

«So, wie's aussieht», begann Hannes zu erklären und fixierte Roberts wässrige Augen, «steckt in allen neuen Pinot-Weine aus Maienfeld eine unglaubliche Bitterkeit, die man erst ab einer gewissen Temperatur schmeckt. Und dein lieber Bruder sucht nun einen Verantwortlichen...»

«Halt die Klappe!» schnauzte ihn Robert an. Sein Kopf verfärbte sich scharlachrot, und er beeilte sich, aus dem Keller zu kommen. Die schwere Tür warf er hinter sich krachend ins Schloss.

«Was soll das?!» rief ihm Ursina verdutzt nach, «verdammt noch mal, ich verstehe immer noch nicht!»

«Komm», sagte Hannes mit einem sanften Lächeln, «nimm den abgefüllten Wein mit nach oben, dann erkläre ich's dir.»

Er steckte das Kellerthermometer in das Weinglas, das er vor sich auf den Küchentisch gestellt hatte. Als es 15° anzeigte, reichte er das Glas Ursina. Wie es sich gehörte, roch sie zuerst daran, nahm dann einen kleinen Schluck und blickte den jungen Mann fragend an.

«Einwandfrei, oder?»

«Ja, wie immer», sagte Ursina leicht ungeduldig.

«Na dann warte mal, was jetzt passiert.»

Wieder steckte Hannes das Thermometer ins Glas, wärmte es mit seinen Händen, in dem er es wie einen Kelch umfasste, und wartete, bis es sechzehn Grad anzeigte.

«So, jetzt probier noch mal!»

Ursina griff mit ihrer für eine Frau erstaunlich klobigen Hand nach dem Glas und liess den roten Saft sachte in den Mund fliessen. Nachdem sie ihn geschluckt hatte, schnalzte sie mit der Zunge und zuckte mit den Schultern.

«Ich find den Wein in Ordnung.»

Kaum hatte sie den Satz gesagt, schürzte sie die Lippen und zog die Augenbrauen nach unten. «Gott, ist der Abgang bitter! Uahh!» sagte sie nur.

«Ja, und er wird umso schlimmer, je wärmer der Wein wird!» fügte Hannes an. «Es ist erstaunlich, aber wir bemerkten diese Bitterkeit nie, weil wir immer nur im kühlen Keller bei 12 bis 13 Grad degustieren!»

«Verdammt», sagte Ursina und die Schläfrigkeit in ihrem Gesicht war wie weggeblasen, «woher kommt dieser abscheuliche Geschmack?»

«Ja, wenn ich das wüsste. Das Merkwürdige ist, dass es offenbar auch die Pinots von Robert betrifft, dann die von Reto Lehner und Elias Rapolder, praktisch alle in Maienfeld. Ausser...»

Hannes verstummte, weil ihm das Barriquefass in seinem Keller in den Sinn kam. Ursina schien seine Gedanken nicht zu erraten und schüttelte den Kopf: «Aber das darf doch nicht wahr sein! Alle Maienfelder Weine, sagst du? Das sind mehrere Hunderttausend Flaschen! Um Himmels willen!»

«Ja, wir haben ein Problem», pflichtete Hannes bei und überlegte, ob er ihr vom Fass in seinem Haus erzählen sollte – immerhin Wein, der nicht bitter war und von Ursinas Hof stammte. Dennoch entschied er, sein Geheimnis für sich zu behalten. Wenigstens vorderhand.

Kapitel 17

Die Neuigkeit verbreitete sich für einmal nicht wie ein Feuer durchs Dorf, sondern verhalten, geradezu klandestin. Aber nicht minder schnell. Ihr Inhalt war verheerend. Vor allem weil immer mehr Indizien darauf hindeuteten, dass kaum ein Keller verschont geblieben war. So aussergewöhnlich der Jahrgang auch war, mit ihm stimmte was nicht. Zumindest mit den Roten.

Hinter vorgehaltener Hand wurden die wildesten Theorien herumgereicht: Einige meinten, dass die Bitterkeit die Folge des trockenen Sommers sein könnte. Andere verdächtigten die Spritzmittel.

Eine dritte Fraktion, allerdings eine kleine, sah die Gier der Winzer als Grund für die Misere.

Aus dieser unfassbaren Bedrohung wuchsen Misstrauen und gegenseitige Verdächtigungen. Doch erstaunlich bald begriffen die Winzerfamilien, dass sie gerade jetzt zusammenhalten mussten. Alle waren betroffen und damit finanziell in Schieflage geraten. Wer kaufte noch Maienfelder Weine, wenn die Nachricht allgemein bekannt würde? Ganz zu schweigen, was passierte, wenn sich die Medien auf diese Geschichte stürzten?

Auf dem Städtliplatz, über dem an diesem 1. Mai dank der frühsommerlichen Temperatur eine fast südländische Atmosphäre lag, herrschte reges Treiben. Da wie üblich am Tag der Arbeit niemand arbeitete, verfügten die Einheimischen über Zeit, um einander zu treffen. Wo immer man hinblickte, hatten sich Grüppchen von Menschen gebildet, die lautstark debattierten. So unterschiedlich die Meinungen daherkamen, in einem Punkt war man sich einig: So lange es nicht klar sei, wo die Ursache der Bitterkeit lag, müssten alle gemeinsam versuchen, den Imageschaden zu minimieren. Bislang waren erst wenige Dutzend Flaschen des neuen Pinots ausgeliefert worden, und da war das Problem noch überschaubar.

Im Laufe des Nachmittags liefen die Telefone heiss. Robert Vetscherin und Elmar Obrist einigten sich, die Flucht nach vorne anzutreten und beraumten eine ausserordentliche Versammlung des Winzervereins ein. Alle Mitglieder waren aufgerufen, um 18 Uhr in den Rathaussaal zu kommen. Niemand sollte auf eigene Faust etwas unternehmen oder einem Auswärtigen über die Vorfälle berichten. Speziell die Medienleute durften nichts erfahren. Sie, Vetscherin und Obrist, hätten bereits einen ausländischen Fachmann beauftragt, das Problem zu untersuchen, und dieser Adrian Kuntze werde den Anwesenden seine Befunde erläutern. Wobei keine Wunder zu erwarten wären. Für das sei alles zu unklar.

Um die Zeit bis zur Versammlung totzuschlagen, setzten sich Hannes und Ursina gegen fünf Uhr nachmittags an den Einheimischentisch im «Ochsen». Tummelten sich normalerweise zu dieser Stunde einige grossmäulige Maienfelder in der Kneipe, um bei einem Glas Riesling-Silvaner die Weltlage zu erörtern, war heute der verrauchte und holzgetäferte Raum fast leer.

Der Wirt Heinrich Schwegler, den sie nur Heiri riefen, nickte wortlos, als sich Ursina und Hannes setzten, und deutete mit einer flüchtigen Bewegung an, dass zwei andere Gäste in der hinteren Ecke sassen. Sein Blick machte klar, dass es sich um Auswärtige handelte. Heiri, der um die Versammlung und die Vereinbarung wusste, Stillschweigen zu halten, schien beunruhigt. Hannes und Ursina begriffen schnell warum: Die beiden Männer redeten lauthals über das Gerücht, dass mit den Maienfelder Blauburgundern etwas nicht stimme. Als Hannes verstohlen zu ihnen hinüber sah, erkannte er einen Weinhändler aus Schaffhausen, den er kürzlich bei einer grossen Pinotverkostung im Wallis kennen gelernt hatte. Der Mann, der neben diesem Haas wie ein Fragezeichen auf der Holzbank hockte, konnte nichts anderes als ein Journalist sein, dachte Hannes, so wie der andauernd Notizen machte und dumme Fragen stellte.

Weil Heiri die Musicbox ausgemacht hatte, konnte man gut verstehen, was die «fremden Fötzel» besprachen.

Erstaunlich, dachte Hannes, wie geschlossen die Maienfelder einer äusseren Gefahr trotzten, wenn sie alle betroffen waren, und wie schnell sich diese Allianzen auflösten, war die Gefahr vorbei. Aber im Moment hielten selbst die grössten Plappermäuler, und Heiri gehörte mit Sicherheit dazu, zusammen.

In dem Moment erkannte Haas auch Hannes. Der rund sechzigjährige Mann, der sich wohl die Haare gefärbt hatte, um jünger auszusehen, stand auf und kam zu ihm und Ursina herüber.

«Ah, Herr ..., äh, Rüfener, wenn ich mich recht erinnere!»

Haas streckte seine Rechte aus und Hannes tat dasselbe, was er sogleich bereute, denn der Weinhändler hatte eine schweissnasse Hand und nahm die freundliche Geste gleich zum Anlass, sich zu setzen, allerdings nicht ohne dem Journalisten ein Zeichen zu geben, er sollte sich ebenfalls hinzu gesellen.

Dann blickte Haas zu Ursina. Kurz kniff er die Augen zusammen, schien zu überlegen, und reichte ihr endlich seine Hand zum Gruss. In ihrem Gesicht war wenig Begeisterung zu lesen, als Hannes sie vorstellte, zumal sie das Gefühl hatte, den Weinhändler von irgendwoher zu kennen. Derweil trat der Journalist hinzu, den Haas als Matthias Inderbitzin vorstellte.

Diesen Namen wusste Hannes sofort einzuordnen, schliesslich schrieb der für das grösste Sonntagsblatt im Land, leitete das Ressort «Essen und Trinken» und war – wie man von den Winzern landauf, landab hören konnte – ein komplettes Arschloch. Der fast zwei Meter grosse Inderbitzin, der wohl einen Buckel machte, um kleiner zu wirken, setzte sich ebenfalls ungefragt ans andere Kopfende des Tisches, was Ursina sichtlich missfiel. Aber sie schwieg, aus welchen Gründen auch immer – was Hannes erstaunt zur Kenntnis nahm.

Haas, der Ursinas Schmollen geflissentlich übersah, machte den Conferencier: «Wo haben wir uns das letzte Mal gesehen? Ach ja, im Wallis an der Mondial du Pinot. Und wie läuft es Ihnen?»

Hannes wusste nicht mehr, ob er diesem Typ damals erzählt hatte, dass er mit Ursina zusammen Wein machte und zuckte mit den Schultern.

«Was soll schon laufen? Immer genug zu tun...», sagte er höflich lächelnd.

Haas lächelte ebenfalls, aber säuerlich. Er hatte ergiebigere Auskünfte erhofft. Inderbitzin, der kein Freund von Floskeln war, kam schneller auf den Punkt: «Wenn Sie ein Rüfener sind, dann gehörte doch der Rüfiberg mal Ihrer Familie, nicht wahr?»

«Ja», fiel Haas ihm ins Wort, «genau! Jetzt erinnere ich mich. Der Herr Rüfener ist der Sohn von Joe Rüfener!»

Haas blickte zum Journalisten hinüber, um sicher zu gehen, dass bei dem der Zwanziger gefallen war.

«Ah, der Sohn vom Joe», sagte dieser überfreundlich, «das freut mich aber. Als ich ein junger Journalist war, hab ich mal einen Artikel über den Rüfiberg, diesen Clos de Vougeot[*] der Bündner Herrschaft und somit über Ihren Vater geschrieben. Das war im Jahr 90 oder 91, kurz vor dem tragischen Unfall...»

Hannes wusste nicht recht, was er nun sagen sollte. In seinem Hals bildete sich ein Kloss. Glücklicherweise kam ihm Ursina zu

---

[*] Clos de Vougeot: 50 Hektar grosser und wohl berühmtester Weinberg im Burgund.

Hilfe. Mit einer Stimmlage, die kaum einzuordnen, aber keineswegs unfreundlich war, meinte sie: «Meine Herren, der Hannes Rüfener und ich müssen was besprechen, geschäftlich, verstehen Sie. Dürften wir Sie also bitten!»

«Oh geschäftlich», wiederholte Inderbitzin das Wort mit Pathos, um gleich in typisch journalistischer Manier weiter zu fragen: «Sie wollen also gemeinsam Wein machen, nehme ich an. Ein Joint Venture von Rüfener mit Vetscherin. So wie Mondavi und Rothschild? Das ist mal was Neues!»

Er lächelte sein undefinierbares Lächeln, das genauso gut Anerkennung wie Hohn bedeuten konnte.

Ursina sagte nichts, was der Andere sogleich als Einladung auffasste, um weiter zu fragen: «Sagen Sie mal, was ist eigentlich von den Gerüchten zu halten, dass der neue Pinot aus Maienfeld ein merkwürdiges, geschmackliches Problem haben soll?»

«Wirklich?» staunte Ursina wie eine Theaterspielerin, «wer sagt so etwas?»

«Oh, ich hab da so meine Quellen. Ausserdem wurde mir zugetragen, dass ein deutscher Önologe im Dorf sei. Einer aus Geisenheim!»

«Da wissen Sie mehr als ich!» rief Ursina aus, «aber jetzt müssen wir weiter. Sie erlauben!» Ruckartig stand sie auf, um bei Heiri die Konsumation zu bezahlen. Auch Hannes erhob sich und schüttelte den beiden förmlich die Hand.

«Bis zum nächsten Mal, auf Wiedersehen», lächelte Haas zuvorkommend, obschon er vom Ausgang des Gesprächs nicht befriedigt war.

Draussen, auf dem Weg zum Rathaus, drehte sich Ursina zu Hannes um, der dicht hinter ihr her lief. «Diese Mistfliegen, diese elenden! Ich hab mir den Kopf zerbrochen, woher ich den Weinhändler kenne, und jetzt ist's mir eingefallen: Haas war Besitzer der ‹Pfeffermühle› in Fläsch, bis er Konkurs ging, weil er von vielen Winzern Wein *en gros* gekauft hatte, die Rechnungen aber nicht zahlen konnte. Wenn der nicht von allein gegangen wäre, hätte man ihn am nächsten Baum aufgeknüpft oder mit Schimpf und Schande weggejagt!»

«Wann war das?»

«Gar nicht lange her, vielleicht zehn Jahre. Aber eines ist klar, von der Bitterkeit im Wein wissen schon zu viele Leute. Wir haben schwere Zeiten vor uns!»

Die Luft im mittelalterlichen Rathaussaal war stickig. Zuvorderst, am Kopfende des Raumes, sassen Elmar Obrist, der Präsident des Vereins, sowie Robert Vetscherin, Kassier und Aktuar. Neben ihnen hatte der Bürgermeister, ein Sprössling der weit verzweigten Sägesserfamilie und damit fast mit der Hälfte der Anwesenden irgendwie verwandt, Platz genommen. Bald war der Saal gefüllt, und Elmar ergriff kraft seines Amtes das Wort. Ohne Umschweife kam er zum Grund, warum alle gekommen waren und gab nach einer kurzen Einführungsrede, indem er allen einschärfte, nicht kopflos zu handeln, das Wort dem deutschen Önologen. Dessen Ausführungen waren nicht dazu angetan, das Missbehagen der Maienfelder abzubauen. Im Gegenteil, die Tatsache, dass er zwar interessante Details erzählen konnte, aber das Hauptproblem grossräumig umschiffte, weil er, wie er zugab, zum Kern des Problems noch nicht vorgedrungen war, verunsicherte die Menge. Und von einem bitteren Salz, das thermodynamisch wirkte, aber in seinen Komponenten rätselhaft bleibe, hielten die Anwesenden auch nicht viel.

In der Folge entwickelte sich eine verbissene Diskussion, in der Elias Rapolder die These vertrat, dass es Sabotage sein könnte, am Ende andere Weinregionen dahinter steckten. Der Tumult war gross und Elmar hatte Mühe, die Anwesenden zu beruhigen. Er, als Präsident des Maienfelder Winzervereins, werde alles unternehmen, die Ursache zu finden, aber das ginge nur, wenn man nicht überreagiere.

Hannes hielt sich zurück und liess die anderen diskutieren. Er hatte sich als einziger von Kuntzes Vortrag Notizen gemacht und ackerte sie nochmals durch. Er wollte morgen im Labor selber Untersuchungen starten und das Rätsel lösen. Obschon ihm die Fachbegriffe vertraut waren, hatte er noch keine Ahnung, wie er vorgehen wollte. Jedesmal, wenn er den Kopf hob, bemerkte er, wie ihn Robert Vetscherin misstrauisch musterte. Was Hannes nicht realisierte: er wurde auch von einer Frau intensiv beobachtet, von Stella, Roberts Tochter.

Kapitel 18

Es war morgens um 7.30 Uhr, als Hannes den Badge an den Scanner hielt, um beim eisernen Drehkreuz in die Grossbäckerei, die im Industriegebiet von Sargans lag, eingelassen zu werden. Obschon er regelmässig Überstunden machte, quoll sein Schreibtisch über vor Unerledigtem, Analyseergebnissen, die er interpretieren, Berichten, die er fertig schreiben sollte. Dennoch entnahm er seinem Rucksack als erstes eine Flasche Wein und stellte sie auf den Tisch. Aus Angst, dass ihn jemand sehen könnte, füllte er schnell eine Batterie von Reagenzgläsern mit dem roten Saft und liess die Flasche wieder im Rucksack verschwinden. Prompt trat keine zwei Minuten später sein Chef ins Büro, um ihm guten Morgen zu wünschen und darauf hinzuweisen, dass er unbedingt den Bericht über die Eischaumqualität der tiefgekühlten Vanillegipfel bräuchte. Da Hannes als fleissiger Mitarbeiter galt, konnte man ihm nicht vorwerfen, während der Arbeit zu pennen, dennoch war der Ton des Chefs so klar wie Kristall.

Der hat wohl eine Tracht Prügel vom Direktor bezogen, dachte Hannes und wusste, was es geschlagen hatte. Dennoch setzte er als erstes eine Probe seines Weins beim Gas-Chromatographen an, um die Bestandteile zu entschlüsseln.

Ein Salz, überlegte er, das thermodynamisch funktioniert, aber unter 15,5 Grad Celsius in seine Bestandteile zerfällt? Hannes schüttelte den Kopf. So ein Phänomen war ihm noch nicht untergekommen! Aber vielleicht war es gar kein Salz, sondern eine Reaktion, die anders zu erklären war. Gerne hätte er mehrere Experimente begonnen, doch er musste sich zuerst anderen Arbeiten widmen: den vom Chef gewünschten Analyseergebnissen, einem Bericht über die Hefeeigenschaften des neuen Sauerbrotteigs sowie dem bakteriologischen Verhalten des kalorienarmen Schokoladenmousse.

Er war so eingedeckt mit Arbeit, dass er nicht mal bemerkte, wie gegen Mittag sein Magen knurrte. Erst als Ursina um vierzehn Uhr anrief, dachte Hannes wieder an die Weine.

Ursina erzählte, was sie von ihrem Bruder erfahren hatte: dass der deutsche Önologe für weitere Untersuchungen zurück nach Geisenheim gefahren sei, weil das Mysterium komplexer war als vermutet.

Hannes konnte ihr auch nicht viel Neues bieten. Die Gaschromatographie hatte nichts gebracht und Ursina war hörbar enttäuscht.

Forschen bedeute eben, sich in Geduld zu üben, sagte Hannes altklug, wissend, dass er diesen Spruch von seinem früheren Lehrmeister, Oskar Walthert, täglich und bis zum Überdruss gehört hatte.

Genau das war die beste Idee, sagte sich Hannes, als er den Hörer aufgelegt hatte. Warum frag ich nicht gleich bei Walthert an, ob er uns helfen könnte? Keiner weiss so viel über Hefen und bakteriologische Prozesse im Bereich von Lebensmitteln wie er.

Der ehemalige Laborchef war hörbar gerührt, als er Hannes am Telefon erkannte. Erst recht fühlte er sich geschmeichelt, als ihm Hannes schilderte, warum er ihn um Hilfe bat. Walthert, vor zwei Jahren *outgesourced*, wie man neudeutsch den Vorgang bezeichnete, wenn man eine bewährte Kraft altershalber in die Wüste schickte, war ein Forscher, wie er im Buche stand. Akribisch und geduldig, aber ein wenig langsam, was ihm zum Verhängnis wurde. Wenn er sich in ein Problem vertiefte, verschwamm die Welt um ihn herum. Einmal, so erzählte man, hätte er gar den penetrant klingelnden Feueralarm überhört, weil er hinter die Wirkweise eines Hefestammes kommen wollte und nur das Leben unter seinem Mikroskop wahrnahm. Zum Glück handelte es sich um einen Fehlalarm, und so hatte diese Selbstvergessenheit keine Konsequenzen.

Hannes wusste, was er seinem ehemaligen Lehrmeister verdankte. Durch seine Vermittlung konnte er eine Lehre als Chemielaborant machen, fand über die Hefen zum Wein.

Hannes erklärte dem konzentriert zuhörenden Walthert das Problem der Bitterkeit, schilderte, was der deutsche Önologe herausgefunden hatte und fügte die Ergebnisse seiner eigenen Recherche an. Der Wissenschaftler, der früher immer gleich eine Idee hervorzauberte, wo er ansetzen würde, seufzte leer in den Hörer.

Nein, so etwas habe er noch nie gehört, meinte er. Vor allem der thermodynamische Prozess irritierte ihn. Wie gerne hätte er früher mehr über temperaturgesteuerte Wirkweisen spezifischer Stoffe experimentiert, denn gerade für die Lebensmitteltechnologie läge hier ein offenes Feld! Wäre raffiniert gewesen, man hätte einen Teig kreieren können, der schon bei achtzig Grad hart geworden wäre. Das würde viel Energie sparen.

Hannes musste schmunzeln: Der Walthert ist immer noch der Alte, dachte er, redet und redet...

Als hätte dies der Andere gehört, war er mit einem Mal wieder voll und ganz bei Hannes: «Das Einzige, das ich mir vorstellen kann», sagte er, als sähe er im undurchdringlichen Dschungel eine Fährte, «ist eine Zweikomponenten-Wirkung. Mit anderen Worten muss da ein Stoff sein, der auch sonst im Medium vorkommt und der dank spezifischen Beigaben, Enzyme, Phenole oder andere, auf ein zweites Element reagiert, sobald eine gewisse Temperatur erreicht ist!»

«Ja genau!» rief Hannes enthusiastisch, «so etwas wäre möglich! Eine Zweikomponenten-Wirkung! Also kein Salz!»

«Theoretisch könnte schon ein Salz beteiligt sein. Nur dass sich das bei 15 Grad auflösen sollte und erst dann geschmacklich relevant wird und erst noch bitter...? – Nein», sagte Walthert mit Nachdruck, «das scheint mir unwahrscheinlich! Im Moment zweifle ich an der Salztheorie, denke eher an eine Zweikomponenten-Lösung!»

«Und wie würden Sie vorgehen?»

«Das ist komplex, und dazu bräuchte es eine ganze Batterie von analytischen Verfahren. So etwas lässt sich nicht aus dem Ärmel schütteln. Anderseits, bei euch im Labor hat's diese Gerätschaften, und ich könnte mal vorbeikommen, wenn mich der Hediger an der Pforte noch rein lässt...»

Walthert lachte ins Telefon, denn er kannte den Pförtner seit dreissig Jahren, und der würde ihm nach wie vor den Passepartout anvertrauen.

«Sie kommen vorbei?» Hannes war erleichtert, denn das ermöglichte ihm, seine eigene Arbeit weiterzuführen und gleichzeitig Oskar Walthert über die Schultern zu schauen.

«Wenn Sie wollen!»

«Ich würde mich sehr freuen», rief Hannes, «und werde meinen Chef kurz anfragen, ob er einverstanden ist. Aber da sehe ich keine

Probleme; meine Versuche sind abgeschlossen. Ich muss nur noch den verdammten Papierkram...»

«Ja, Schreiben war ja noch nie Ihre Stärke.» Waltherts Stimme klang nicht vorwurfsvoll, sondern mitfühlend und passte bestens zu einem ehemaligen Lehrmeister.

Kapitel 19

«Elmar! Mich hat eben einer vom Fernsehen angerufen! Die haben irgendwie herausgefunden, dass bei uns was schief läuft und jetzt wollen sie filmen kommen! Scheisse, was soll ich tun?»

Die Stimme des sonst bedächtigen Alois Sägesser, des Stadtpräsidenten von Maienfeld, überschlug sich. Elmar Obrist, der die letzte Nacht schlecht geschlafen hatte, spürte eine Mattigkeit in seinen Gliedern, als wäre es nicht elf Uhr morgens, sondern halb drei in der Nacht. Dennoch wusste er, dass er die Zügel festhalten musste, sonst entgleise die ganze Sache.

«Beruhige dich, Lois! Noch ist nichts passiert. Also: Wer hat dich angerufen?»

«Einer von den Zehnvorzehn-Nachrichten, Ettlin heisst er, glaub ich. Und er fragte mich unverblümt, ob es wahr sei, dass die Maienfelder Winzer vor dem Konkurs stünden? Wir müssen einen Verräter in unseren Reihen haben!»

«Ach was!» rief Elmar ins Telefon, um Sägesser zu beruhigen. Das gelang ihm anscheinend, weil dieser Luft holte. In Elmars Kopf kreisten die Gedanken. Dann kam ihm eine Idee: «Also, Lois, ich sag dir, was wir machen. Wir brauchen zuerst Zeit, um herauszufinden, was bei uns in den Kellern passiert ist. Bis dann müssen wir versuchen, die Journalisten auf Distanz zu halten.»

«Sollten wir nicht eher mit der Wahrheit rausrücken?» wagte Sägesser einzuwenden, weil ihm eben einfiel, was man ihm an einem kantonalen Fortbildungskurs zum Thema Informationspolitik eingetrichtert hatte.

«Bist du wahnsinnig!» schrie Elmar in den Hörer. «Wenn du

diesen Medienfritzen einen Finger gibst, nehmen sie dir die Hand! Nein, lass den Fernsehheini kommen, erklär ihm, dass es keine Probleme gebe, und weise ihn weiter an mich. Ich werde ihm den Kopf vollquatschen und von witterungsbedingten, önologischen Knacknüssen erzählen, die für ein ungewohnt dichtes und breites Geschmacksbild verantwortlich sind und wo – je nach Technik – auch Fehltöne auftauchen können, die sich aber beseitigen lassen.»

Sägesser besass aufgrund seiner familiären Hintergründe von Weinmachen genug Ahnung, dass er verstand, was Obrist andeutete. Dennoch war seine Angst nicht gänzlich gewichen. Immerhin konnte er sich auf seine Rolle als Stadtpräsident zurückbesinnen und alles rund ums Thema Wein an Elmar delegieren.

«Gut, so machen wir's», resümierte Lois erleichtert, «ich sag dem Fernsehtyp, dass er bei dir vorbeikommen kann. Denn er hat mich vollgequasselt wegen irgendwelchen Bildern, die er für den Beitrag machen muss.»

«Oh, ich werde ihm Bilder geben! Mehr als er brauchen kann. Und wenn er eine Nullstory gesendet hat, nimmt das Interesse schlagartig ab und die Sache wird uninteressant. So sind die Medien, glaub's mir!»

Kurz nach ein Uhr mittags hielt vor dem Rathaus ein weisser VW-Bus des Schweizer Fernsehens. Mario Ettlin, der auf dem Beifahrersitz sass, musterte den von mittelalterlichen Häusern gesäumten, menschenleeren Platz, über dem eine fast schon sommerliche Wärme hing.

«Sieht ja aus wie im Südtirol», meinte der junge Reporter zu seinem Kameramann, der auf der Fahrt kaum was gesagt hatte. Ettlin dachte nichts dabei, schliesslich war es sein erster Einsatz als Reporter seit dem Abschluss der Grundausbildung. Und seine Redaktionskollegen warnten ihn vor den Launen der Kameraleute. Viele fühlten sich zu Grösserem berufen und wähnten sich als Filmemacher. Der junge Mann hatte weder Lust noch Zeit, sich darüber den Kopf zu zerbrechen. Er wollte zeigen, was er konnte.

Eduard Stalder, den alle nur Edi nannten, blickte sich flüchtig um und stieg aus.

Wieso geben die mir immer Grünschnäbel mit, fragte er sich im Stillen; ich werde wieder mal in der Dispo Krach schlagen müssen! Griesgrämig öffnete er die Heckklappe seines Autos und holte die schwere Kamera heraus. Dann meinte er herausfordernd: «Ja, der Platz ist schön, allerdings ist das Licht ziemlich grell. Soll ich trotzdem schon ein paar Bilder ohne Stativ machen?»

Ettlin durchschaute die Anspielung des um Jahre älteren Kollegen, von dem man wusste, dass er mit der neuzeitlichen Bildsprache seine liebe Mühe hatte. Wer Intensität mit Ruckeln und Zuckeln übersetzte und auf Dinge wie Bildkomposition und Kontrast keinen Wert legte, war bei ihm von vornherein abgeschrieben. In diese Falle wollte er nicht tappen: «Nein, wir haben später mehr Zeit. Gehen wir zuerst zum Gemeindepräsidenten, der wollte um ein Uhr da sein.»

Stalder öffnete den Schacht seiner Sony-Kamera, schob eine gelbe Beta-Kassette hinein und wartete, bis sein Display Bereitschaft signalisierte. Beiläufig meinte er: «Mir erscheint das Städtchen sehr ruhig. Also von panischen Volksaufläufen, wie du gesagt hast, sehe ich nichts!»

«Ist vielleicht nicht die Zeit jetzt. Ich denke, am Abend läuft sicher mehr. Gehen wir zu Sägesser!»

Mario Ettlin wusste nur zu genau, was sein Kameramann andeutete, und er fand das nicht gerade motivierend. Auch ihm schien die Geschichte dünn, die er beim Inputter[*] gefasst hatte. Aber der Anruf, der heute Morgen die Redaktion erreichte, schilderte tumultartige Szenen in Maienfeld und wusste zu berichten, dass praktisch alle Winzer vor dem Konkurs stünden, weil der neue, hoch gelobte Jahrgang einen katastrophalen Fehler aufweise.

«Wer war eigentlich dieser ominöse Anrufer?» wollte Stalder wissen.

«Ein Weinhändler aus Schaffhausen. Haas heisst er oder so ähn-

---

[*] In einer TV-Redaktion ist der Inputter zuständig für die Themenauswahl und -planung. In Absprache mit dem Ausgabenleiter, auch Produzent genannt, beauftragt er den Journalisten/die Journalistin, einen Filmbeitrag zu realisieren.

lich», antwortete Ettlin, «wohl einer, der irgendwie Gewinn aus der Sache ziehen will, sonst hätte er es uns nicht gemeldet.»

«Und hast du mit dem schon mal gesprochen?»

«Nein, er will in die Sache nicht reingezogen werden, wusste aber zu berichten, dass auch die Sonntagspresse hinter der Geschichte her sei. Und da meinte mein Chef, wir sollten mal schauen gehen.»

Stalder überprüfte die Einstellungen der Kamera und schüttelte den Kopf: «Wer hat diese Kamera so verstellt? Scheisse!»

Und während er auf verschiedene Knöpfe drückte, meinte er: «Ich finde es bedenklich, wenn ein Nachrichtenmagazin einem Gerücht so viel Aufmerksamkeit schenkt und die journalistische Sorgfaltspflicht verletzt!»

Ettlin wurde gereizt: «Das war nicht meine Idee, verdammt! Wir tun hier unseren Job, okay? Und da gehört die Recherche vor Ort dazu! Mal abwarten, was uns Sägesser erzählt, dann sehen wir weiter!»

Der Kameramann schloss ungerührt seinen Wagen ab, schulterte das Stativ und griff mit der anderen Hand nach der Kamera. Im Gehen brummelte er: «Früher hat man zuerst recherchiert, bevor man gefilmt hat...»

Ettlin sagte nichts, obwohl er verstanden hatte, was der andere in seinen Bart murmelte. So falsch lag er auch nicht. Aber heutzutage war das Fernsehhandwerk anders als früher: Alles musste schneller gehen und mit weniger Aufwand. Dagegen konnte man nichts machen! Und wenn Stalder noch lange auf Dienstverweigerung macht, hat er zum letzten Mal mit mir gearbeitet, dachte Ettlin ärgerlich.

Im Rathaus war es kühl und ruhig. Die schwere Eichentür, die hinter den Fernsehmännern automatisch ins Schloss fiel, schottete alle Geräusche von aussen ab. Im Eingangsbereich herrschte ein eigenartiger Geruch. Stalder wähnte sich in die Kindheit zurückversetzt. Genauso roch es auch in unserer Schule: modrige Kellerluft, vermischt mit einem Linoleum-Putzmittel! Ich hasse solche Déjà-vu-Erlebnisse, dachte er.

Plötzlich hallten Schritte von der Treppe herab. Eine Dame mittleren Alters mit nach hinten gebundenen Haaren, einer fahlen Haut und kleinen braunen Äuglein, gekleidet in ein undefinierbares Stück Stoff, wie man es vor zwanzig Jahren kaufen konnte, trippelte auf sie zu.

«Ah, das Fernsehen. Herr Sägesser lässt bitten. Dritter Stock, zweite Türe rechts. Bitte...»

Die Tür zu Sägessers Büro stand offen und obschon Stalder gerne noch auf die Toilette gegangen wäre, musste er dem Stadtpräsidenten die Hand schütteln. Ettlin schickte sich gleich an, mit Sägesser die Einstiegsszene zu besprechen, um ihn den Zuschauern vorzustellen. Er erklärte alles so hastig, dass Sägesser blass wurde, weil er nichts begriff. Als er hörte, dass er gar schauspielern müsste, wollte er aufbegehren, doch Ettlin wiegelte die Einwände ab und wiederholte seinen Sermon wie ein ungeduldiger Lehrer: «Sie müssen nichts tun, als aus dem Büro hinausgehen, dann wieder hereinkommen, sich beim Schreibtisch hinsetzen, allerdings ohne in die Kamera zu blicken, und so zu tun, als würden Sie beispielsweise einen Brief schreiben!»

«Aber ich schreibe nie Briefe, das macht Frau Biedermann», wagte Sägesser einzuwenden, was Ettlin überhörte.

Stalder musste insgeheim über den Namen der Büromamsell schmunzeln. Dann hielt er es für angezeigt, die Regie zu übernehmen. Im Laufe seiner jahrzehntelangen Kameraarbeit beim Fernsehen hatte er diese Art von Vorgespräch oft mitverfolgt und konnte nachvollziehen, warum sich so viele Interviewpartner vorkamen, als müssten sie aufs Schafott. Demonstrativ stellte er sein Stativ und die Kamera zur Seite.

«Herr Ettlin wollte sagen, dass er gerne mit Ihnen eine Einstiegsszene machen würde, in der Sie ins Büro kommen. Als hätten Sie draussen etwas geholt, kommen Sie rein, setzen sich an den Tisch und beginnen zum Beispiel, eine Akte zu bearbeiten. Bei diesen Bildern kann Herr Ettlin eine Textpassage drübersetzen, um Sie vorzustellen.»

«Ah, jetzt verstehe ich,» sagte Sägesser erleichtert und stand geflissentlich auf, um das Gewünschte gleich durchzuspielen.

«Nein, nicht sofort», bremste Stalder, «das dauert noch eine Minute, bis ich parat bin. Und überhaupt müsste ich zuerst auf die Toilette...»

Ettlin, der den Zeitpunkt für eine Pinkelpause schlecht gewählt fand, rollte mit den Augen und machte gute Miene zum bösen Spiel. Dieser Kameramann hat das erste und letzte Mal mit mir zusammen gearbeitet, dachte er.

Derweil erklärte Sägesser mit ausgesuchter Höflichkeit, wo Stalder das WC finden konnte. Dann wandte er sich dem Redaktor zu: «Sagen Sie, Herr Ettlin, was wollen Sie mich eigentlich fragen?»

«Wie ich Ihnen schon am Telefon gesagt habe: Uns interessiert, was von den Gerüchten zu halten ist, die man bezüglich der Probleme des heurigen Jahrgangs hört. Und welche Auswirkungen die Gemeinde Maienfeld erwartet...»

«Stadt Maienfeld! Wir sind seit dem elften Jahrhundert eine Stadt!» sagte der Stadtpräsident mit einem gütigen Lächeln. Ettlin nickte beiläufig, dann klingelte das Telefon. Sägesser nahm den Hörer ab und die Stimme, die er hörte, schien ihm Auftrieb zu geben, denn seine Gesichtszüge entspannten sich ein wenig: «Oh, Elmar, du bist es! Ja, der sitzt grad bei mir. Nein, hab ich noch nicht sagen können, dass er zu dir kommen soll, äh darf... Ja, ich sag's ihm. Nein, läuft gut... Ja, danke. Bis später!»

Sägesser legte den Hörer auf die Gabel, als dürfte er keinen unnötigen Lärm machen.

Dann meinte er lächelnd wie ein unterwürfiger Diener: «Das war Herr Obrist, unser Winzerpräsident; er sagte mir eben, dass er für ein Interview bereit wäre und dass er Ihnen alles erklären würde, weil ich ja von Weinmachen nicht viel verstehe.»

«Das trifft sich gut!» Ettlin war froh, dass wenigstens ein bisschen Bewegung in die Sache kam.

Als Stalder von seinem WC-Ausflug zurück war und die Kamera positioniert hatte, begannen die Dreharbeiten. Um Sägesser an die Kamera zu gewöhnen, einigte man sich, mit der Einstiegsszene zu beginnen. Sägesser hielt sich wacker, auch wenn er den läppischen Gang zu seinem Schreibtisch dreimal machen musste. Einmal schielte er in die Kamera und beim anderen Mal blieb er vor seinem Schreibtisch stehen, anstatt sich hinzusetzen. Auch das vereinbarte Aktenstudium klappte nicht auf Anhieb, weil grelles Licht durchs Fenster hinter dem Schreibtisch hereinbrach, was Stalder störte. Nachdem dieser das halbe Büro umgestellt hatte, was der

Präsident erstaunlich gelassen zuliess, schafften sie auch diese Hürde. Dann folgte das Interview, in dem nicht viel Neues zu Tage kam. Einzig bei Ettlins Nachfrage, was der finanzielle Verlust von mehreren Millionen Franken für steuerliche Auswirkungen hätte, stutzte der Präsident und meinte leicht naiv, dann müsste die Stadt den Gürtel enger schnallen, wohl die Zuschüsse für soziale Einrichtungen kürzen.

Um halb drei Uhr nachmittags fuhren Stalder und Ettlin zu Elmar Obrists Weingut. Im Westen türmten sich Gewitterwolken auf, welche die beschauliche Landschaft in ein bedrohliches Licht tauchten. Stalder hätte jetzt gerne ein paar Bilder gemacht, von den Rebzeilen, den engen Dorfstrasschen, den hastenden Menschen, die Schutz vor dem nahenden Regen suchten. Doch Ettlin zog es vor, schnellstmöglich zu Obrist zu fahren. Und tatsächlich, der Winzerpräsident war sichtlich sauer, dass er auf die TV-Crew warten musste, fand aber bald zu seiner gewohnten Rolle des Grandseigneurs. Er wirkte aufgeräumt und kompetent. Weil es zu regnen begann, führte er die beiden Männer in seinen Degustationsraum, der seit Kuntzes Abreise wieder seinem eigentlichen Zweck diente. Die geglückte Verbindung von altertümlichem Weinkeller mit modernen Einrichtungsgegenständen sowie das gelungene Beleuchtungskonzept wirkten einladend und bildstark, was Stalder – zu Ettlins Erstaunen – sofort anerkennend bemerkte. Dieser Raum schien ihn zu inspirieren, denn er wollte augenblicklich die Kamera aus dem Auto holen und mit ein paar Lichtern Akzente setzen. Ettlin war das recht, so konnte er mit Obrist das Interview vorbesprechen.

Dieser hatte offenbar seinen gesprächigen Tag, wie Ettlin zu seiner Freude bemerkte. Elmar sprudelte los, berichtete über den schwierigen Jahrgang, von den Problemen und von den Gerüchten. Er machte das mit so viel Elan, dass Ettlin gar nicht bemerkte, wie ihn der schlaue Winzer um den Finger wickelte. Auf jede Frage, und war sie noch so kritisch und direkt, reagierte er mit Eingeständnissen, relativierte das Gesagte aber gleich wieder. Auch die Winzer in Frankreich würden über dünne Säure, plumpe Aromen und übermässige Bitterstoffe klagen, doch das sei korrigierbar. Im Vergleich zur Güte des Jahrgangs seien das Lappalien. Um das Gesagte zu verifizieren, lud er Ettlin und Stalder anschliessend zu einer kleinen Weinprobe in den Keller ein. Im Laufe des Nachmittags wurde das Klima zwischen den Medienleuten und dem Winzer immer offener und freundschaftlicher. Wohl die Folge der Weine, die Elmar zum Probieren reichte. Mit der Zeit schien er Gefallen daran zu finden, bei jedem Handgriff gefilmt zu werden, und er wurde mutiger und draufgängerischer. Quasi um den ultimativen Beweis anzutreten, dass die Maienfelder Weine einwandfrei waren, liess er den Journalisten einen Tank auswählen, um eine Probe abzufüllen. Vor laufender Kamera öffnete er den Hahn eines kontaminierten Behälters und füllte ein Glas ab, das er dem Reporter reichte. Dieser probierte den Tropfen und musste zugeben, von Bittertönen nichts zu spüren. Elmar war dankbar, dass es in seinem Keller nie wärmer als 14 Grad wurde.

Als Stalder und Ettlin nach zwei Stunden zum Equipenfahrzeug zurückgingen, realisierte der Reporter mit Schrecken, dass er die Zeit komplett vergessen hatte. Und weil sein Handy auf lautlos geschaltet war, bemerkte er die drei Anrufe des Ausgabeleiters erst jetzt. Der wollte natürlich wissen, was aus der Story würde.

«Sag mal, bist du von Sinnen?» schrie der Produzent ins Telefon, als Mario Ettlin kurz vor 18 Uhr zurückrief. «Seit mehr als eineinhalb Stunden versuche ich, dich zu erreichen! Was tust du überhaupt?»

Ettlin nahm einen Anlauf, sich aus der misslichen Lage zu befreien, und erzählte vom Stand der Dinge: Ja, er habe viel Interessantes über die Gerüchte gehört und Interviews mit dem Winzerpräsidenten Elmar Obrist und dem Stadtpräsidenten gemacht, das Problem seien Bitterstoffe in fast allen Weinen, nein, der Beweis für die Bitterkeit fehle noch. Aber es schienen alle Maienfelder Winzer betroffen, das habe Obrist bestätigt. Mit anderen Worten man müsse weiter graben.

Zu seiner Überraschung gab der Produzent sein Einverständnis, dass Ettlin und Stalder an der Geschichte dran blieben und dass er nicht mehr mit einem Beitrag für heute Abend rechnete. Sie sollten nochmals mit dem Weinhändler Haas Kontakt aufnehmen, vielleicht würde der aufgrund von Obrists Äusserungen konkreter.

Ettlin nahm die Anregung des Ausgabenleiters wie einen Befehl entgegen und berichtete Stalder, dass sie eine Nacht hier bleiben und versuchen würden, mit Haas Kontakt aufzunehmen.

Kapitel 20

Es war gegen halb acht Uhr, als Hannes todmüde von der Arbeit nach Hause kam. Wie immer hatte Gerda mit dem Abendessen auf ihn gewartet und sass im Wohnzimmer, wo der Fernseher lief und ein Tagesschausprecher über eine weitere Krise im nahen Osten berichtete.

Hannes wusste, dass es eher unüblich war, in seinem Alter noch bei der Mutter zu wohnen, aber die Annehmlichkeiten dieser «Vollpension» überwogen die Zweifel und träfen Sprüche seiner Kollegen. Ausserdem hätte Mutter das grosse Haus nicht alleine in Schuss halten können. Und da Hannes keine feste Freundin hatte und deshalb keinen Anreiz verspürte, eine eigene Welt aufzubauen, gab es keinen Grund auszuziehen. Zudem fand er hier Platz für all seine Hobbys, und Mutter redete ihm weder drein noch stellte sie allzu viele Fragen. Da sie so gut wie nie in den ehemaligen Weinkeller hinunterstieg, konnte er auch dort tun und lassen, was er wollte. Vom neuen Barrique, das er im Fasskeller abgestellt hatte und in dem Ursinas Wein reifte, wusste sie nichts. Und selbst wenn sie es sähe, würde sie sich nicht wundern; er experimentierte immer mit Wein, vergor schon als Sechzehnjähriger kleine Mengen Trauben, auch wenn die anfänglichen Resultate mit Wein nur am Rande zu tun hatten. Unfreiwillig lernte er die geheimnisvolle Wirkweise von Essigbakterien kennen und sorgte damit für Nachschub in Mutters Küche. Mit der Zeit wurden die selbst gemachten Rot- und Weissweinessige, die Hannes teilweise mit Kräutern und anderen Zugaben aromatisierte, so gut, dass sie jede Salatsauce verfeinerten.

Als Höhepunkt imitierte Hannes die Produktion des berühmten Balsamico-Essigs aus Modena. Mit einer Batterie von Fässern aus Kastanien- und Kirschholz gelang ihm eine bemerkenswerte Qualität, die er gerne kommerzialisiert hätte, doch dann kam ihm die Rekrutenschule in die Quere.

Mutters deftige Küche passte bestens zu Hannes' Hunger. Während des Tages konnte er kaum was essen, da ihm der ständige Geruch von Eischaum, Mousse au Chocolat und anderen Süssigkeiten den

Appetit verdarb. Dafür langte er abends doppelt zu. Beiläufig erzählte er seiner Mutter, dass er mit Oskar Walthert Kontakt aufgenommen hatte. Sie fand das eine gute Idee, denn so viel sie wusste, litt Oskar bisweilen schon unter dem abrupten Rauswurf bei der Firma, vermisste einen geregelten Tagesablauf. Und als alleinstehender Mann, der nie viele Freunde besass, wäre es sicher eine Abwechslung, einer kniffligen Frage nachzugehen. Vielleicht sollte sie auch mal mit ihm Kontakt aufnehmen, ihn zum Abendessen einladen, sagte sie mit einem Anflug von Verlegenheit. Hannes bestärkte sie in der Idee, denn er wunderte sich ohnehin, wie schwer sich ältere Singles taten, um ihrer Isolation zu entgehen. Mutter wie Oskar Walthert waren seit Jahren alleine und hätten sich schon längst treffen können. Aber er wollte sich nicht zu sehr auf dieses Thema einlassen, denn es zog ihn in den Keller. Ihn interessierte, wie es «seinem» Wein ging.

Minuten später war er beim Fass, kontrollierte die Qualität und bestimmte den Säuregehalt.

Wieder stiegen Bilder hoch. Er erinnerte sich, wie er vor über fünfzehn Jahren seinem Vater bei der Arbeit zusehen durfte. Damals lagen hier mannshohe Holzfässer, in die man mit etwas akrobatischem Geschick hineinsteigen konnte. Hannes durfte – trotz des alkoholischen Geruchs, der in den Fässern hing und ihm am Anfang zu schaffen machte – einige Male hinein kriechen und den Weinstein betrachten, der im Schein einer Taschenlampe wie ein tausendkarätiger Diamant glitzerte.

Weinstein, dachte Hannes plötzlich, ist auch ein Salz und besteht zur Hauptsache aus Kaliumtartrat, das von der Weinsäure stammt. Es braucht kühle Temperaturen, um ihn auszufällen, aber im Prinzip ist es ein ähnlicher Prozess wie derjenige, der unsere Weine befallen hat. Vielleicht gibt es ja eine Substanz, die mit diesem Kalisalz eine Verbindung eingehen kann und thermodynamisch wirkt.

Hannes war mit sich derart intensiv in Zwiesprache, dass er die Schritte gar nicht hörte, die durch den Keller hallten. Umso mehr erschrak er, als ihn eine Stimme aus seinen Gedanken riss. Er blickte in ein Paar grünblaue Augen.

«Hallo Hannes!» sagte die junge Frau und schmunzelte über

den Effekt, den sie augenscheinlich erzielt hatte. «Deine Mutter sagte mir, dass du hier bist. Hoffentlich komme ich nicht ungelegen.»

«Stella!»

Hannes fand zum Glück seine Stimme wieder, andernfalls hätte er einen ziemlich vertrottelten Eindruck gemacht. «Was für eine Überraschung! Ich habe dich nicht kommen hören und bin nur erschrocken!»

Und weil Hannes nichts über das Fass erzählen wollte, das hinter ihm im fahlen Kellerlicht lag, versuchte er, es mit seinem Körper zu verdecken und machte einen Schritt auf Stella zu: «Kann ich dir irgendwie helfen?»

«Ich bin», sagte Stella in einer Stimmlage, die Hannes zweifeln liess, ob sie die Wahrheit sagte, «nur zufällig vorbei gekommen. Ich wollte wissen, was du vom Vortrag des Önologen hältst, denn du kennst dich ja aus mit den chemischen Begriffen – im Gegensatz zu mir...»

«Was ich vom Vortrag halte?» wiederholte Hannes trocken. In ihm kämpften zwei Gefühle. Das eine – das vernünftige – mahnte zur Vorsicht; immerhin stand ihm die Tochter seines grössten Feindes gegenüber, der ihn verdächtigte, mit den Bittertönen von Tausenden Litern Wein etwas zu tun zu haben. Andererseits blickte er gerne in die Augen dieser jungen Frau, die genau so aussah, wie er seine Traumfrau beschreiben würde, auch wenn er sich das bisher nie eingestanden hatte. Dennoch überwog die Vorsicht, und Hannes liess sich nichts von seinen Gedanken anmerken. Und weil er sich nicht anschickte, die Frage zu beantworten, fuhr Stella fort: «Hast du schon von derartigen Salzen gehört, die Kuntze erwähnt hat?»

«Nein», sagte Hannes und überlegte, ob er von Oskar Waltherts Vermutung einer Zweikomponenten-Wirkung erzählen sollte, «von solchen thermodynamisch wirkenden Salzen habe ich nur wenig Ahnung. Auch wenn bei der Entstehung von Weinstein ein ähnlicher Prozess dahinter steckt. Aber vielleicht ist es auch eine andere Ursache. Ich denke, es wird seinen Grund haben, warum der Deutsche abgereist ist.»

«Er wolle in seinem Labor weiter forschen, da er dort über bessere Apparaturen verfüge», sagte Stella, «bin gespannt, ob und was er herausfindet...»

«Ja, das bin ich auch, zumal das Rätsel sehr schwierig ist, wie ich schon selber...»

Hannes stockte, weil er nicht zu viel verraten wollte, aber es war zu spät: «Ah, du bist auch am Forschen?» fragte sie neugierig und blickte an ihm vorbei in den Kellerraum, «und das machst du hier?»

Hannes wusste, dass er geliefert war, wenn er das Falsche sagte: «Nein, ich mache die Tests im Labor. Hier, das ist nur ein Versuch.»

Stella machte ein paar Schritte und ging wie eine Katze geschmeidig an Hannes vorbei, so dass er ihr dezentes Parfum riechen konnte.

«Was versuchst du denn?» fragte Stella und fuhr mit der Hand über das Barriquefass: «Eigenen Wein? Ich dachte, du arbeitest für Tante Ursina!»

«Nein», stammelte Hannes nervös, «hier, das ist nur ein Test mit einer anderen Hefeart...»

«Und das machst du in dieser Grössenordnung? Mit über 200 Litern?»

Stella spielte die wissbegierige Schülerin und Hannes kam nicht umhin, die Lehrerrolle einzunehmen, um von der heiklen Situation abzulenken. «Ja, du hast Recht. Ein Barrique fasst 225 Liter. Ich habe schon früher Versuche mit anderen Hefearten gemacht, und da natürlich mit kleineren Mengen gearbeitet. Aber jetzt will ich wissen, wie es im Barrique funktioniert!»

«Was für Wein ist es denn?»

«Oh... Walliser Gamay!»

«Gamay?» wiederholte Stella, «ich wusste gar nicht, dass sich der für die Barrique-Verarbeitung eignet!»

«Ja, eben, drum wollte ich's mal ausprobieren», fügte Hannes schnell an, wohl wissend, dass er einen Stuss verzapfte, weil Gamay aufgrund seiner recht dünnen Struktur so gut wie nie in Barriques ausgebaut wird. Stella bückte sich über das Glas, in dem Hannes vorhin seinen Wein degustiert hatte und das auf dem Fass stand. Wie eine Anfängerin, die keine Ahnung von Gamay besass, roch sie daran. «Hm, schöne Holztöne und Beerenaromen. Darf ich mal probieren?»

Hannes' Herz pochte wie nach einem Spurt. «Probieren? Na ja, der Wein ist nicht wirklich gut, hat einen kleinen Böckser*!»

«Aber dafür schmeckt er nicht bitter, oder?»

Über Stellas Gesicht huschte ein undeutbares Lächeln.

«Nein, das nicht – zum Glück...», fügte Hannes an und spürte, wie seine Ohren heiss wurden. Er wusste, dass er Stella aus dem Gefahrenfeld entfernen musste. Und zwar schnell: «Wie wär's, wenn wir rauf gehen und oben etwas trinken? Ich habe Weissen und Roten, Mineralwasser, Apfelsaft... Dort könnten wir weiter plaudern?»

«Oh, nein danke», flötete sie und ihre Augen verrieten nicht, was sie dachte. «Vielleicht ein anderes Mal, aber jetzt will ich dich nicht länger aufhalten, ich muss weiter. Also tschüss – und danke für die Lehrstunde!»

«Keine Ursache!»

Hannes blickte Stella irritiert hinter her. Wieder durchströmten ihn entgegengesetzte Gefühle: einerseits war er heilfroh, dass sie ging, andererseits spürte er eine schmerzende Leere.

Kapitel 21

«Und?»

In Robert Vetscherins Stimme mischte sich eine Art Vorfreude oder besser ein Gefühl, dass er richtig läge: «Hast du was Interessantes entdeckt?»

Stella fläzte sich in ihrem Lieblingsstuhl im elterlichen Wohnzimmer, nippte an ihrem Mineralwasser, als handelte es sich um prickelnden Champagner. «Ja, war interessant, auch wenn ich Spitzelaufträge nur ungern mache. Zum Glück befand sich Hannes zufällig im Keller und seine Mutter liess mich alleine hinunter gehen, so dass ich ihn bei der Arbeit überraschen konnte. Hätte nicht

---

* Böckser: ein Weinfehler; hervorgerufen durch Schwefelwasserstoff, der während der Gärung als Nebenprodukt entsteht. Erinnert im Geruch an faule Eier, seltener an verbrannten Gummi.

gedacht, dass ihn mein Anblick so aus der Fassung bringen würde...»

«Das könnte auch an was anderem liegen», warf Stellas Mutter Heidi ein, die eben mit einer Schale Nüsschen aus der Küche kam und sich ihr gegenüber auf dem Sofa beim Cheminée niederliess. Robert, der wie üblich in seinem Thron, dem Lehnstuhl seines Vaters, sass, blickte sie missbilligend an: «Keine Ablenkungsmanöver und kein Weibergeschwätz. Was hast du gesehen?»

«Hannes lagert ein Barriquefass in seinem Keller. Er behauptete, es sei Gamay.»

«Gamay im Barrique? So ein Blödsinn!»

«Ja, ich hab ihm das auch nicht abgenommen, obwohl ich tat, als hätte ich keine Ahnung. Leider liess er mich nicht kosten, sagte, der Wein habe einen Böckser, aber ich konnte an seinem Glas riechen! Und ich bin sicher, das war Pinot und von einem Geruch nach faulen Eiern merkte ich nichts!»

«Also ich könnte Pinot und Gamay nicht auseinanderhalten», meinte Heidi und griff nach den Nüsschen.

«Ich schon», sagte Stella trotzig, «habe oft genug Beaujolais getrunken!»

«So, hast du?» zweifelte nun auch Robert. «Andererseits, woher sollte Rüfener so viel Gamay nehmen, um gleich ein Barrique zu füllen? Das scheint mir seltsam. Viel wahrscheinlicher ist, dass er den Wein von Ursina mitgenommen hat!»

«Dann wär's ja eigentlich dein Wein», meinte Heidi spitz, und Robert presste seine massigen Kiefer zusammen und atmete ruckartig aus.

«Ich werde bei Gelegenheit Ursina fragen, ob sie was von einem Barriquefass beim Rüfener weiss.»

«Zumal», Stella spürte, dass sie nun ihren grössten Trumpf ausspielen konnte, «der Wein nicht bitter ist!»

«Woher willst du das wissen?»

«Er hat es gesagt!»

Roberts Blick verriet eine gewisse Erregung. Wenn das stimmte, dachte er, dann war das der Hammer!

Ruckartig stand er auf und ging beschwingt Richtung Ausgang.

«Wo willst du hin?»

«Ins Büro!»

«Warum?» Die spitze Stimme seiner Frau, die immer alles wissen wollte, nervte ihn einmal mehr.

«Ich werde Ursina anrufen», sagte er und steuerte schnell zur Tür, um weitere Fragen zu vermeiden.

Nach ein paar Minuten kam Robert mit einem Lächeln ins Wohnzimmer zurück. «Hab ich's mir doch gedacht!» sagte er, «Ursina fiel aus allen Wolken. Sie wusste nichts von einem Barrique bei Rüfener. Und um sicherzugehen, ging sie im Kellerbuch nachschauen, und tatsächlich: Überschlagsmässig fehlen ihr rund 250 Liter!»

«Das ist ja unglaublich», sagte Heidi sichtlich empört, «du musst die Polizei einschalten, Robert!»

«Nein, das werde ich nicht. Noch nicht! Morgen Abend haben wir die nächste Versammlung, dann lass ich Hannes Rüfener auffliegen. Bin gespannt, wie der reagiert!»

«Aber Ursina wird es ihm sagen, dass wir etwas wissen», meinte nun Stella und es tat ihr auf einmal leid, was sie losgetreten hatte.

«Ich hab es ihr untersagt!»

Roberts Stimme liess erkennen, dass er keinen Moment zweifelte, dass seine Schwester spuren würde. Siegessicher und zufrieden mit sich selber, genehmigte er sich einen Portwein. Das wird heiss morgen, dachte er nicht ohne Vorfreude. Und wenn sich der Verdacht bestätigte, dann gnade dem Rüfener Gott!

Kapitel 22

Über Nacht war ein heftiger Föhnsturm aufgekommen. Die Böen des warmen Windes wirbelten durch die Strassen, spielten mit losen Gegenständen und unbefestigten Fensterläden, rissen Äste von den Bäumen und machten die Menschen in ihren Betten zappelig.

Das Rebenmeer, das sich vor dem Mann entfaltete, wurde vom Föhn durchpflügt, gequält, als Spielfeld missbraucht. Und er musste sich gegen die Böen stemmen, um nicht umgeworfen zu werden. Doch er liebte dieses Spiel der Gewalten, konnte sich nicht satt sehen an den Farben, die sich im Licht der aufgehenden Sonne präsentierten; er genoss die reine Luft.

Atmen, ja atmen!

Welch eine Wonne, dachte er und schloss die Augen. Der Stoff seiner Jacke knatterte im Wind, blähte sich fallschirmartig auf und fiel wie eine schlaffe Fahne zusammen. Um sich gegen den Fallwind zu stemmen, hatte er sich etwas nach vorne gelehnt. Nun musste er sich ruckartig auffangen, um nicht ins Windloch zu kippen. Wieder lächelte er, glücklich, als wäre er ein kleiner Junge, der einen Drachen steigen liess.

Mit dem Föhn kletterten die Temperaturen. Bereits zu dieser frühen Stunde herrschten an die 20 Grad, schätzte der Mann. Genau richtig für euch!, dachte er. Nun seid ihr euren Kokons entschlüpft und habt das Larvenstadium überdauert. Schlagt euch an den frischen Weinblättern den Bauch voll und sorgt für eure Bestimmung!

Der Mann lachte irr, dann stieg aus seinem Innern ein Schrei auf: «Scaphoideus Titanus!» rief er mehrere Male aus Leibeskräften und hüpfte wie ein Besessener, mit seinen Armen wild fuchtelnd, als müsste er einen Boxkampf bestehen. Dann bückte er sich und griff nach einer weiteren Plastikbox, in der es von Zikaden wimmelte. Er öffnete sie und schenkte den Tierchen die Freiheit. Er brauchte sich nicht mal die Mühe zu machen, die Insekten zu verteilen, dies übernahm der Wind. Ausserdem würden sie sich schon selber weitertreiben und ausbreiten.

Welch ein edler Name für eine kleine Zikade, dachte er in seinem Rausch: Scaphoideus Titanus! Und was für eine diabolische Idee, mit ihrer Hilfe bei den Reben eine Krankheit auszulösen!

Wieder tänzelte der Mann, liess seine Hüften kreisen und glich einem Punk, weil der Wind seine schwarzen Haare steil aufgerichtet hatte. Er war stolz und befriedigt. Einerseits über den wissenschaftlichen Fortschritt, den er erreicht hatte – schliesslich waren seine Blatthüpfer mindestens fünf Wochen früher geschlüpft als vergleichbare Stämme in Südfrankreich und Norditalien. Andererseits durchströmte ihn ein Gefühl der Macht und Vollkommenheit!

Wie oft musste er sich gegen das Mangelhafte in seinem Leben wehren! Führte unzählige Experimente durch, die das Geniale nur in der Anlage, aber zu selten im Resultat aufzeigten. Ja, die Perfektion! Welch eine anspruchsvolle und schnippische Göttin! Doch nun war sie mit ihm zufrieden, seine Mutanten erwiesen sich als perfekt an das hiesige Klima angepasst!

Er genoss die Vorstellung, wie sich *seine* Zikaden an den Weinblättern labten und automatisch dieses verheerende Phytoplasma weitergaben. Er wusste, dass es nur eine Frage der Zeit war, bis die *Flavescence dorée* ausbrach. Die Folgen der Vergilbungskrankheit würden verheerend sein: Die jungen Triebe kippten langsam nach unten, als seien sie aus Gummi, und die Blätter verfärbten sich schon im Frühsommer goldig und starben ab, was den Namen erklärt. Und die Trauben – so es überhaupt noch welche gab – schrumpften und schmeckten bitter.

Er spürte gar ein bisschen Mitleid mit den Reben, aber er wusste, dass es sein musste. Ja, die Rebgebiete rund um Maienfeld gingen dieses Jahr einem trüben Herbst entgegen. Ihm gefiel diese Vorstellung. Noch bevor das Geläut des Kirchturms vom Föhn zu ihm herübergetragen wurde und sechs Uhr anzeigte, hatte er die Plastikgefässe wieder in seinem Auto verstaut und das Werk vollendet. Nun freute er sich auf einen Latte macchiato und eine Zigarette.

Ja, das Leben konnte schön sein! Vor allem, wenn man die Verantwortlichen in ihrer vollgefressenen Überheblichkeit traf! Traf und vernichtete – so, wie sie getroffen und vernichtet hatten, diese verdammten Schweine!

Kapitel 23

Hannes hatte Kopfweh. Er spürte jeden Pulsschlag wie einen Stich in seinem Hirn. Der Föhn zeigte Wirkung. Dennoch erschien er pünktlich zur Arbeit, warf zuvor eine Schmerztablette ein, trank nun eine Tasse Kaffee und wartete, bis sein Computer aufgestartet war.

Gegen acht Uhr klingelte sein Telefon und der Pförtner Hedinger war am Apparat. Er meldete der Ordnung halber, dass er eben seinen alten Bekannten Walthert ins Fabrikareal eingelassen hatte.

Das sei okay, sagte Hannes und bedankte sich. Kurze Zeit später betrat Oskar Walthert in gewohnt schnellem Schritt Hannes' Büro.

Dieser war erfreut, seinen ehemaligen Chef zu sehen, und auch Walthert schien aufzublühen, was wohl an der vertrauten Umgebung lag, dachte Hannes. Sein alter Lehrmeister steckte in einem braunen Sakko, das er schon seit Jahren trug, aber seine gesunde Hautfarbe, seine sportliche Statur und sein relativ langes, dunkles Haar machten ihn um Jahre jünger.

«Sie sehen prima aus», sagte Hannes und reichte dem eintretenden Mann die Hand.

«Na ja», antwortete Walthert geschmeichelt, «man wird halt älter, selbst wenn man sich viel bewegt und auf die Ernährung achtet. Aber danke, mir geht es gut! Und wie läuft es bei Ihnen?»

«Seit gestern hat sich nicht viel verändert, ausser...» Hannes stockte. Er überlegte, obschon er es durchexerziert hatte, ob er seinem ehemaligen Lehrmeister vom Fass im eigenen Keller erzählen sollte.

«Ausser?» fragte Walthert interessiert nach.

«Ich habe eine merkwürdige Beobachtung gemacht. Gleich nach der Abpressung habe ich von Ursinas Wein ein Barrique abgefüllt, das bei mir im Keller lagert. Und obwohl es sich um denselben Wein handelt, ist der nicht bitter!»

«Oh!» Walthert reagierte überrascht und schien zu überlegen, «aber das ist doch prima!» fuhr er fort. «Das heisst, dass wir über einen nicht kontaminierten Wein verfügen. Das erleichtert unsere Arbeit ungemein!»

Hannes lächelte angesichts von Waltherts Enthusiasmus. «Und wie würden Sie beginnen?» fragte er.

Oskar Walthert schaute sich um, als ginge er die Gerätschaften im Labor durch. Dann wandte er sich wieder zu Hannes.

«Zuerst schlage ich vor, dass wir das Siezen ablegen. Ich meine, wir kennen uns jahrelang und ich bin nicht mehr *dein* Chef!»

«Gerne!» sagte Hannes lachend, «leider habe ich nichts Passendes da, um anzustossen, aber vielleicht tut es auch ein Kaffee?»

«Durchaus», schmunzelte sein ehemaliger Vorgesetzte, «solange du einen Schluck Milch oder Rahm hast...»

Bereits eine halbe Stunde später begann Walthert mit dem ersten Experiment. Da Hannes ein paar Deziliter seines Weins mitgebracht hatte, setzte der Tüftler zwei Proben im Gaschromatographen an: Den sauberen Wein gegen einen kontaminierten. Während der Versuch lief, ackerte Hannes die Untersuchungsergebnisse über das Verhalten des neuen Sauerbrotteigs durch und konnte sie – nachdem er bei Walthert einige sprachliche Verbesserungsvorschläge eingeholt hatte – seinem Chef abgeben. Der war ob des Gelieferten erfreut und liess durchblicken, dass er den restlichen Tag wegen Besprechungen ausser Haus weilen würde. Das gab Hannes die Möglichkeit, mehr Zeit mit Oskar zu verbringen.

«Ich habe von meiner Mutter gehört, dass du mit ihr in derselben Klasse warst!»

Oskar Walthert schien zuerst überrascht, dass Hannes gerade dieses Thema anschnitt, doch dann meinte er schmunzelnd: «Ja, das ist richtig. Und ich fand deine Mutter damals überaus attraktiv...»

«Ja, das hat sie mir auch erzählt!» lachte Hannes.

«So, hat sie das?» Sein Blick verriet eine gewisse Unsicherheit. «Und was sonst noch?»

«Nicht viel mehr... Das heisst, doch. Sie hat angetönt, deiner Schwester sei ein Unfall passiert.» Hannes erkannte, dass er auf heikles Terrain geraten war, denn Walthert kniff seine Augen zusammen und wirkte ernst.

«Nein», sagte er nach einem tiefen Atemzug, «es war kein Unfall, sie hat sich das Leben genommen!»

Hannes bereute, davon angefangen zu haben, doch bei Oskar tauchten Erinnerungen auf. Und vielleicht tat es ihm gut, so mutmasste Hannes, mal darüber zu sprechen.

«Es geschah im Jahr 1963. Genau am 21. Juni, Sommerbeginn. Ich war damals dreizehn Jahre alt und kam von der Schule heim. Da stand vor unserem Haus ein Leichenwagen und zwei Männer trugen eben einen Sarg herunter. Ich erstarrte, dachte, dass meiner Mutter etwas zugestossen wäre, und stürmte nach oben in unsere Wohnung. Mutter sass weinend am Küchentisch. Neben ihr stand der reformierte Pfarrer, was mich überraschte, da wir ja katholisch waren. Und dann war da noch ein Polizist, der mich zuerst ansah, als hätte ich einen ansteckenden Ausschlag, dann meiner Mutter ein Zeichen machte, dass ich in der Küche stand. Ich begriff nicht; endlich zählte ich eins und eins zusammen, erkannte, dass Maria, meine Schwester, im Sarg war.»

Oskars Stimme wurde zerbrechlich, seine wachen Augen bekamen einen feuchten Schleier, und sein Rücken krümmte sich, als hätte man ihm eine Last auf die Schultern gelegt. Vor sich sah er den munteren Rotschopf mit den Sommersprossen. Seine Schwester: wie sie lachen konnte, wie hübsch sie war und bereits sehr weiblich für ihr Alter. Sie liebte es, zu singen und Briefe zu schreiben, die sie nie abschickte. Sie erfand Wortspiele und Rätsel und kreierte eine eigene Geheimsprache. Sie war so warmherzig und grosszügig!

«In Absprache mit der Polizei», fuhr Walthert fort, ohne Hannes anzublicken, «liess man verlauten, dass es ein Unfall war. Aber es war ein Selbstmord. Man fand sie erhängt im Estrich.»

Hannes spürte ein Würgen im Hals, und obwohl er lieber das Thema gewechselt hätte, fragte er nach: «Und warum hat sie sich umgebracht? Weiss man das?»

Oskar Walthert schien plötzlich zu wenig Luft zu bekommen, so dass seine Sätze abgehackt wirkten. «Ich wusste es lange Zeit nicht ... Auch nicht, dass Maria ... einen Abschiedsbrief hinterliess. Den hat mir meine Mutter nie gezeigt ... und ich fand ihn erst, als ich die Wohnung nach ihrem Tod ausräumte ...»

Der Mann litt. Seine Wangen waren eingefallen und er wirkte mit einem Mal um Jahre gealtert. Vom agilen und sportlichen Jungrentner war nichts mehr zu sehen.

«Stand im Brief etwas Neues?»

«Allerdings! Maria deutete an, warum sie sich das Leben nahm.»

Dann konnte Oskar nicht mehr weiter reden. Er begann zu schluchzen.

«Entschuldigung», sagte er leise, als er sich wieder gefangen hatte.

«Kein Problem, tut mir leid, dass ich gefragt habe...»

«Nein», sagte Oskar mit Nachdruck, «vielleicht ist es gut, dass du weisst, was damals in Maienfeld passierte!»

Hannes wunderte sich, wie nah Marias Tod Oskar noch war.

«Sie hat sich umgebracht, weil sie vergewaltigt wurde! Wahrscheinlich missbraucht von Leuten, die sie gekannt hatte. Leider nannte sie keine Namen, machte nur vage Andeutungen in ihrer eigenen Rätselsprache.»

Er blickte auf seine Hände, als hielte er den Brief. Er hatte ihn so oft gelesen, dass die Worte in sein Gedächtnis eingebrannt waren: «Der Eiger und der Mönch haben das dritte Feld der Jungfrau entweiht und die Göttin weinte und befahl dem Engel, den Mönch zu verdammen und dem Eiger das erste Kind zu rauben!»

Oskar schloss versunken die Augen.

Hannes überlegte derweil, was die Worte bedeutet haben könnten.

«Und über die Täter, also wer der *Eiger* und der *Mönch* waren, weiss man nichts?» wollte Hannes wissen.

Oskars Gesicht versteinerte. «Die Polizei hat nichts herausgefunden, bestätigte nur indirekt, dass es zu einem Verbrechen gekommen sein könnte, weil sie einige Männer verhörte. Du musst wissen, damals streunten viele dubiose Gestalten herum. Fahrende, Störhandwerker, Hausierer. Aber die Festgenommenen kamen alle wieder frei, so dass Gras über die Sache wuchs. Angesichts des Briefes bin ich ziemlich sicher, dass es Einheimische waren. Maria wählte die Beschreibungen zu klar, als dass es sich um Fremde gehandelt haben könnte. Aber Beweise habe ich keine...»

«Aber einen Verdacht?»

Walthert erhob sich und ging bedächtigen Schrittes zum Labortisch, wo eben ein Fraktionierungsprozess zu Ende gegangen war.

«Ach, was nützt es!? Davon wird Maria nicht wieder lebendig.»

Kapitel 24

Mario Ettlin war mit seinem Kameramann eben beim Frühstück, als sein Handy die Melodie des Weissen Hais spielte. Er klappte es auf und meldete sich kauend. Als er den Namen des Anrufers erkannte, schluckte er überrascht: «Ah, Herr Haas...! Ja, ich hab Sie gestern zu erreichen versucht. Es geht um die Geschichte in Maienfeld, von der Sie uns erzählt haben...»

Der Weinhändler liess sich den Stand der Recherche mitteilen und war enttäuscht und gleichzeitig empört, wie Elmar Obrist den Ernst der Lage herunterspielte. Und als ihm Ettlin die Details berichtete, wurde er hörbar wütend.

Trotzdem komme es für ihn nicht Frage, selber im Fernsehen etwas zu sagen, meinte Haas. Das Risiko, dass sein Ruf Schaden nähme, sei zu gross.

Auch als Ettlin nachfasste und in Frage stellte, dass die Winzer überhaupt ein Problem hätten, insistierte Haas: «Sie können versichert sein, dass hier die Kacke am Dampfen ist, wie man sagt! Mehrere Hunderttausend Liter Wein sind verdorben, viele Weingüter stehen finanziell am Abgrund! Ich garantier es Ihnen!»

«Und woher wissen Sie das?»

«Ich hab da meine Quellen: Ich bin Weinhändler, verfüge über jahrelange Erfahrung im Business!»

«Das mag ja sein», sagte Ettlin etwas schroff und schaltete einen Gang höher, weil er wusste, dass eine Behauptung noch lange kein Beweis war, «aber Sie müssen verstehen, dass wir nur dann einen Beitrag machen können, wenn wir Fakten haben! Wir brauchen mehr als Andeutungen und Gerüchte: Aussagen von Leuten mit Gesicht und Namen, verstehen Sie? Ich bin kein Zeitungsjournalist, der aufgrund von ein paar Telefonaten einen Artikel schreibt. Und deshalb frage ich Sie zum letzten Mal: Können Sie mir einen solchen Kontakt vermitteln?»

«Oh, das ist schwierig», versuchte Haas die Erwartungen zu relativieren, «zu viele Interessen stehen da auf dem Spiel! Ausserdem habe ich mich schon weit aus dem Fenster gelehnt...»

«Gut, dann anders: Entweder Sie oder sonst jemand erzählen

uns vor der Kamera, was da abläuft, oder wir lassen die Geschichte sterben! So einfach ist das!»

«Sie müssen verstehen», sagte Haas kleinlaut, «dass ich nicht selber hinstehen kann, aber ich werd' mal sehen, ob ich jemanden finde!»

Kameramann Edi Stalder betrachtete seinen jüngeren Kollegen aus dem Augenwinkel heraus, während er in ein Brötchen biss. Wenigstens scheint in ihm ein gewisses Kämpferherz zu stecken, dachte er verhalten erfreut. Vielleicht wird ja was aus dieser Geschichte.

Als Ettlin das Gespräch beendet hatte, fragte er: «Warum will Haas unbedingt, dass wir einen Beitrag bringen?»

«Das nähme mich auch wunder. Vielleicht erwartet er einen geschäftlichen Vorteil?»

«Und wieso hast du ihn nicht gefragt?» Stalder redete wie der Dozent an der Journalistenschule, dachte Mario. Man konnte tun, was man wollte, er war immer unzufrieden. «Ich möchte ihn nicht vergraulen. Vielleicht brauche ich ihn noch!» gab er scheinheilig an.

Stalder war mit seinen Gedanken schon einen Schritt voraus:

«Ich frage mich, welchen Vorteil ihm das bringen sollte. Als Weinhändler will man Wein verkaufen und nicht die Leute verunsichern! Irgendwie passt das nicht zusammen!»

«Du hast Recht», pflichtete Ettlin bei, «irgendwas ist da faul! Am Besten sehen wir im Internet nach, welche Winzer er in seinem Sortiment führt, dann werden wir vielleicht gescheiter!»

Ein paar Minuten später standen die beiden hinter der Rezeptionstheke am einzigen Internet-tauglichen Computer des Hotels und googelten Fredy Haas. Bald fanden sie seine Homepage und betrachteten sein Sortiment:

«Erstaunlich!» sagte Ettlin, und Stalder nickte verschwörerisch, «der verkauft gar keinen Wein aus Maienfeld, sondern nur von einem Schlossweingut aus Zizers. Besitzer: ein gewisser Marcel Vonstetten!»

«Ja, von diesem Weingut habe ich gehört», meinte Stalder, «ganz berühmt, obschon es im Schatten der Maienfelder Winzer steht.»

«Na, das nenn' ich aber ein Motiv!» sagte Mario Ettlin erfreut, «da herrscht dickes Konkurrenzdenken, und dem Haas käme es zupass, wenn man die grossen Maienfelder überflügeln könnte. Ich werde bei Marcel Vonstetten mal anrufen!»

Nun machte es auch Stalder Spass, Recherche vor Ort zu betreiben. Vergessen waren die anfänglichen Bedenken und der Ärger, eine lauwarme Geschichte zu machen, nur damit die Sendung gefüllt war. Nun spürte er, dass da einiges im Busch steckte.

Das Gespräch, das Ettlin mit Vonstetten führte, war kurz, und wenige Minuten später machten sich die Fernsehleute auf den Weg nach Zizers. Im Auto erzählte Ettlin, was ihm Vonstetten gesagt hatte: «Der fand meinen Anruf nicht überraschend. Anscheinend wurde er von Haas schon informiert. Dennoch staunte er, wie schnell wir den Link machten. Er rechnete erst gegen Mittag mit uns. Natürlich würde er uns erzählen, was er wusste, aber nie vor der Kamera!»

«Das sagen alle – am Anfang», meinte Stalder trocken.

Das Schlossweingut Vonstetten erinnerte an ein südländisches Jagdschloss aus dem 17. Jahrhundert. Durch seine bläulich-graue Farbe erschien es ungewöhnlich und für diese Landschaft fremdartig. Aufgemalte Steinquader verliehen der Vorderfront etwas Militärisches. Dank mannshoher Fenster, die über rosa- und ockerfarbene Verzierungen verfügten, wurde dieser Eindruck aber relativiert. Neugierige Blicke wehrte ein festungsartiger Vorbau ab, der nur durch ein Portal durchbrochen war. Dahinter lud ein von alten Bäumen umsäumter Garten zum Spazieren ein.

Die beiden Fernsehleute waren beeindruckt. Gerne hätten sie die eiserne Gittertüre geöffnet und wären hinein spaziert. Doch da standen die beiden Rottweilerhunde und wirkten mit ihrem Bellen nicht sonderlich einladend. Zögernd stieg Ettlin aus dem Auto, um die Klingel zu suchen. Die Hunde richteten sich zu stattlicher Grösse auf und drückten mit ihren Vorderbeinen gegen das Gitter, das bedenklich schwankte. Die Glocke löste einen lauten Ton im Schloss aus, der wie ein Echo zurückhallte. Die Hunde antworteten mit einem ohrenbetäubenden Bellen. Sie fletschten die Zähne und warfen sich erneut gegen das Tor.

Wenn das jetzt aufgeht, dachte Ettlin nervös, dann habe ich ein Problem!

Doch zu seiner Beruhigung stapfte ein junger Mann mit schnellem Schritt aus dem Haupthaus herüber, rief die Hunde zurück, die sofort mit Bellen aufhörten und ihm freudig entgegentrabten. Der Mann tätschelte ihre mächtigen Köpfe und öffnete das Eisentor, was Ettlin mit mulmigem Gefühl beobachtete.

«Die Hunde tun nichts», sagte Marcel Vonstetten heiter, «auch bei ihnen gilt die Regel: Wer bellt, der beisst nicht!»

Mario Ettlin spürte, wie sich sein Puls beschleunigte, als die beiden Vierbeiner an seinen Hosen schnupperten, aber sie waren wie ausgewechselt, interessierten sich nur beiläufig für den Gast, knurrten jedoch nochmals bedrohlich auf, als auch Edi Stalder zögernd aus dem Auto stieg, um Vonstetten die Hand zu schütteln.

Doch Marcel hatte seine Hunde im Griff. Das mit Nachdruck ausgesprochene «Fertig!» machte aus den Rottweilern wieder Schosshündchen.

Als die Fernsehleute Vonstetten zum Schloss folgten, blieben die Hunde beim Tor, und Stalder fragte sich, wie er an den Biestern vorbei kommen sollte, wenn er die Kamera holen ging.

Kurze Zeit später sassen sie im herrschaftlichen Salon und nippten an einer Tasse Kaffee, die eine ältere Bedienstete servierte. Marcel Vonstetten war zwar nur wenige Jahre älter als Ettlin, wirkte aber aufgrund seiner stattlichen Grösse und seiner Erscheinung bedeutend reifer. Es war offensichtlich, dass er viel Wert auf ein gepflegtes Äusseres legte, ohne zu protzen. Understatement war sein Motto, Charme sein Kapital. Er wusste eine Unterhaltung zu führen und zeigte sich alles andere als scheu. Ettlin betrachtete den jungen Gutsherrn mit einem Gemisch aus Ehrfurcht und Abwehr. Stalder dachte leicht bitter an seine Dreizimmerwohnung, die er seit seiner Scheidung alleine bewohnte, und die nur unwesentlich grösser war als der Salon dieses Schlosses. Vonstetten schien die Gedanken seiner Gäste nicht zu erahnen und erzählte, wie seine Familie in den Besitz des Anwesens und zum Weinbau gekommen war: «Mein Grossvater liess in den 50er Jahren die Hänge wieder mit Reben bestocken, da die Reblaus Ende des 19. Jahrhunderts praktisch alle Weinstöcke zerstört hatte. Und heute», so fuhr er fort und sein leuchtender Blick verriet, wie sehr ihm das Weinmachen am Herzen lag, «stehen die Reben im besten

Alter, so dass wir alles auf die Karte Qualität setzen können. Die Zeiten, als die Pinots in der Farbe einem Himbeersirup glichen, sind vorbei. Die Konsumenten wollen dunkelfarbige, kräftige und fruchtige Tropfen. Und jeder, der das nicht begreift, wird über kurz oder lang Probleme bekommen!»

«Apropos Probleme», unterbrach Ettlin sein Gegenüber, «was halten Sie von den Gerüchten über die Weinfehler drüben in Maienfeld?»

«Das sind keine Gerüchte!» stellte Vonstetten sachlich fest, «ich hab selber einige dieser Pinots gekostet. Die schmecken unausstehlich bitter. Aber merkwürdigerweise erst ab einer gewissen Temperatur.»

«Und woher kommt diese Bitterkeit?»

«Wenn man das wüsste! Alle Winzer, die ich kenne und von denen ich Wein probiert habe, sind ratlos. Sie haben nach gängigem Wissen nichts falsch gemacht. Ausserdem ist der Jahrgang fantastisch!»

«Wenigstens bei Ihnen», fuhr Stalder schnippisch dazwischen, was Vonstetten mit einem milden Lächeln quittierte.

«Ja, unsere Weine sind einwandfrei», sprach er betont langsam, «und das ist für uns nicht von Nachteil, schliesslich stehen wir Winzer des Churer Rheintals seit Jahrzehnten im Schatten der Herrschaft. Aber – ich nehme an, in diese Richtung war Ihre Bemerkung zu verstehen – wir dürfen uns nicht vorschnell über das Malheur der Maienfelder freuen. Denn solange man nicht weiss, was dahintersteckt, ist dieses Phänomen auch eine Gefahr für uns!»

«Und gibt es überhaupt keine Anhaltspunkte für den Auslöser?» fragte Ettlin dazwischen, um zu verhindern, dass Stalder noch eine unpassende Bemerkung machte: «Hätte man beispielsweise wegen des speziellen Jahres im Keller irgendwas falsch machen können? Oder liegt es an einem Spritzmittel?»

«Theoretisch gibt es viele Möglichkeiten, wieso Wein schlecht oder in diesem Fall bitter werden kann. Aber das Merkwürdige ist, dass alle Winzer gleichermassen betroffen sind...»

«Auch Elmar Obrist?» fuhr Stalder erneut dazwischen, was Ettlin mit einem gehässigen Seitenblick honorierte, weil sein Begleiter wiederholt das ungeschriebene Gesetz missachtete, wonach der

Journalist fürs Reden und der Kameramann für die Technik zuständig war.

«Ja, soweit ich weiss, ist auch Obrist betroffen!» antwortete Vonstetten ruhig.

«Merkwürdig», meinte Ettlin, «wir waren gestern bei ihm und haben die Weine probiert. Wir fanden sie einwandfrei!»

«Dann herrschten wohl zu tiefe Temperaturen! Die Bitterkeit entsteht erst bei rund 16 Grad Celsius!»

Stalder und Ettlin blickten sich ertappt an. «Ja, im Keller war es kühl, ich musste mir einen Pullover überziehen», meinte der Ältere.

Und Ettlin fuhr weiter: «Aber wenn alle Winzer mit demselben Problem kämpfen, dann muss jemand dahinter stecken!»

«Sabotage, meinen Sie?»

Ettlin nickte und Vonstettens Gesicht verriet ernsthafte Besorgnis: «Ja, das sehe ich auch so. Umso dümmer wäre es, sich am Schaden Maienfelds zu freuen. Denn bald stünde man selber in Verdacht, weil man aus der Situation Gewinn erzielt!»

«Würden Sie uns das in die Kamera sagen?»

«Ich habe nichts zu verbergen, und zu meiner Meinung stehe ich. Dennoch fände ich es ungeschickt, mich in den Vordergrund zu drängen. Ausser...» Vonstetten blickte Ettlin durchdringend an, «ausser wir, das heisst unsere neu gegründete Vereinigung der jungen Winzer des Rheintals, würden gemeinsam auftreten.»

«Und bestehen da Chancen?»

Vonstetten lächelte: «Ich habe bereits mit unserem Präsidenten Elias Rapolder telefoniert. Er wäre dafür, möchte aber erst mit allen Mitgliedern sprechen. Wie auch immer die anderen reagieren, vor heute Abend ist keine Stellungnahme zu erwarten. Um 18 Uhr findet die zweite Versammlung der Maienfelder Winzer statt und alle sind gespannt, was der Önologe aus Geisenheim herausgefunden hat!»

«Wo ist diese Versammlung?»

«Im Rathaussaal. Aber ich denke nicht, dass man Sie dort filmen lässt!»

«Nicht drinnen, aber draussen!» sagte Ettlin trotzig, «das können sie uns nicht verbieten, der Platz vor dem Rathaus ist öffentlicher Grund!»

Kapitel 25

Hannes verspürte nach dem Tag mit Oskar Walthert nicht viel Lust, an die Versammlung des Winzervereins zu gehen, wäre lieber zu Hause geblieben. Was ihm sein ehemaliger Chef erzählt hatte, beschäftigte ihn. Zwar wechselten sie im Labor bald das Thema und arbeiteten weiter, aber die Ereignisse des Jahres 1963 blieben wie ein düsterer Vorhang über allem hängen.

Ursina rief am frühen Nachmittag an und insistierte, dass Hannes an die Versammlung kommen müsse, und es schien ihm, dass sie merkwürdig aggressiv war. Es gäbe, orakelte sie, möglicherweise ein erstes Ergebnis aus Deutschland. Und vielleicht könnten sie die Weine retten.

Als Hannes in Richtung Rathaus schlenderte, traf er unterwegs viele bekannte Gesichter, unter anderem Elias Rapolder und Reto Lehner. Elias wusste zu berichten, dass das Fernsehen da sei, was Hannes erstaunte.

«Woher wissen die das?»

«Wahrscheinlich gibt's irgendwo ein Leck», erklärte Elias, «denn Marcel Vonstetten hat mich heute morgen angerufen. Bei ihm waren sie auch!»

«Wieso denn bei ihm?» Für Hannes wurde die Sache noch dubioser: «Seine Weine sind doch in Ordnung!»

«Ja, schon», beeilte sich Reto zu ergänzen, der von Elias bereits unterrichtet worden war, was Hannes schmerzlich in Erinnerung rief, dass er nur das fünfte Rad am Wagen der Vereinigung war, quasi der geduldete Gast, weil er kein eigenes Gut besass. Reto erklärte: «Die Sache ist relativ einfach. Die Medienleute wurden von einem Weinhändler aus Schaffhausen informiert, der...»

«Ah, vom Haas!» fuhr Hannes dazwischen, «das hätte ich mir denken können, dass der nicht dicht hält. Ausserdem verkauft der keine Maienfelder Weine. Das wäre also ein Motiv!»

Sekunden später erreichten sie den mittelalterlichen Platz und erblickten eine Menge Leute, die vor dem Rathaus in Grüppchen standen und diskutierten. Als sie näher traten, bemerkten sie den Fernsehmann, der mit seiner imposanten Profi-Kamera die Leute filmte sowie seinen Kollegen, der Robert Vetscherin das Mikrophon unter die Nase hielt. Bruchstückhaft hörten sie, was Robert sagte: Er schien dem jungen Reporter klarzumachen, dass er und Elmar Obrist – sowie auch alle anderen – erst nach der Versammlung eine Stellungnahme abgeben würden. Bis dahin müssten sie sich gedulden.

«Dürfen wir im Saal filmen?» fragte der Reporter nach, was Robert mit einem ärgerlichen Kopfschütteln quittierte. «Ich bitte Sie, unseren Wunsch zu respektieren und erst nachher zu filmen. Sollten Sie sich nicht daran halten, müssten wir uns überlegen, ob wir überhaupt für ein Interview zur Verfügung stehen!»

Zum Glück bemerkte Robert nicht, dass der Kameramann bereits alles gefilmt hatte, sonst wäre er noch ärgerlicher geworden. Doch Ettlin konnte es recht sein, einen besseren Cliffhanger für seinen Beitrag konnte er sich nicht vorstellen. Vorher die aufgebrachte Menge, die verunsichert und abweisend wirkte – das erhöhte die Spannung. Und dann die ausführliche Stellungnahme, vielleicht sogar ein erstes Ergebnis. Seine Geschichte nahm Formen an.

Kurz vor sechs Uhr begaben sich die Leute in den Saal, von Stalder gefilmt.

Hannes setzte sich neben Elias Rapolder und Reto Lehner. Zwei Reihen vor ihm sass Ursina, die ihm, als sie sich kurz umdrehte, nur zuwinkte und geschäftig tat. Als hätte sie keine Zeit, mit Hannes zu reden.

Die hat wieder mal ihre bunten fünf Minuten, dachte Hannes und sah im selben Moment Stella Vetscherin in den Saal kommen. Sie wirkte nervös und grüsste die drei Männer nur flüchtig. Dass sie in die Fussstapfen ihres Vaters trat, hatte sich bereits herumgesprochen, auch, dass sie Single war...

«Die hat sich gemacht! Aus dem pummeligen Entchen ist ein Schwan geworden!» meinte Reto anerkennend.

«Ja, diesen Schwan würde ich auch nicht aus meinem Teich vertreiben», fuhr Elias lachend fort.

«Na hallo!» entrüstete sich Reto gespielt, «das würde Lydia weniger gefallen!»

«Schauen und träumen darf man, das ist nicht verboten!»

Hannes sagte nichts. Stattdessen glaubte er, Stellas Parfum riechen zu können, als sie vorüberging. Diesen Duft nach Jasmin und reifen Pfirsichen, den er auch gestern erschnuppert hatte, als sie bei ihm im Keller stand.

Am Kopfende des Saals sassen bereits Robert Vetscherin und Bürgermeister Sägesser. Der dritte Stuhl, wo Elmar sitzen sollte, war leer. Robert blickte nervös auf die Uhr, tuschelte mit Sägesser. Plötzlich ging die Türe auf, und Elmar Obrists Leibesfülle wogte durch den Raum. Nach Luft schnappend, setzte er sich und schüttelte demonstrativ die Hände von Sägesser und Robert. Danach eröffnete er pathetisch die Sitzung.

«Liebe Maienfelder», begann er, «entschuldigt meine Verspätung, ich musste auf die Ergebnisse des Önologen warten. Doch nun habe ich seinen Zwischenbericht!»

Triumphierend hielt er ein paar bedruckte Blätter in Höhe. Und im Saal wurde es so still, dass man die sprichwörtliche Stecknadel hätte fallen hören.

«Kuntze war mit seinem Team nicht untätig, und sie haben ein interessantes Ergebnis gefunden!»

Elmar machte eine Kunstpause, um sich der Aufmerksamkeit aller zu versichern. Dann fuhr er bedächtig fort: «Es handelt sich tatsächlich um die Reaktion eines Salzes! In der Art des ausfällenden Kaliumtartrats bei der Bildung von Weinstein, aber eben doch nicht! Wir haben es mit zwei Substanzen zu tun, die alleine und bei Temperaturen unter 16 Grad kaum bemerkbar wären und die geschmack- und geruchlos sind. Erst in ihrem thermodynamischen Zusammenwirken als Salz stellt sich der bittere Geschmack ein!»

Ein Raunen ging durch den Saal, und Hannes war insgeheim enttäuscht, dass er und Oskar Walthert dieses Rätsel nicht auch lösen konnten. Aber sie hatten ja erst mit den Versuchen begonnen, während Kuntze seit vier Tagen daran arbeitete.

Derweil kam Elmar zum nächsten Punkt und seine Stimme donnerte wieder durch den Saal: «Leider, so schreibt mir Kuntze, habe er bis jetzt kein Verfahren gefunden, wie die Bittertöne zu eliminieren seien. Zwar wisse er, um welche Substanzen es sich handelte, aber die könne man weder herausfiltern noch ihrer Wirkung berauben! Mit anderen Worten: für unsere Weine sieht es nicht gut aus!»

Wieder setzte ein Gemurmel ein.

Elias wurde wütend und rief: «Wenn der Deutsche es nicht schafft, uns zu helfen, sollten wir unsere Forschungsanstalt einschalten. Schliesslich haben wir gute Kontakte nach Wädenswil und Changins!»

«Ja, Recht hat er!» tönte es aus den Reihen. Einer schrie: «Macht mal vorwärts!» Und ein anderer mahnte zu Vorsicht, weil zu viele Köche den Brei verdürben, worauf Reto Lehner zurückfeixte: «Du, der ist bereits verdorben! Jetzt müssen wir schauen, dass wir nicht alles verlieren, und das Problem offensiv angehen!»

Elmar und Robert hörten sich eine Weile die Vorschläge und Gegenreden an, liessen die Leute ihre aufgestauten Emotionen abreagieren. Dann stand Elmar auf, hob die Hände und wartete mit versteinerter Miene, bis der Saal zur Ruhe kam: «Liebe Maienfelder!» rief er mit durchdringender Stimme, «ich verstehe, dass ihr aufgebracht seid! Auch ich bin mit dem Istzustand nicht glücklich. Aber, ich warne euch! Glaubt nicht, dass offensives Informieren viel brächte. Im Gegenteil! Die Konsumenten würden nur verunsichert und kauften sogar die anderen Sorten nicht mehr! Wir müssen daher versuchen, möglichst lange abzulenken, um Zeit zu gewinnen!»

«Und wie stellt ihr euch das vor?» rief Elias dazwischen, «draussen wartet bereits ein Kamerateam des Fernsehens. Da ist es absolut naiv zu glauben, wir könnten die Bitterkeit unter dem Deckel halten!»

Wieder ergriff Elmar das Wort: «Natürlich können wir das nicht lange. Aber wir müssen zuerst Antwort auf die entscheidende Frage geben können. Nämlich: Was ist die Ursache unseres Problems? Wer steckt dahinter?»

Erneut brandeten Zwischenrufe durch den Saal, die das Gesagte entweder unterstützten oder bekämpften. Elmar hob erneut seine bulligen Arme, um die Menge zu beruhigen: «Und deshalb gebe ich Robert das Wort. Er hat Interessantes herausgefunden!»

Augenblicklich wurde es still im Saal.

Robert genoss es sichtlich, dass ihm nun die uneingeschränkte Aufmerksamkeit gehörte:

«Liebe Kolleginnen und Kollegen, es ist doch erstaunlich, dass das Problem der Bitterkeit alle Winzer von Maienfeld betrifft! Aber...», und Roberts Stimme schwoll an, als wäre er einer jener Prediger, die im amerikanischen Fernsehen auftreten, «sind wirklich alle Winzerfamilien betroffen? Oder gibt es Ausnahmen?»

Ein Getuschel ging durch den Raum. Robert fuhr mit eindringlicher Stimme fort: «Ja, es gibt sie! Und beide sind anwesend!»

Allen im Saal war klar, dass demnächst eine Bombe platzte.

«Vielleicht könnten uns jene, die ich meine, aufklären, wie es dazu kam. Beispielsweise du, Maja Rechtsteiner!»

Maja, die nicht erst seit dem Tod ihres Mannes Misstrauen gegenüber den angestammten Winzerfamilien hegte, bekam einen hochroten Kopf. Zitternd stammelte sie: «Ihr wollt mir doch nicht im Ernst vorwerfen, dass ich eure Weine zerstört habe! Das ist die gemeinste Unterstellung, die mir je begegnet ist!»

Ihre Stimme bebte, und andere schrien ihren Unmut in den Saal. Sofort war jemand verurteilt, bevor ein Verfahren eröffnet wurde. Robert hatte Mühe, den Saal wieder unter Kontrolle zu bringen: «Moment, Moment! Keine vorschnelle Verurteilung! Ich sagte nicht, dass Maja irgendeine Schuld trägt. Sie ist lediglich eine der beiden Ausnahmen. Dennoch glaube ich nicht, dass sie unsere Weine ruiniert hat. Warum auch!»

Wieder brausten Emotionen auf, und nun schrie Elmar in den Saal: «Ruhe! Lasst Robert ausreden!»

Als es ruhiger wurde, fuhr dieser fort: «Wer hätte Grund und vor allem das Wissen, so etwas zu tun? Nun, ich muss zugeben, dass ich es selber nicht glauben konnte, aber dann verdichteten sich die Indizien!»

Die Anwesenden wagten kaum mehr zu atmen, blickten wie gebannt nach vorne.

«Wir haben jemand in diesem Raum, der nicht nur Grund hätte, einigen von uns eines auszuwischen, sondern auch die Fähigkeit. Ausserdem besitzt er Wein, der nicht bitter ist, obschon er aus einem kontaminierten Keller stammt!»

Die Leute im Saal verstanden nicht, was Vetscherin andeutete, allein bei einem sorgten die Worte für eine böse Vorahnung. Speziell, als sich die Augen von Robert Vetscherin auf ihn hefteten.

«Oder, Hannes Rüfener, wie kommt es, dass du von Ursina Wein im Keller hast, der nicht bitter ist?»

Wie auf Kommando blickten siebzig Augenpaare in Hannes' Richtung. Lediglich Stella wendete sich ab. Nein, diesen Schauprozess hatte sie nicht gewollt. Andererseits, wenn er es war, dann...

Hannes spürte eine nie erlebte Feindseligkeit, wie eine Walze, die ihn zu zermalmen drohte. Er realisierte, dass einige der Männer aufgestanden waren und auf ihn zukamen. Ihm wurde es mulmig. Er hätte schreien wollen, aber seine Stimme gehorchte nicht. Er war ausgeliefert und unfähig zu einer Reaktion.

In dem Moment legte sich eine Hand auf seine Schultern. Erschrocken blickte er sich um. Hinter ihm stand Severin Donatsch, der Dorfpolizist, der den ganzen Abend in einer Ecke auf seinen Einsatz gewartet hatte.

«Kommen Sie mit, Hannes Rüfener. Aus Sicherheitsgründen sind Sie festgenommen!»

Mit gesenktem Kopf folgte der junge Mann den Anweisungen des Beamten und mit jedem Schritt in Richtung Ausgang wurde das Tuscheln und Raunen der Leute lauter. Als er aus dem Saal ins Treppenhaus trat, hörte er wie in Trance die Stimme von Elmar, der zur Ordnung aufrief.

Während sie die paar Meter zum Polizeiposten gingen, war Hannes in sich versunken. Draussen auf den Platz bemerkte er weder den Kameramann noch den Fotografen, die sich auf ihn stürzten, als wäre er George Clooney. Sie kamen so nahe, dass ihnen Donatsch Abstand verordnete.

Als durchlüftete die kühle Abendluft Hannes' Kopf und weckte ihn wieder, sagte er endlich die Worte, die er schon im Saal hätte ausrufen sollen: «Glauben Sie mir, ich bin unschuldig. Ich war's nicht! Ich habe die Weine nicht ruiniert!»

Donatsch schien nicht wirklich zuzuhören, mahnte ihn lediglich, weiter zu gehen und bugsierte ihn durch den Eingang. Im Polizeibüro erledigte Donatsch den nötigen Papierkram, protokollierte den Vorfall und nahm Hannes' Aussage auf.

«Ich werde Sie im Interesse Ihrer eigenen Sicherheit mindestens für eine Nacht in Gewahrsam nehmen!» sagte der Polizist, und Hannes verstand die Welt nicht mehr.

Kapitel 26

Gerda traute ihren Ohren nicht. Was Ursina Vetscherin erzählte, hörte sich wie ein schlechter Witz an. Hannes festgenommen? empörte sie sich, und die Tatsache, dass Ursina bei ihr in der Tür stand und derartigen Schwachsinn erzählte, lähmte sie. Am liebsten hätte sie vor ihr die Tür zugeschlagen und sich derartige Verleumdungen verbeten. Dennoch trat sie einen Schritt zurück, liess die andere eintreten. Sie stiegen in den Keller, um den Beweis, wie Ursina sagte, selber zu betrachten. Dass Hannes in letzter Zeit häufig dort unten war, hatte Gerda schon bemerkt, sich jedoch nichts dabei gedacht. Umso überraschter war sie, als sie das volle Barrique entdeckte, das in einer Ecke des ehemaligen Fasskellers lag.

Natürlich wusste Gerda von den merkwürdigen Bittertönen – Hannes hatte ihr davon erzählt. Aber eigentlich interessierte sie das kaum, auch wenn sie nichts gegen die Leidenschaft ihres Sohnes einwenden wollte. Warum auch? Er ging seinem Leben nach und sie ihrem. Sie arbeitete gerne im Altersheim von Landquart und führte ein Leben ohne Höhepunkte, dafür ohne Tiefschläge. Und wenn sie sich abends begegneten und gemeinsam assen, war sie zufrieden. Doch was ihr Ursina erzählte, liess sie zweifeln, ob sie sich genügend mit ihrem Sohn auseinandergesetzt hatte. Dass Hannes einen Groll gegen Elmar Obrist und Robert Vetscherin hegte, war ihr nicht verborgen geblieben. Ebensowenig, dass er über genügend Wissen verfügte, um theoretisch eine solche Tat zu begehen. Dennoch sperrte sich ein mütterliches Gefühl gegen die Vorstellung. Nicht ihr Sohn, nicht ihr Hannes! Der würde anders gegen Ungerechtigkeit kämpfen als mit gemeinen Anschlägen! Als sie vor dem Fass stand, war sie schockiert und gleichzeitig beschämt.

Das Glas Wein, das Ursina mit nach oben in die Küche genommen hatte, stand wie ein Mahnmal auf dem Tisch. Ursina betrachtete es und schüttelte den Kopf. Sie konnte es nicht fassen, dass Hannes Wein stahl. Man sah ihr an, dass sie Roberts Beschuldigung erst jetzt glauben konnte.

Gerda, die am anderen Ende des Tisches sass, war still geworden. Ihr Sohn hatte 250 Liter Wein mitlaufen lassen! Er war ein Dieb!

Wortlos griff Ursina nach einigen Minuten zum Glas und führte es langsam zur Nase. Wie gewohnt roch sie zuerst am Wein, bevor sie ihn sachte in den Mund kippte. Dieser Automatismus führte dann und wann zu absurden Situationen, zum Beispiel, wenn sie auch ein Glas Mineralwasser zuerst beschnüffelte, aber hier war er angemessen.

Der Wein, der dank der edlen Röstaromatik und der balsamischen Töne überaus kräftig daherkam und gekonnt mit den dezenten Fruchttönen spielte, trieb ihr Tränen in die Augen. Was so ein Barrique aus ihrem Wein machen würde! dachte sie traurig. Dann nahm sie einen Schluck. Erneut spürte sie eine überbordende Fülle von Geschmacksrichtungen, auch wenn das Holz kantig und die Tannine ungeschliffen wirkten. Auch die Säure war noch nicht eingebunden und hinterliess einen scharfen Abgang. Doch von Bittertönen spürte sie nichts!

Immer noch schweigend schob sie das Glas zu Gerda hinüber, die ebenfalls vom Wein probierte.

Er sei gut gelungen, attestierte sie, wenn auch noch ein wenig scharf und ungehobelt. Würde ein paar Monate Ruhe brauchen. Von Bittertönen fand auch sie keine Spur.

«Und der Wein bei dir ist bitter?»

«Untrinkbar!»

«Und wenn das Holz die Bittertöne reduzieren würde?»

«Gemäss önologischem Bericht habe das Holz keinen Einfluss!»

Gerda dachte nach: «Vielleicht ist es ein Zufall, dass dieser Wein nicht bitter ist, weil ihn Hannes hierher gebracht hat, bevor der Täter zuschlug!»

«Gerda, das ist Wunschdenken!»

«Mir fehlt der Beweis!» insistierte sie. «Ich werde jetzt zu Hannes aufs Polizeibüro fahren. Ich will wissen, was er sich gedacht hat!»

Kapitel 27

Die Kamera surrte und Stalder füllte bereits die zweite Kassette. Alle wollten reden und jeder, dem Mario Ettlin das Mikro unter die Nase hielt, gab Auskunft. Freilich waren die Ausführungen von Elmar Obrist und Robert Vetscherin am interessantesten, verdeutlichten, dass sie die Lage im Griff und den mutmasslichen Täter überführt hatten: einen jungen Winzer aus dem Dorf, das müsse man sich vorstellen! Es sei nur eine Frage der Zeit, bis alle Details dieser unwürdigen Tat ans Licht kämen. Wenigstens habe Robert Vetscherin mit seinem detektivischen Gespür Schlimmeres verhindert, auch wenn das Problem nicht behoben und 300 000 Liter verdorben seien. Dank Elmar Obrists Weitsicht, einen deutschen Önologen auf die Lösung des Problems anzusetzen, könne man in den nächsten Tagen mit einer Minimierung des Schadens rechnen. Ohnehin sei nur ein kleiner Teil von Maienfelds Weinen betroffen, die Weissen und vor allem die berühmten Barrique-Weine, die erst in einem Jahr auf den Markt kämen, präsentierten sich in bestem Zustand!

Auf die Frage Ettlins, wer der junge Winzer sei, der mit dem Polizisten den Saal verlassen hatte (und von dem Stalder erstklassige Aufnahmen machen konnte), antwortete Elmar: «Schauen Sie, das ist eine lange Geschichte! Dieser Rüfener stammt aus einer vom Pech verfolgten Familie. Sein Vater verlor das Weingut, weil er tief in Schulden steckte. Dann starb er bei einem Unfall. Aber», fuhr Elmar weiter und freute sich am Interesse in den Augen Ettlins, weil er sicher sein konnte, dass jener weiterrecherchieren und weitere Beweise für Hannes' verdorbenen Charakter finden würde: «Seien Sie so fair und warten Sie die Ermittlungen ab. Im Moment gilt die Unschuldsvermutung, auch wenn die Sache recht klar erscheint.»

Ettlin und Stalder waren zufrieden. Aus der lahmen Ente war eine richtige Geschichte geworden, mit einem überraschenden Ende und einem mutmasslichen Täter. Freundschaftlich verabschiedeten sie sich von Elmar und Robert, die mit anderen Winzerkollegen zum «Schloss Brandis», dem besten Restaurant des Ortes, stapften, um bei einem Imbiss den Abend Revue passieren zu lassen und ihre Erleichterung zu feiern, wie sie anfügten.

Maienfeld schien wie ausgewechselt, dachten die beiden Fernsehleute, die Menschen waren plötzlich redselig, offen und sympathisch. Eigentlich hatte Ettlin genügend Material, dennoch wollte er nicht Feierabend machen. Zum Missfallen von Stalder, der sich schon auf der Autobahn Richtung Zürich wähnte, griff der junge Reporter nochmals zum Telefon und erreichte Marcel Vonstetten. Wie er richtig vermutet hatte, war auch der Zizerser in Maienfeld und sass bereits mit seinen Kolleginnen und Kollegen von der Jungwinzervereinigung im «Ochsen». Erfreut nahm Ettlin die Einladung an, vorbeizukommen.

«Was willst du dort?» Stalder spürte den zwölfstündigen Arbeitstag in den Knochen und war müde. Er hatte insgesamt vier Stunden Material gefilmt – wissend, dass Ettlin nur fünf Minuten würde brauchen können. Aber irgendwann war Schluss! Und dass er die Kamera wieder hervornehmen und weitere Interviews aufnehmen sollte, das ging ihm gegen den Strich.

Doch Ettlin liess sich nicht abbringen. «Gut, dann bleibst du beim Auto. Ich will nochmals mit den jungen Winzern reden. Vielleicht war der Täter Mitglied und ich erfahre mehr über ihn!»

Widerwillig schritt Stalder hinter Ettlin her. Dann würde er einen Kaffee trinken, aber die Kamera bleibe im Auto, meinte er murrend. Mario Ettlin zuckte mit den Schultern.

Minuten später bereute es Stalder, dass er seine Büchse, wie er seine Kamera zu nennen pflegte, im Auto gelassen hatte. Die Jungwinzer, allen voran Elias Rapolder, wussten viel über Hannes Rüfener und dessen Geschichte zu erzählen. Speziell der Umstand, dass der Vater, nachdem er das Weingut in die Schulden getrieben hatte, auf dubiose Weise verschwunden war, liess Platz für Spekulationen.

Als die Fernsehmänner um zwölf Uhr zum Auto gingen, herrschte auf dem Städtliplatz Ruhe. Auch Ettlin war müde und schwieg. Dafür schien Stalder aufgekratzt. Schon nach wenigen Schritten meinte er enthusiastisch: «Ich sag dir eines: Dieser Rüfener ist nicht der Täter! Da würde ich wetten! Diese Geschichte ist noch nicht zu Ende!»

«Mag sein. Aber für den Beitrag haben wir genug Material – der wird morgen garantiert als Aufmacher kommen. Am Freitag passiert wohl nicht mehr viel und dann ist Wochenende. Wenn am Montag die Geschichte weitergeht – umso besser!»

Kapitel 28

Severin Donatsch war nicht erfreut, als die beiden Frauen zu später Stunde auf dem Polizeiposten auftauchten. Kraft seines Amtes hätte er sie vor die Tür setzen können; doch weil ihm die Geschichte merkwürdig vorkam und er nur im Saal präsent gewesen war, weil ihn Vetscherin fast genötigt hatte, holte er Hannes aus der Zelle.

Dieser erbleichte, als er die Frauen erblickte. In ihren Augen konnte er den Kummer lesen, den er ihnen gemacht hatte. War im Blick seiner Mutter noch so etwas wie Nachsicht zu erkennen, schien Ursina im Tiefsten getroffen, verraten und betrogen. In ihrer Haltung steckte etwas Kämpferisches: ein falsches Wort, und sie wäre wie eine Furie auf ihn losgegangen.

Doch Hannes hatte nichts zu verlieren, deshalb fasste er Mut und begann von sich aus: «Ich weiss, dass meine Situation ziemlich verschissen ist. Aber glaubt mir, ich habe nichts mit der Sache zu tun. Ich war's nicht! Wieso sollte ich allen die Weine zerstören? Das ist absurd!»

«So, absurd nennst du das», fuhr Gerda schroff dazwischen, nicht zuletzt um zu verhindern, dass Ursina noch gereizter wurde, «und was soll das mit diesem Fass voll Wein, den du gestohlen hast!?»

Hannes erstarrte, er hatte sich tatsächlich zu wenig überlegt, wie es wirken würde, wenn man davon erfuhr: «Nein, Mutter, Ursina, das müsst ihr mir glauben, ich habe ihn nicht gestohlen! Ich wollte nur ein Experiment machen!»

Nun platzte Ursina der Kragen. In einem Ton, der Beton zerschnitten hätte, sagte sie: «Ich hab dir vertraut, Hannes. Ich dachte, du wärst einer der wenigen, die mich nicht übers Ohr hauen. Ich liess dich machen und betrachtete dich fast als Sohn. Wie konntest du mich so enttäuschen! Mich, deine Mutter und alle!»

Sie stand ruckartig auf und wollte den Raum verlassen, denn sie spürte, dass sie in Kürze losheulen müsste und das wollte sie unter allen Umständen vermeiden. Erst einmal wurde sie ähnlich gemein verraten – und das war ausgerechnet auch ein Rüfener gewesen, damals, als Joe nicht sie, sondern Gerda zur Frau nahm. Sie hatte sich geschworen, nicht noch einmal einem Mann zu trauen. Und nun war es erneut geschehen. In ihr stieg eine Wut auf, die sie am liebsten handgreiflich ausgelebt hätte. Mit abgewandtem Blick blieb sie stehen und vernahm, was Hannes ihr sagte:

«Ursina, ich wollte dich weder verraten noch betrügen. Bloss zeigen, was wir für Weine machen können. Mit unseren Trauben! Wenn wir sie nicht Robert übergeben, sondern selber im Barrique ausbauen! Aber wie sollte ich das tun? Du hast mir mehrfach verboten, dass ich bei dir im Keller experimentiere, weil dein Bruder das nicht goutierte. Und so beschloss ich, es auf eigene Faust zu probieren. Aber, glaub mir, ich hätte dir den Wein nicht vorenthalten! Im Gegenteil, ich war gespannt wie eine Feder, wie du ihn fändest, wartete nur auf die Gelegenheit, dir den Wein zum Kosten zu geben. Ich wollte dich überraschen!»

«Das ist dir gelungen», sagte Ursina mit Tränen in den Augen. Sie drehte sich zu Hannes um, und dieser erschrak. Er hatte sie noch nie so zerbrechlich gesehen, und selbst Donatsch, der Polizist, der hinter seinem Schreibtisch sitzend die Konversation mitverfolgte, schien gerührt.

Nur Gerda blieb scheinbar emotionslos. Sie blickte starr, bekam nur am Rand mit, dass sich Ursina und Hannes umarmten und versöhnten. Doch sie sah auf einmal klar, hatte endlich wieder Boden unter den Füssen. Für sie stand zweifelsfrei fest: Hannes war kein Dieb, aber er lief Gefahr, verleumdet zu werden. Es passte einigen Leuten im Dorf ins Konzept, ihn zum Sündenbock zu machen. Nicht mit ihr! Sie würde es verhindern, ein zweites Mal unten durch zu müssen, als Versagerin zu gelten, auszulöffeln, was andere eingebrockt hatten! Nun galt es zu kämpfen, aufzuräumen, klarzustellen.

«Hannes», sprach sie, «wir nehmen uns einen Anwalt. Keiner soll dich ungestraft einen Verbrecher schimpfen!»

TEIL ZWEI

Kapitel 29

Tage und Wochen vergingen. Und obwohl bei Stadtpolizist Donatsch von Seiten der Winzer viele Anzeigen gegen Unbekannt wegen Hausfriedensbruch und mutwilliger Sachbeschädigung eingegangen waren, blieb Hannes von der Polizei unbehelligt.

Der Churer Untersuchungsrichter Herbert Minder, bei dem die Führung des komplexen Falles lag, attestierte bei Hannes keine Fluchtgefahr, ausserdem fehlte jeder Beweis, dass der Angeschuldigte mit den Bittertönen etwas zu tun hatte. Natürlich nahm man sein Elternhaus und den Arbeitsplatz unter die Lupe, sprach mit Freunden, Nachbarn und Arbeitskollegen sowie den Vorgesetzten, doch fand man nichts, was irgendeinen Verdacht stützen konnte.

Diese Pattsituation beunruhigte die Menschen in Maienfeld. Das Städtchen war gespalten. Viele Bewohner und selbst einige Winzer, die betroffen waren, glaubten nicht, dass Hannes der Täter war. Zudem hatte die Erklärung, die der bekannte Anwalt Rüegger im Auftrag der Rüfeners in die Zeitung setzen liess, und worin die Anschuldigungen als krasse Verleumdungen taxiert und mit rechtlichen Schritten gedroht wurde, ihre Wirkung nicht verfehlt.

Andere freilich, und unter ihnen die alteingesessenen Rebbauern, die im Winzerverein etwas zu sagen hatten, mieden jeden Kontakt zu den Rüfeners. Für sie blieb Hannes der Hauptverdächtige, weil alles so schön gepasst hatte. Dass weder Minder noch die Kantonspolizei in ihren Ermittlungen weiterkamen, erachteten sie lediglich als Beleg, dass die Behörden stümperhaft vorgingen, nicht als Beweis für Hannes' Unschuld.

Mittlerweile verebbte auch der Medienrummel. Die Ausstrahlung des Fernseh-Beitrags in der Nachrichtensendung «Zehn vor zehn» führte zu einem erstaunlichen Echo. Es schien, als hätte die ganze Schweiz an diesem Abend ferngesehen. Wie nicht anders zu erwarten, nahmen weitere Reporter und Journalisten die «heisse» Story auf und füllten Zeitungsseiten, strahlten Radio- oder Fernsehbeiträge aus. Schnell gewöhnten sich die Maienfelder an die mediale Aufmerksamkeit, und als klar wurde, dass sie eher mehr als weniger Leute anlockte, fand man es beinahe schade, als Ende

Mai das Interesse versiegte. In den Wochen davor, speziell an den Samstagen, herrschte freilich ein Treiben wie selten, und kaum einer der Besucher wollte den bitteren Wein nicht wenigstens versuchen, um ihn theatralisch wieder auszuspeien. Viele Touristen liessen es sich nicht nehmen, erstanden eine oder zwei Flaschen des verdorbenen Pinots und führten zu Hause mit anderen Weinfreunden eine Verkostung durch. Es war die Gaudi jeder Weinparty, bei exakt 15,87° Celsius den kindlich anmutenden Bitterabwehrreflex heraufzubeschwören. Was niemand für möglich hielt, wurde Tatsache: die Weine gingen weg wie warme Semmeln, anfänglich zu einem günstigen Preis, der jedoch aufgrund der Nachfrage schnell angehoben wurde.

Hinter den Türen der Maienfelder Winzerhäuser herrschten Unsicherheit und Verwirrung. Auch wenn die Ursache dank Kuntzes Ermittlungen klar schien: Den Wein zu retten, war auch er nicht im Stande. So fanden sich alle murrend damit ab, dass sie ihre Normalqualität abschreiben mussten. Natürlich schüttete ihn noch niemand weg; denn wer wusste, ob man das Rätsel nicht doch lösen könnte.

Da der Verkauf der anderen Weine zufriedenstellend lief und die Vorfreude auf die Barrique-Qualität rasant stieg, (nicht zuletzt dank weiterer Medienberichte, die Elmar geschickt zu ihrem Nutzen dirigiert hatte), widmete man sich mit Hingabe dem neuen Jahrgang, der auf den Rebhängen heranwuchs.

Die Frühlingssonne tat das ihre, und so verlief die Blüte ausgezeichnet. Bereits Ende Mai – die Eisheiligen blieben harmlos – munkelten die ersten, dass der neue Jahrgang Anlagen besass, sehr schön zu werden, da der Frühling gerade für die Pinot-Noir-Traube besser ausgefallen war. Dank der Regenfälle hatten die Böden genügend Feuchtigkeit, um sich auf einen heissen Sommer einzustellen. Einzig, dass es mehr Insekten gab als in anderen Jahren, führte zu einer aufwendigeren Spritzarbeit.

Auch wenn Hannes nicht viel Zeit in Ursinas Reben verbringen konnte, da er mit Arbeit überhäuft war, lief in ihrem Verhältnis wieder alles wie früher. Ursina liess sich überzeugen, dass ihr Wein alle Anlagen zu einem grossen Pinot besass. Mit Hilfe des Anwalts, der auch Hannes zur Seite stand, erreichte sie die Loslösung von Vetscherins restriktiver Abnahmeverpflichtung. Sie musste zwar einige Tausender Konventionalstrafe zahlen, doch Robert willigte zähneknirschend ein, nachdem der Jurist Druck aufgesetzt hatte und belegen konnte, dass jener seine Schwester in einer emotionalen Situation überrumpelt hatte. Robert hätte den Anwalt auf den Mond schiessen können, doch er machte nur die Faust im Sack, zumal Stella vor kurzem ihr Praktikum bei diesem Juristen absolvieren konnte und eine erstklassige Qualifizierung erhalten hatte.

Die Folgen waren voraussehbar, aber für Ursina nicht weiter schlimm: Robert redete kein Wort mehr mit ihr, und sie musste sich einen neuen Ort suchen, wo sie ihren Wein abpressen konnte. Ausserdem wurde die Frage des Vertriebs akut. Doch mit dem Wein, den Hannes zur Seite geschafft hatte, liess sich zeigen, was man für die kommenden Jahre erwarten durfte. Kein Wunder, betrachtete sie mittlerweile Hannes' Eigenmächtigkeit als Glücksfall.

Kapitel 30

Es war kalt an jenem Tag im Februar 1963. Wer nicht raus musste, blieb lieber in der warmen Stube und betrachtete die Eisblumen, die sich an den Fenstern bildeten. Der Winter hatte das Land fest im Griff und selbst grosse Gewässer wie der Bodensee froren zu. Die Bäume krümmten sich unter der Last des Schnees, und auf den Strassen herrschte ein Chaos. In den Alpentälern waren viele Dörfer von der Umwelt abgeschnitten und die Armee musste dafür sorgen, dass die Leute nicht verhungerten oder erfroren. Durchs Rheintal pfiff ein eisiger Wind, aber verglichen mit den Dörfern im Prättigau oder Engadin herrschte in Maienfeld eine winterliche Idylle. Vor allem die Kinder nutzten die gefrorenen Teiche, um eiszulaufen oder gingen in Röfels schlitteln. Auch ihnen blieb nicht verborgen, dass es die Sonne kaum mehr schaffte, sich gegen den hartnäckigen Hochnebel durchzusetzen. Während Wochen war das ganze Land in Watte gepackt und es schien, als verginge die Zeit langsamer.

Als die Pausenglocke am Mittwoch die Kinder in den freien Nachmittag entliess, stand die Uhr auf zehn vor zwölf. Johlend kamen die Schüler aus dem altehrwürdigen Schulhaus gerannt. Nur ein elfjähriger Junge schien es nicht eilig zu haben. Er packte seine Sachen fast in Zeitlupe und blickte sich schüchtern um. Er war neu in der 4. Klasse und erlebte am eigenen Leib, was es hiess, ein Auswärtiger und erst noch katholisch in einer reformierten Gegend zu sein. Dabei war er weder Ausländer, noch redete er einen anderen Dialekt. Er wohnte mit seiner Mutter und seiner älteren Schwester in einer einfachen Dachwohnung im alten Kern des Städtchens. Aber von Beginn weg spürte er Abneigung und Feindseligkeit. Während er in seiner Klasse mit der Zeit Freundschaften schliessen konnte, lauerten ihm Knaben der älteren Jahrgänge regelmässig auf. Sie schikanierten und bedrohten ihn. Deshalb wartete er, bis die anderen Kinder zu Hause waren, ehe er seinen Schulweg unter die Füsse nahm und zügig nach Hause lief, dort den Schlüssel, den er stets um den Hals trug, weil seine Mutter erst um sieben Uhr abends nach Hause kam, ins Schloss führte und schnell im Haus verschwand. Erst dann fühlte er sich sicher und konnte wieder atmen. Seine Schwester lachte ihn aus; sie hatte weniger Probleme mit ihren Klassenkameraden. Sie ging mit ihren 14 Jahren bereits ins Sekundarschulhaus, und weil sie nicht nur hübsch, sondern auch gewandter als ihr Bruder war, fand sie schnell Anschluss. Mit Genuss erzählte sie am Mittagstisch, wem sie heute wieder den Kopf verdrehte, weil er ihr heimlich eine Kusshand zuwarf oder ein Zettelchen schickte, auf dem ‹ich liebe dich› stand.

All das ging Oskar durch den Kopf, als er an diesem Mittwoch bei Minus 10 Grad aus dem Schulhaus trat. Die Kälte machte ihm bewusst, dass er mit zerschlissener Hose und viel zu dünnem Mantel nicht wintertauglich gekleidet war. Aber was sollte er anderes anziehen? Wenigstens hatte ihm Mutter warme Schuhe gekauft, die zwar drei Nummern zu gross waren, aber zumindest die Feuchtigkeit abhielten. Und wenn er rannte, dann spürte er die Kälte nicht so stark. Er galt als guter Läufer, schnell und mit einer erstaunlichen Ausdauer für sein Alter.

Als er im Laufschritt in die kleine Gasse einbog, die ihn zum Städtliplatz hinauf führen sollte, bemerkte er, dass heute etwas anders war. Scheu und vorsichtig rannte er das Vorderwinkel-Gässchen hinauf, als er links und rechts Schatten erspähte, die ihn wie eine Jagdgesellschaft verfolgten. Er beschleunigte seinen Lauf, hängte die keuchenden Buben etwas ab, als er realisierte, dass zwei oder drei weitere bei der Verengung der Gasse auf ihn warteten. Sie waren vermummt und mindestens einen Kopf grösser. In Panik setzte er einen Haken an den anderen, erreichte mit letzter Kraft den Durchgang, der zum Platz führte und... fiel. Kurz sah er das Stück Holz, das ihm in den Weg geworfen wurde, doch zu spät. Er konnte den Sturz nicht aufhalten, spürte den Boden und die spitzen Kieselsteine, die wegen des Glatteises gestreut waren und ihm das Gesicht und den linken Arm aufscheuerten. Mit grosser Wucht stürzte sich die Meute auf ihn. Er wehrte sich, teilte Fusstritte aus, musste aber einsehen, dass es nichts nutzte.

Sie waren zu siebt oder acht, und jeder Hieb, den er landen konnte, wurde mit zehn Schlägen quittiert. Dann packten sie ihn und trugen ihn zum Brunnen. Einer der Häscher schlug aufs Eis und hackte es mit seinen Schuhen auf. Oskar konnte nicht viel sehen, da man ihm die Augen mit einem Schal zugebunden hatte. Doch er war sicher, dass es sich bei diesem Knaben um Robert Vetscherin handelte. Nur er trug solche Militärstiefel. Doch der Anführer, der die härtesten Schläge austeilte, war ein anderer, ein grobschlächtiger, fetter Kerl, der nur Elmar Obrist sein konnte. Dann ging alles schnell, und Oskar spürte nur noch dieses eiskalte Wasser, das alle Fasern seiner Kleider durchdrang, ihn lähmte und gleichzeitig zu verbrennen schien. Sein Herz raste, und er wusste nicht, wo oben und unten war, er schluckte dieses feindliche Element, verlor die Besinnung.

In weiter Ferne hörte er das Lachen der anderen, schwebte weg, fühlte weder Kälte noch Wärme, Schmerz und Trauer, sondern nur noch körperlose Freiheit!

Dann, von weitem, spürte er plötzlich eine Hand, die ihn am Kragen packte und aus dem Wasser zerrte. Als sähe er die Welt durch einen Schleier und als ginge ihn das Ganze nichts an, betrachtete er von weitem die Gestalt, welche die Knaben mit tiefer Stimme, eisenharten Fusstritten und einer Pferdepeitsche vertrieb. Er kannte das Gesicht, es war der Fuhrmann einer Brauerei, der wohl zufällig vorbei kam, um im «Rössli» zu essen. Und dieser Mann rettete ihn. Schade, dachte Oskar, wo er gewesen war, herrschte unendliche Leichtigkeit, doch nun kehrte der Schmerz zurück, die Trauer, die Scham und die Kälte! Oskar konnte nicht sprechen, schien im Stehen einzufrieren.

«Du musst heim, Bub!» sagte der Fuhrmann, «raus aus den Kleidern! Wohnst du in der Nähe?»

Oskar nickte geistesabwesend.

Mit letzter Kraft setzte er seine eiskalten Glieder in Bewegung und rannte nach Hause. Maria öffnete die Tür und fiel vor Schreck fast in Ohnmacht. Hätte sie ihm nicht rasch aus den Kleidern geholfen, er wäre wohl gestorben. So bekam er nur eine Lungenentzündung, musste ins Spital, weil das Fieber nicht weichen wollte. Als er nach drei Wochen wieder zur Schule ging, redeten die grösseren Jungs immer noch nicht viel mit ihm, aber sie liessen ihn in Ruhe.

Kapitel 31

Hannes war in den Wochen nach seiner Verhaftung sehr zurückhaltend, liess sich im Städtchen selten blicken und traf sich mit seinen Freunden lieber an anderen Orten. Nach und nach schien das Erlebte zu verblassen. Selbst die Erinnerungen an die Winzerversammlung verfolgten ihn nicht mehr in seine Träume. So absurd er es auch selber fand, er kostete immer wieder den bitteren Wein in Ursinas Keller, hoffte auf ein Wunder. So, wie die Bitterkeit gekommen war, könnte sie auch wieder verschwinden.

Zusammen mit Oskar Walthert führte er verschiedene Versuche durch, und sie schienen manchmal nahe an einer Lösung zu sein, doch vergebens. Nach einigen Tagen war auch Oskar am Ende seines Lateins. Geknickt gaben die beiden auf.

Unterdessen wurde es Mitte Juni und die frühsommerliche Wärme begann jenen Wetterpropheten Recht zu geben, die einen Jahrhundertsommer prophezeiten.

Als Hannes an einem schwülen Donnerstagabend von der Arbeit nach Hause kam, fand er im Briefkasten einen Umschlag. Sein Name und seine Adresse waren auf einer Etikette ausgedruckt, Absender gab es keinen. Zuerst dachte er an Werbung. Als er den Umschlag öffnete, hielt er einen Zettel in der Hand, auf dem ausgeschnittene Buchstaben aufgeklebt waren. Der Inhalt liess ihn erstarren:

«Verzage nicht! Die Rache wird vollkommen sein! Die zweite Plage ist bereits übers Land gekommen. Und die dritte folgt auf dem Fuss. Was sie uns antaten, wird tausendfach zurückgezahlt! Das schwöre ich, so wahr ich lebe!»

Hannes blickte sich um.

War dies ein Scherz mit versteckter Kamera? Wollte ihm jemand Angst einjagen? Oder kam dieser Brief wirklich vom Verantwortlichen für die Bitterstoffe und teilte ihm mit, dass die Geschichte noch nicht ausgestanden sei? Dass weitere *Plagen* folgten?

Er ging ins Haus, um der Mutter den Brief zu zeigen, doch dann fiel ihm ein, dass sie heute Nachtschicht hatte, erst morgen früh um sieben Uhr heimkommen würde. Hannes setzte sich an den Küchentisch und las den Brief ein zweites Mal. Unzweifelhaft stammten die Buchstaben aus Zeitungen. Der Stil der Botschaft erschien ihm altertümlich, und schon die Aufforderung «Verzage nicht!» würde kein Mensch unter fünfzig schreiben. «Die Rache wird vollkommen sein!» – Welche Rache, fragte er sich. Und was hatte er damit zu tun? «Was sie uns antaten» – Wieso uns? Verdammt! Hannes verzweifelte und spürte, wie sich sein Magen verkrampfte. Er steckte in dieser Geschichte drin und war ein Teil des Planes eines Verrückten geworden!

Was sollte er tun? Zur Polizei gehen? Dem Untersuchungsrichter Bescheid geben? Ohne wirklich einen Plan im Kopf zu haben, setzte sich Hannes wieder in sein Auto, fuhr die Steigstrasse zum Zentrum hinunter. Den Umschlag samt Brief legte er auf den Beifahrersitz. Bevor er beim Pfandgraben, der ehemaligen Stadtmauer, angelangt war, hielt er an, nahm den Brief und las ihn erneut. Seine Augen blieben beim letzten Satz hängen: «Das schwöre ich, so wahr ich lebe!»

Plötzlich keimte in ihm ein Verdacht, der ihn vor Erregung

lähmte. Hannes hätte nicht sagen können, wie lange er starr in seinem Auto sass, bis ihn ein Hupen weckte. Erst jetzt bemerkte er, dass sein Wagen mitten in der Strasse stand und den Weg versperrte. Hannes trat aufs Gaspedal und fuhr ohne nachzudenken zu Ursina. Mit dem Brief in der Hand stieg er aus.

Ursina war weniger über Hannes Erscheinen überrascht als über seine Verfassung. Denn dass etwas vorgefallen war, las sie in seinem Gesicht.

«Mein Gott, was ist mit dir passiert? Hast du einen Geist gesehen?» scherzte sie, um die Stimmung zu heben.

«Ja, so etwas in der Art...» Hannes reichte ihr den Brief. Doch Ursina musste zuerst ihre Lesebrille suchen. Mit regungslosem Gesicht las sie die Zeilen. Dann blickte sie Hannes fragend an, setzte sich auf einen Küchenstuhl und las erneut.

«Woher hast du das?»

«Bekam ich heute mit der Post.»

«Das darfst du nicht ernst nehmen, das ist Humbug!»

Verächtlich warf sie das Stück Papier auf den Tisch. «Die Leute im Dorf sind verärgert, dass die Untersuchungen nichts bringen. Kein Wunder, kommt der eine oder andere auf abstruse Ideen!»

Ursina dozierte wie eine Expertin für gefälschte Briefe. Kurz kam Hannes der Gedanke, dass sie selber die Autorin sein könnte, weil sie so pikiert tat. Doch dann verwarf er seinen Einfall.

«Aber wieso sollte mir jemand aus dem Dorf so eine merkwürdige Botschaft schicken?»

«Um dich zu provozieren, dich zu einem weiteren Schritt zu verleiten, in den Glauben zu versetzen, dass du einen gerechten Kampf fichtst!»

«Aber das ist unlogisch», insistierte Hannes, «wäre ich der Täter, müsste ich mir diesen Brief nicht schicken. Und weil ich es nicht bin, werde ich doch nicht irgendeinem Kranken den Weg freiräumen. Das macht keinen Sinn! Ausser dieser Brief stammt von jemandem, mit dem ich sehr wohl zu tun habe, den ich aber nicht erwarte...», Hannes stockte, «jemanden, den ich nicht mehr unter den Lebenden vermute!»

Ursina riss ihre Augen auf: «Sag nicht solche Sachen, Hannes! Mit so was scherzt man nicht!»

«Du kannst mir glauben, mir ist nicht ums Scherzen!»

Hannes setzte sich ebenfalls, griff zum Brief und überflog ihn erneut: «Was für Plagen könnten gemeint sein? Gut, die erste ist klar: die Bitterkeit. Aber die zweite, die bereits übers Land gekommen sein soll? Und die dritte?»

Ursina wirkte ratlos und mitgenommen. Schon die Idee, dass dieser Brief ein echtes Lebenszeichen von... Nein, solche Gedanken wollte sie nicht denken. Trotzig stand sie auf und meinte abschliessend: «Der Brief ist eine Verarschung. Da bin ich mir sicher! Den kannst du verbrennen!»

«Du meinst, ich soll ihn nicht der Polizei zeigen?»

«Wozu? Damit sie dich für verrückt halten?»

«Moment, ich hab den Scheiss nicht geschrieben! Aber vielleicht führt er zum Täter!»

«Tu, was du nicht lassen kannst. Meine Meinung kennst du!»

Mit diesen Worten wandte sie sich den Pfannen in ihrem Küchenschrank zu und holte eine mittelgrosse heraus.

«Willst du mitessen? Ich mache Teigwaren.»

Hannes hatte keinen Hunger und verneinte. Minuten später stieg er wieder in sein Auto. Diesmal kannte er sein Ziel.

Donatsch, der Polizist, schien nicht überrascht, als Hannes zur Tür hereinkam. Hat der mich erwartet? fragte sich Hannes leicht irritiert.

«Ah, der Herr Rüfener. Wollen Sie eine Aussage machen? Oder etwas ergänzen, dementieren, verdeutlichen?»

Spassvogel, dachte Hannes empört und bereute, gekommen zu sein: «Nein, nichts von dem. Aber ich will Ihnen diesen Brief zeigen, den ich heute mit der Post erhalten habe!»

Donatsch nahm den Zettel und allein, wie er die Augen, die zuerst starr auf Hannes gerichtet waren, auf das Papier senkte, verdeutlichte, dass für einen Polizisten immer alle verdächtig schienen. In Hannes kam Wut hoch. Wieder einmal spürte er, wieso er allen Menschen in Uniform zutiefst misstraute. Seien es Polizisten, Zöllner oder Soldaten. Immer kommt man sich als Zivilist unterlegen vor. Die Polizei, dein Freund und Helfer: so eine Verdrehung!

Als Donatsch fertig gelesen hatte, veränderte sich sein Gesichtsausdruck in einer für Hannes nicht sofort deutbaren Art: «Und Sie haben diesen Brief heute per Post erhalten?»

«Ja», sagte Hannes.

«Besitzen Sie das Couvert noch?»

Hannes griff in seine Jackentasche und reichte es dem Beamten.

«Hm», machte der, «abgestempelt in Zürich. Und wer hat den Brief und das Couvert bislang berührt?»

«Ich und Ursina Vetscherin.»

Hannes wurde klar, welche Gedanken durch den Kopf des Polizisten gingen: Fingerabdrücke!

«Und jetzt noch Sie!» fügte er nicht ohne heimliche Freude an.

«Gut, wir werden den Brief untersuchen, auch wenn normalerweise solch anonyme Schreiben nicht viel hergeben. Hierfür sind die Täter meist zu schlau.»

«Und was denken Sie?» wollte Hannes wissen.

«Schwer zu sagen. Entweder es ist ein Wichtigtuer oder die Zeilen stammen von einem Menschen, der mit dem Vorfall zu tun hat!»

«Und das mit den Plagen? Was könnte das bedeuten?»

«Hm», brummte der Polizist. «Bislang kennen wir nur die erste, sollte er weitere planen, dann . . .» Donatsch zog seine Augenbrauen zusammen, so dass sie eine durchgehende schwarze Linie bildeten.

«Waren die Plagen im alten Ägypten nicht Heuschrecken und dergleichen?» fragte Hannes und bereute zum ersten Mal, dass er im Religionsunterricht nicht besser aufgepasst hatte.

«Ja, Heuschrecken und Frösche und Hagel und Blut. Hab zwar schon lange nicht mehr die Bibel studiert, aber wenn ich mich noch recht erinnnere, waren es zehn. Doch im Brief ist die Rede von drei Plagen. Das ist merkwürdig! Normalerweise halten sich Verrückte an Vorgaben. Sie wollen kopieren und nicht Neues erfinden. Speziell, wenn sie Gott imitieren möchten!»

«Vielleicht ist er nicht verrückt . . .», meinte Hannes nachdenklich.

«Wie auch immer, ich werde den Brief unserem Untersuchungsrichter weiterleiten. Und Ihnen», Donatschs Stimme tönte plötzlich freundlich, «rate ich, die Augen offen zu halten. Es kann sein, dass man Ihnen schaden oder Sie provozieren möchte. Bleiben Sie diskret. Meine Nummer haben Sie ja!»

Hannes verstand, worauf Donatsch anspielte. Zuviel Schaden war bereits angerichtet. Und wenn weitere ‹Plagen› folgten, würde die Stimmung im Dorf unberechenbar. Er bedankte sich für die Ratschläge. Schon am Gehen, hielt er inne: «Könnte ich vom Brief eine Kopie bekommen? Meine Mutter hat ihn noch nicht gesehen.»

«In Ordnung, aber zeigen Sie ihn nicht herum!»

Kapitel 32

Am darauffolgenden Abend zeigte Hannes den Brief der Mutter. Wider Erwarten reagierte sie eher wie Ursina und interpretierte die Zeilen als dummes Spielchen, das irgendein Idiot mit Hannes treiben wollte.

«Am besten, du machst nichts, bleibst ruhig», fügte sie gelassen an, «gewisse Leute im Dorf verkraften es wohl nicht, dass sie keinen Schuldigen hängen können!»

Hannes nickte nachdenklich und legte den Brief weg. Vielleicht hatten Mutter und Ursina Recht.

Später beim Abendessen erzählte Gerda beiläufig, dass sie mit Oskar Walthert telefoniert hatte. Sie würden am Freitagabend essen gehen, wieder mal alte Erinnerungen auffrischen.

Wieder mal?, dachte Hannes amüsiert, doch er wollte seine Mutter nicht verlegen machen.

Als Hannes am Freitag etwas früher als sonst von der Arbeit nach Hause kam, war seine Mutter kaum wiederzuerkennen. Nervös wie ein Teenager wirbelte sie kopflos im Haus herum. Sie verbrachte fast eine Stunde im Badezimmer, vollführte hernach eine regelrechte Modeschau, bis sie sich für ein Kleid entscheiden konnte.

Hannes musste sich ein Lachen verkneifen, wusste, dass eine falsche Bemerkung desaströse Auswirkungen haben könnte. Deshalb sagte er nichts, als sie ein festliches Abendkleid wählte, in Rot und mit Rüschenärmeln. Er nickte und unterstützte sie, sich herauszuputzen. Dass ihm das Kleid für das gewählte Restaurant zu elegant erschien, sagte er nicht. Im Gegenteil. Er spielte seinen Part wie ein Gentleman, munterte seine Mutter auf, als sie nahe dran war, den Kajalstift, den sie seit langem nicht benutzt hatte, in den Abfallkübel zu schmeissen, weil ihr der Strich nicht perfekt gelingen wollte.

Eine weitere Stunde hatte Gerda zuvor mit dem Studium der alten Fotoalben verbracht, die im Schlafzimmerschrank zuunterst verstaut waren. Sie suchte Schnappschüsse aus früheren Jahren und fand zu ihrem Erstaunen Bilder, auf denen sie auch Oskar verewigt sah: zum Beispiel an der Fasnacht 1972, als er einen einäugigen Piraten mimte, oder beim grossen Winzerfest 1975, wo er an der Tombola einen Föhn gewann. Erst angesichts der Fotos wurde ihr bewusst, dass Oskar und ihr Mann gute Freunde gewesen waren, denn sie lachten und schienen sich vortrefflich zu amüsieren. Eine Reihe undatierter Fotos, wohl Ende der 70er Jahre aufgenommen, zeigten die beiden an der Weinernte. Oskar schüttete eben eine Bütte Trauben auf den Sortiertisch, wo Joe gewartet hatte und mit der Arbeit beginnen wollte. Auf dem zweiten Bild tat Oskar, als würde er den leeren Holzbehälter über Joes Kopf stülpen. Auf dem dritten mimten sie einen Boxkampf, wobei Joe einen Schlag an Oskars Kinn andeutete, den der andere mit einer lustigen Grimasse beantwortete. Beide wirkten wie Schauspieler in einem Stummfilm und genossen das Blödeln für den Fotografen sichtlich.

Gerda versank in Gedanken, betrachtete weitere Bilder, auf denen auch sie abgebildet war. Wie zuversichtlich und optimistisch doch junge Gesichter wirken, dachte sie. Von den Falten und Schrammen, die ihnen das Leben noch verpassen sollte, sah sie nichts. Eigenartig, sinnierte sie, wie fröhlich man der Zukunft ins Auge blickt, obschon man auf den Abgrund zusteuert! Eine Traurigkeit stieg in ihr auf und im Hals bildete sich ein Kloss. Sie fühlte sich müde – unendlich müde! Am liebsten hätte sie sich hingelegt und wäre eingeschlafen, ohne je wieder aufzuwachen. Was wäre das für eine Erlösung...

Dann ertönte die Türklingel. Mein Gott, der Oskar, dachte sie schockiert. Der darf mich so nicht sehen!

«Bitte Oskar rein und biete ihm einen Apéritiv an!» schrie sie zu Hannes ins Wohnzimmer hinunter, «ich komme in fünf Minuten!»

Hannes ging zur Tür und war gespannt, wie sich Oskar Walthert für den Abend hergerichtet hatte. Dann jedoch glaubte er zu träumen. Dort, wo er seinen ehemaligen Chef erwartet hatte, stand Stella. Sie schien trotz des warmen Abends zu frösteln, wenigstens zitterten ihre Lippen. Dass sie nur furchtbar nervös war und am liebsten gestorben wäre, realisierte Hannes nicht. Er kämpfte mit seinen Empfindungen. Wie immer, wenn er in das helle, hübsche Gesicht blickte, durchfloss ihn eine Wärme, aber jedes Mal folgte ein Tiefschlag, der sein Leben ins Trudeln brachte. Aus diesem Grunde war er zurückhaltend: «Was willst du?»

Stella blickte sich um und rang nach Worten. Als müsste sie allen Mut zusammennehmen, stammelte sie: «Mich entschuldigen!»

«Schickt dich wieder dein Vater?»

Hannes' Stimme tönte schroff, was er sogleich bereute.

Doch über ihr Gesicht huschte ein Lächeln: «Nein, wenn er wüsste, dass ich hier bin, würde er mich enterben!»

Hannes lächelte. Es war grotesk, dass ihn ausgerechnet die Tochter seines ärgsten Feindes zum Schmelzen brachte.

«Und wofür willst du dich entschuldigen?» fragte er, um das Gespräch nicht versiegen zu lassen.

«Na ja», sagte sie zögernd, «wegen mir hattest du eine schlechte Zeit...»

«Schlechte Zeit?» Hannes spürte eine aufkeimende Wut. «Das soll wohl ein Witz sein! Die hätten mich gelyncht, wäre nicht Donatsch dazwischengetreten. Und auf die Nacht im Kittchen hätte ich gerne verzichtet!»

«Tut mir sehr leid!» hauchte sie und senkte ihren Blick wie eine reuige Sünderin, die nicht auf Vergebung hofft.

In Hannes nagten Zweifel, ob er ihr dieses Mal trauen könnte. Doch er wollte es herausfinden: «Ich glaube, du schuldest mir etwas!»

Stella blickte ihn unsicher und fragend an, und Hannes fuhr fort: «Heute ist Freitag, und ich wollte zuerst was essen gehen, um mich nachher ins Nachtleben zu stürzen. Und da wäre eine nette Begleitung nicht zu verachten!»

Stella lächelte und fühlte sich geschmeichelt: «Hört sich gut an!»

In diesem Moment fuhr Oskar Walthert vor und stieg mit einem Blumenstrauss in der Hand aus seinem Auto. Er hatte sich in seinen besten Anzug geworfen und machte, wie Hannes fand, eine gute Figur. Sie begrüssten sich herzlich.

«Ist deine Mutter da?»

«Denke schon», sagte Hannes lachend, «wenn's mir Recht ist, hat sie eine Verabredung. Sie ist sehr aufgeregt!»

«Dann ist sie nicht die Einzige!» antwortete Oskar verschmitzt, worauf Hannes seiner Mutter zurief: «Mama, du hast Besuch... und ich gehe jetzt. Tschüss und viel Vergnügen!»

Er nahm seine Jacke und die Autoschlüssel, während er sie die Holzstiege herunterstöckeln hörte. Im Gehen winkte er ihr zu, als sie zur Tür heraustrat und Oskar begrüsste. Stella schien sie nicht wahrgenommen zu haben, hatte nur Augen für ihren Gast, der ihr – ganz Gentleman – einen Strauss rosa Rosen entgegenstreckte.

Kapitel 33

Es war kurz nach zehn Uhr abends im Zürcher Niederdorf. Unzählige Menschen genossen den lauen Abend und tummelten sich auf den Plätzen und in den Gassen. Nach dem Essen im romantischen Garten des «Neumarkts» schlenderten Hannes und Stella durch das Gewimmel. Unter den Lauben eines Zunfthauses hatten sie sich zum ersten Mal geküsst, anfänglich zaghaft und vorsichtig, als trauten sie ihren Gefühlen noch nicht ganz. Dann intensiver. In Hannes' Gedächtnis nistete sich der Duft von Stellas Haaren gemischt mit ihrem dezenten Parfum unauslöschlich ein. Stella genoss, wie sie auf Hannes wirkte und mochte es, wie er sie umarmte und küsste.

Kurze Zeit später bogen sie Arm in Arm in die Münstergasse ein und spazierten Richtung Grossmünster. Den beiden gefiel das grossstädtische Flair, das ihnen trotz der vielen Menschen eine angenehme Intimität gewährte. In diesem Moment ging keine fünf

Meter vor ihnen die Türe eines Nachtclubs auf. Zwei Männer traten auf die Strasse, jeder in Begleitung einer leicht bekleideten Thailänderin. Da sie nicht mehr nüchtern waren, geschah dies unter ziemlichem Getöse, zumal der eine über ein lautes Organ verfügte und der andere ein sehr eigenwillig gedehntes Lachen besass. Wer nun in diesen Sekunden der Erste war, der den anderen erkannte, ist unerheblich. Sicher ist, dass einige der Personen, die sich nun gegenüberstanden, gewünscht hätten, acht Milliarden andere Menschen anzutreffen.

Die beiden Thailänderinnen, die ihren grosszügigen Freiern auf die Strasse folgten, blieben gutgelaunt. Sie hatten ihre Ernte bereits eingefahren und freuten sich, dass der Rest des Abends leicht verdient war. Auch Elmar, der die Brisanz der Begegnung trotz seiner Champagnerlaune durchschaute, blieb gelassen und hätte die Skurrilität des Moments am liebsten mit einem träfen Spruch relativiert. Er hatte sich nichts zu schulden kommen lassen. Warum sollte er sich also schämen?

Doch den anderen Protagonisten verschlug es einige unendliche Sekunden lang die Sprache. Hannes besass immerhin die Geistesgegenwart, sich zu fragen, ob er seinen Arm, den er um Stellas Taille gelegt hatte, dort behalten oder abziehen sollte. Er entschied sich, ihn dort zu lassen und registrierte eine wachsende Aggressivität in Roberts Augen; allein die Empörung, die Stella spürte, war wohl ebenso gross: Ihr Vater Arm in Arm mit einer Nachtclubschlampe!

Kein Zufall, fand eines der Thaimädchen als erstes zu Worten: «Come on, darling», hauchte sie zu Elmar, «let's go. Why waiting?»

«Shut up», sagte dieser grob und fügte an, «it's his daughter! You understand?»

«Oh, pretty daughter, handsome guy, not our business!» näselte die andere und animierte Robert zum Weitergehen, indem sie ihre Hand sachte auf Roberts Hinterteil drückte. Nun war für Stella und Hannes der Weg wieder frei und ohne ein weiteres Wort, gingen die beiden Gruppen aneinander vorbei. Auch wenn das Treffen nur wenige Sekunden gedauert hatte, brannten sich Bilder, Gesten und Blicke im Gedächtnis der Beteiligten ein.

Stella schritt wie in Trance neben Hannes her, sprachlos und in sich versunken. Als sie beim Hechtplatz waren, blieb sie unvermittelt stehen: «Ich kann's nicht glauben: Mein Vater geht in ein Puff! Zieht mit Thaimädchen durch die Strassen! Pfui Teufel! Dieses Schwein! Dieser verdammte Betrüger!»

Hannes hatte Mühe, sie zu beruhigen. Bereits drehten sich die Leute nach ihnen um, weil sie wie ein streitendes Paar wirkten und damit für Unterhaltung sorgten. Mit dezentem Druck lenkte Hannes die Stella endlich zum «Terrasse», wo sie sich auf einer Couch in einer Ecke des Gartens niederliessen und zwei Caipirinhas bestellten. Stellas Stimmung änderte sich zu Hannes' Beruhigung schnell wieder, und sie erzählte von ihrer Kindheit, von ihrem Verhältnis zu ihren Eltern, wie sie als Einzelkind aufwuchs, und wie doch stets der Schatten des Brüderchens, das noch in Mutters Bauch gestorben war, über ihr hing. Hannes hörte ihr aufmerksam zu und versank in ihr wie in einem Nebel. Er war verliebt, das stand fest! Er fühlte eine alles durchströmende Kraft und spürte das Prickeln, wenn er ihre Lippen die seinen berührten. Und ihr ging es nicht anders. Noch nie hatte sie mit einem Mann diese Nähe und Verbundenheit erlebt. Gleichzeitig fühlte sie ein brennendes Verlangen nach seinem Körper! Am liebsten hätte sie sich auf dieser Couch ausgezogen und mit ihm geschlafen. Hannes indes verlor nie ganz das Bewusstsein für Ort und Raum. Er wollte nicht zu weit gehen. Wenigstens nicht hier.

Um halb vier Uhr morgens kamen sie in Maienfeld an. Stella war müde, doch hellwach. Die letzten Stunden, wenn auch etwas beengt auf dem Rücksitz von Hannes' Toyota, waren die leidenschaftlichsten ihres bisherigen Lebens gewesen. Und für Hannes war es ebenso eine neue Erfahrung, auf einem abgelegenen Waldsträsschen Liebe zu machen.

Doch nun standen sie vor Stellas Elternhaus und sahen, dass Licht brannte. Es war wie ein Schlag ins Gesicht, und Stella realisierte, dass sie schon vor einigen Stunden ein SMS von ihrem Vater erhalten hatte. Sie solle die Finger von diesem Rüfener lassen, befahl er, was Stella erneut in Rage brachte: Wagte es der scheinheilige Betrüger, ihr Vorschriften zu machen! Dennoch wusste sie nicht, was sie tun sollte. Hineingehen und einen Riesenkrach riskieren? Nicht heimgehen und morgen einen noch grösseren Knatsch erleben? Eigentlich hatte sie Lust, ihrer Mutter die Wahrheit und ihrem Vater die Meinung zu sagen. Nur, dann wäre es aus zwischen ihnen und sie hätte nichts erreicht. Ebenso wenig konnte sie damit Hannes helfen... Sie überlegte sich alle Möglichkeiten samt Konsequenzen, bis sie von Hannes aus ihren Gedanken gerissen wurde:

«Willst du wirklich hochgehen?» fragte er mit sanfter Stimme, «du bist volljährig! Dein Vater hat dir nichts mehr zu befehlen, und schon gar nicht, wenn er selber mit irgendwelchen Huren herummacht!»

«Hannes, du verstehst nicht. Hier geht es noch um etwas anderes!»

«Was soll das heissen? Geht's nicht primär um uns?» Hannes lag plötzlich wie ein angezählter Boxer in der Ecke, verstand die Welt nicht mehr.

«Nein, so hab ich es nicht gemeint. Aber Vater ist streng, hat klare Vorstellungen und ich bin noch nicht so weit...»

«Verstehe!» sagte Hannes enttäuscht. «Dann ist's wohl besser, wenn du jetzt gehst!»

Stella nickte und gab ihm einen flüchtigen Kuss auf die Wange, den er kaum erwiderte. Dann stieg sie aus und verschwand hinter der Tür. Hannes startete den Motor und fuhr weg, hielt kurze Zeit später wieder an. Was eben passiert war, überstieg sein Verständnis. Wie konnte Stella die Stunden, die sie gemeinsam verbracht hatten, einfach in den Wind schlagen?

Hannes erinnerte sich an die Vorahnung, als er die Haustüre öffnete und sie davorstand. Zweifelte er da nicht, ob er ihr trauen konnte? Und nun folgte auf den Höhenflug ein Absturz.

Ich war zu nah an der Sonne, dachte er verwirrt.

Hannes stieg aus und schlich zu Stellas Haus zurück. Auf dem zugezogenen Vorhang des beleuchteten Wohnzimmerfensters sah er Schatten zweier Gestalten, die sich hin- und herbewegten. Aber er hörte nichts, ausser dem Wind, der durch die Gassen strich. Nach ein paar Minuten ging das Licht aus. Hannes fröstelte, obwohl es immer noch warm war.

Kapitel 34

Als Hannes endlich nach Hause kam, schimmerte im Osten ein rötlicher Streifen über dem Gebirge. Ärgerlich zog er den Vorhang zu und legte sich aufs Bett. Er sank in einen unruhigen Schlaf. Bizarre Träume machten dort weiter, wo die Realität aufgehört hatte.

Da er mit sich selbst beschäftigt war, bemerkte er gar nicht, dass seine Mutter nicht zu Hause war. Zusammen mit Oskar Walthert war sie gegen sieben Uhr weggefahren. Oskar lud sie in den «Flyhof» nach Weesen am Walensee ein, wo sie im Garten des burgähnlichen Hotels, das direkt am See lag, dinierten. Oskar liess sich nicht lumpen und bestellte einen Wein, der ein Vermögen kostete. Gerda genoss den Abend wie lange keinen mehr – selbst, wenn ihre Gefühle vielleicht nur auf die Wirkung des Alkohols zurückzuführen waren. Sie mochte Oskar und bedauerte, dass sie ihn nicht früher kontaktiert hatte. Und er gab sich als guter Unterhalter, erzählte lustige Geschichten von den letzten Jahrzehnten, amüsierte sich über die mitgebrachten Fotos aus Gerdas Album. Dennoch konnte er sich nicht wirklich entspannen. Lange glaubte Gerda, dass die Nervosität, die sie in Oskars Augen entdeckte, auf die ungewohnte Situation zurückzuführen war: sie und er beim ersten Rendez-vous. Doch sie sollte sich täuschen. In seine Unsicherheit mischte sich eine Vorfreude, weil gleich etwas für sie Unerwartetes geschehen sollte.

Just, als rund fünfzig Kilometer weiter westlich in Zürich Hannes und Stella auf Robert und Elmar trafen, öffnete sich im «Flyhof» eine Tür. Der See glich in diesem spätabendlichen Licht einem norwegischen Fjord. Doch der Mann, der eben in die laue Nacht hinaustrat, hatte hierfür keine Augen.

Dass Gerda bei seinem Anblick nicht in Ohnmacht fiel, verdankte sie Oskar, der ihr in den letzten Minuten einiges erzählt hatte, was sie zuerst kaum glauben wollte. Dabei hörte sie nur, was sie insgeheim immer geahnt hatte. Merkwürdigerweise spürte sie weder Wut noch Freude, weder Enttäuschung noch Hass, schon gar nicht Erlösung oder Liebe. Bloss eine Leere und eine bange Vorahnung, was auf sie zukam.

Und dann stand er da. Joe! *Ihr* Joe!

Gerda erschrak. War sie auch so viel älter geworden?

Joe blickte sie scheu an und lächelte verlegen: «Hallo Gerda!»

Irrte sie sich? Hörte sie einen englischen Akzent?

Er setzte sich und sie betrachtete sein Gesicht, an dem die Jahre nicht spurlos vorbeigegangen waren. Trotz der Falten und eingefallenen Wangen kannte sie jeden Winkel darin. Er hatte immer noch dunkles Haar und eine schlanke, kräftige Statur. Die grünbraunen Augen reflektierten das Licht der Tischkerze und blinzelten nervös. Und weil Gerda nichts sagte, fuhr Joe weiter: «Fünfzehn Jahre sind es her. Eine verdammt lange Zeit. Und du siehst prima aus. Hast dich kaum verändert!»

Gerda hörte das Kompliment, aber sie wollte darauf nicht eingehen. Stattdessen fragte sie: «Wo warst du so lange?» Ihre Stimme klang traurig, aber auch trotzig.

«Südafrika. Musste Ordnung machen.»

«Ordnung machen?» wiederholte sie und beobachtete, dass es Oskar unangenehm war, Zeuge dieser Begegnung zu sein. Verlegen stand er auf. Mit einer Andeutung, dass er dringend austreten müsse, verliess er den Tisch. Derweil verband sich das Schwarz des Himmels mit dem endlosen Dunkelgrau des Sees und Gerdas Blicke verloren sich in der Ferne.

«Ich weiss, dass es für dich nicht leicht ist. Und, glaub mir Gerda, ich wollte mich früher melden, ein Lebenszeichen geben. Aber da waren Gründe, wieso ich so handeln musste. Doch nun ist es geschafft! Jetzt bin ich wieder da. Und ich will versuchen, alles wieder gut zu machen!»

«Und woher weisst du, dass ich das auch möchte? Was glaubst du, wer du bist?! Fünfzehn elende Jahre habe ich mich alleine durchgeschlagen, musste schauen, dass aus Hannes etwas wird. Und dann tauchst du aus heiterem Himmel wieder auf und meinst, dass ich alles vergessen kann und dort weitermache, wo wir aufgehört haben?»

Gerdas Worte waren lauter ausgefallen, als für diesen Ort geziemend. Abrupt stand sie auf und wollte nur noch weg, doch Joe hielt sie zurück, indem er sanft nach ihrem Arm griff. «Gerda, bitte...!»

Sie blieb stehen, innerlich vor Erregung bebend. Und er fuhr fort: «Ich habe dich mehr vermisst, als du dir vorstellen kannst. Und ich weiss, es ist unentschuldbar, was ich euch angetan habe.»

«Du weisst gar nichts», stammelte Gerda und kämpfte mit den Tränen. «Was sagst du: Es gab Gründe, so zu handeln? So ein Schwachsinn! Wegen deiner Feigheit musste ich auslöffeln, was du eingebrockt hast!»

Gerdas Worte hallten über die Terrasse. Die Leute an den anderen Tischen fragten sich, was da vorging. Joe senkte seinen Blick und nickte. Dann meinte er: «Komm, gehen wir hinunter zum See. Wenn du erlaubst, würde ich dir gerne das Eine oder Andere erklären!»

Gerda liess sich zum Steg führen, der unterhalb des Hotels in den See ragte und wo einige Boote angetaut waren. Sie spürte eine Leere wie damals, als Joe verschwand. Dennoch erkannte sie, dass ihr dieser Mensch, der plötzlich wieder vor ihr stand, nie wirklich fern gewesen war. Welch ein Paradox! Sie wollte ihn hassen, doch sie fühlte nur Verwirrung.

Mittlerweile war der Mond aufgegangen. Milchiges Licht durchfloss das Tal und färbte den See silbergrau. Darüber schwebten die Churfirsten wie riesige Dinosaurierschuppen. In der Ferne überquerte ein festlich beleuchtetes Kursschiff das Wasser, dahinter schimmerten die Lichter von Walenstadt.

Die Stimmung passte bestens zu diesen wabernden Melodien von Van Morrison, die Joe einst so mochte: Sphärische Klänge mit einem Saxophon, dachte Gerda und atmete tief durch.

«Joseph», sagte sie dann, «wie konntest du mir das antun?»

Joe stand wortlos da. Er wusste von früher, dass ihn Gerda nur dann mit vollem Namen nannte, wenn sie äusserst erregt war.

«Es tut mir Leid», meinte Joe und setzte sich aufs Geländer des Stegs. «Glaub mir, ich gäbe alles, wenn ich die Zeit zurückdrehen könnte.»

Gerda sagte nichts, blickte auf den See hinaus, der wie ein Seidenstoff glänzte. Dann fragte sie: «Wieso kommst du ausgerechnet heute, und was hat Oskar damit zu tun?»

«Oskar hat mir geholfen. All die Jahre. Er stand mit mir in Kontakt, war der einzige.»

«Was?» Gerda konnte es nicht fassen. «Oskar wusste, dass du lebst und hat kein Wort gesagt?»

«Es war schwer für ihn, aber er hat es getan. Mir zuliebe. Dafür half er euch, wo er konnte! Und dass ich gerade jetzt komme, hat mehrere Gründe. Zum einen hörte ich von Hannes' Problemen mit Vetscherin und Obrist und dann konnte ich meine Geschäfte abschliessen und bin wieder handlungsfähig!»

Gerda schüttelte den Kopf. Ihr leuchtete manches nicht ein. Wie kann man für einen Freund fünfzehn Jahre lang ein Geheimnis bewahren? Wie hält man das aus? Und wie schafft man es als Ehemann, einfach unterzutauchen, Frau und Kind im Glauben zu lassen, dass man tot sei?

Wieder spürte sie Wut und Enttäuschung. Doch das Gefühl war nicht mehr so stark wie zuvor, das merkte sie deutlich. Und sie ärgerte sich im gleichen Moment über sich selbst, während Joe erzählte und erzählte, als wäre ein Damm gebrochen.

Die Sterne funkelten über dem See, als Joe und Gerda wieder zur Terrasse hochstiegen, wo Oskar gedankenverloren am Tisch sass und wartete. Als er sie heraufkommen sah, lächelte er sanft. Ganz Gentleman stand er auf, sobald Gerda zum Tisch trat.

«Wie wär's mit einem Nachtisch?» fragte er.

«Ich brauche eher einen Cognac», antwortete sie mit einem Lächeln.

«Gute Idee», meinte Joe und winkte dem Ober, der sich Sorgen über das Wegbleiben seiner Gäste gemacht hatte.

Joe bestellte zwei Cognacs und Oskar ein Himbeersorbet mit einem Schuss Geist.

Sie waren die letzten Gäste, als sie die Terrasse gegen ein Uhr verliessen. Oskar anerbot sich, Gerda nach Hause zu fahren. Doch sie lehnte dankend ab. Sie nahm ein Zimmer und wollte von Joe alles erfahren.

Kapitel 35

Die Sonne stand schon hoch, als Hannes aufwachte und schlaftrunken durchs Haus schlich. Sicher, seine Mutter anzutreffen, ging er in die Küche, um die Kaffeemaschine in Betrieb zu setzen. Erst jetzt realisierte er, dass die Tür, die von der Küche zum Vorplatz führte, verriegelt war. Das wunderte ihn, weil Mutter die Angewohnheit besass, diese als erstes zu öffnen, um frische Luft ins Haus zu lassen. Irritiert ging er den Gang zurück zu Gerdas Schlafzimmer, doch das Bett schien unangetastet.

Hat sie heute Frühdienst?, fragte er sich, als er wieder in die Küche kam und den Dienstplan betrachtete. Schnell sah er, dass sie frei hatte. Beunruhigt griff er zu seinem Handy, um seine Mutter anzurufen. Als er es einschaltete, sah er, dass er ein SMS bekommen hatte. Augenblicklich kamen ihm die Erinnerungen vom Vorabend hoch. Stella! dachte er fast fiebrig und öffnete die Kurzbotschaft:

«Hannes, gestern Abend war Achterbahn. Sorry, hab Boden verloren, als wir nach Hause kamen. Vermisse dich, aber brauche Zeit. Bitte versteh! Stella!»

Hannes verstand nicht. Durfte er wirklich hoffen oder war das nur eine Hinhaltetaktik? Erneut las er die Worte. Er konnte keinen rationalen Gedanken fassen, ertrank in den Buchstaben. *Vermisse dich...!* Wenn sie ihn vermisste, warum brauchte sie dann Zeit? Und Zeit wofür? Nein, er verstand nicht. Seine Mutter hatte er vergessen, als ein Auto auf den gekiesten Vorplatz fuhr. Ohne Regung beobachtete er, wie Mutter aus der Limousine stieg. Die trägt ja immer noch ihr Abendkleid, dachte er und musste schmunzeln. Blieb gleich über Nacht bei Oskar! Da soll noch einer sagen, die Alten seien langsam...

In diesem Moment realisierte Hannes, dass der Mann, der ebenfalls ausgestiegen war, nicht Oskar sein konnte. Zwar sah er nur den Hinterkopf und die dunklen Haare, aber die Form dieses Kopfes kam ihm unheimlich vertraut vor. Erst recht, als der Mann sich umdrehte und das Haus betrachtete. Hannes durchfuhr ein Blitz. Mutter hatte ihn am Küchenfenster stehen gesehen und lächelte vieldeutig, dann winkte sie. Langsam und unsicher, ob er noch träumte, öffnete Hannes die Küchentüre zum Vorplatz und ging auf die beiden zu.

Die Augen des Mannes, der neben Mutter stand, verrieten eine Nervosität, die nicht zu seinem kräftigen Körper passen wollte. Unsicher, ob ihn sein Sohn verdammen oder begrüssen würde, machte er ein paar Schritte, blieb stehen, lächelte verlegen und blickte zu Boden.

Hannes ging auf seinen Vater zu und realisierte plötzlich mit einem Anflug von Scham, dass er noch in seinen Morgenmantel gehüllt war. Nein, so hatte er es sich in seinen bizarrsten Träumen nicht vorgestellt, seinem verschwundenen Vater gegenüber zu treten: im Morgenmantel, mit zerzausten Haaren und einem abgestandenen Geschmack im Mund. Hannes musste grinsen. Über sich, über die skurrile Situation, über das Leben, das ihm in den letzten 24 Stunden eine Überraschung nach der anderen serviert hatte. Dann ging er auf seinen Vater zu und umarmte ihn. Joe reagierte erleichtert auf Hannes' Spontaneität und merkte erfreut, dass ihm sein Sohn an Grösse und Kraft ebenbürtig war. Ein Umstand, den auch Gerda realisierte, und der bei ihr ein Gemisch von Genugtuung und Stolz hervorrief.

Von weitem, aber herangezoomt durch die ausgefeilte Technik eines Jagd-Feldstechers, betrachtete ein Mann von den Weinbergen herunter die Szene. Obschon ihn jede Art von Harmonie und Frieden anwiderte und er Emotion als Schwäche auslegte, konnte er sich kaum losreissen. Er wusste jedoch, dass der Countdown angelaufen und sein vor Monaten beschlossener Einsatz unaufschiebbar war. Ein Schauer durchfuhr ihn. Tage und Wochen hatte er sich ausgemalt, wie das Finale ausfallen würde. Nun ging es los! Heute war der 8. Jahrestag! 8 – für ihn schon immer die Zahl der Vorsehung. Mit acht verlor er seine Mutter. Mit 16 entdeckte er sein Kochtalent, mit 32 hatte er sein erstes Restaurant. Mit 48 kam der Untergang und jetzt mit 56 die Auferstehung! Morgen würde die Schmach gesühnt sein! Zufrieden nahm er wahr, dass um ihn herum die Natur ihren Weg genommen und die Blatthüpfer dank der Genialität seines Partners ihren Job erledigt hatten. So weit sein Auge reichte, sah er die ersten Anzeichen der Katastrophe. Praktisch alle Rebstöcke rund herum waren infiziert und kämpften gegen diesen heimtückischen Eindringling, der sie von innen heraus angriff. Bereits im Laufe der nächsten Tage mussten die Auswirkungen selbst für Laien augenfällig sein – und Gegenmittel gab es keines! Er freute sich an der Vorstellung, wie Maienfeld sein zweites Waterloo erleben würde!

Hastig griff er zu seinem Handy und wählte die gewünschte Nummer.

Am anderen Ende ertönte eine etwas müde Stimme: «Hallo, du bist's!»

«Ja, ich bin's, und ich sage dir, die Saat ist aufgegangen! Deine Krabbeltierchen haben sich erfreulich entwickelt. Und morgen kommt der Tag der Rache – für dich und mich!»

«Du weisst, was wir vereinbart haben. Ich tu niemandem Gewalt an!»

«Amigo, das haben wir besprochen. Für das hast du mich, und ich freu mich auf die Reaktion dieser Arschlöcher!»

Obschon der Mann am anderen Ende der Leitung wusste, dass die Zikaden weite Flächen der Maienfelder Weinberge infiziert hatten, schluckte er leer. Wie sehr er sich wünschte, dass die Schuldigen für ihr Verbrechen bestraft würden, erschrak er doch darüber, wie unausweichlich nun alles geworden war.

Kapitel 36

Die Küche war hell und gemütlich. Seit Hannes die braunen Wände abgelaugt, weiss gestrichen und die dumpfen Farben der Siebziger Jahre vergessen gemacht hatte, war sie zum Zentrum des Hauses geworden. Joe registrierte jede Veränderung, die aus seinem behäbigen Elternhaus ein neues, gemütliches Anwesen machte.

Erstaunlich, wie tote Materie lebt, dachte er.

Und dennoch kam er sich wie ein Fremder vor, während er den Kaffee schlürfte, den man ihm hingestellt hatte.

Hannes beobachtete seinen Vater, wie er mit seiner klobigen Hand nach der Tasse griff, sie zum Mund führte und scheu umherblickte, als könne er gar nicht glauben, hier zu sein.

Als sich Gerda ebenfalls setzte, registrierte Hannes den Blickkontakt zwischen seinen Eltern. Er sah Respekt und Dankbarkeit bei seinem Vater. Und bei Mutter registrierte er Trauer, aber auch wachsende Nachsicht.

«Die Küche hat Hannes renoviert», durchbrach Gerda die Stille, die während Minuten geherrscht hatte. «Überhaupt hätte ich es ohne ihn nicht geschafft!»

Joe nickte anerkennend in Richtung seines Sohnes.

Hannes schnürte es die Kehle zusammen. Er wollte so viel wissen, verstehen, fragen – gleichzeitig brachte er kaum ein Wort über die Lippen, wusste nicht, wo anfangen, fühlte nur Verwirrung. Als wäre Deutsch eine Fremdsprache, musste er die Wörter zusammenklauben: «Wo bist du so lange gewesen? Wieso hast du dich nie gemeldet?»

«Das ist eine lange Geschichte», begann Joe und fuhr mit seiner rechten Hand übers frisch rasierte Gesicht. Hannes fixierte seinen Vater mit einem Blick, dem jener nicht standhielt. Verlegen senkte er seine Augen, dann holte er Luft und begann zu erzählen: «Damals, an diesem 27. Dezember, traf ich mich nicht mit einem potentiellen Geldgeber, wie ich deiner Mutter erzählte, sondern fuhr nach Vättis in einen privaten Pokerclub. Kein guter Ort. Aber mir blieb keine Wahl, ich musste versuchen, den Schuldenberg abzubauen, den ich angehäuft hatte, brauchte dringend Bargeld.»

Hannes musterte seinen Vater wie ein Richter, der einem Angeklagten zuhörte. Und Joe kam sich auch so vor: wie ein Schuldiger, der nur noch gestehen konnte, weil die Last der Beweise erdrückend war. Doch der Bann schien gebrochen, und Joe gab zu, spielsüchtig gewesen zu sein. Er hatte jede Gelegenheit genutzt, um heimlich in Bregenz oder Konstanz ins Casino zu gehen, hatte Gerda weisgemacht, er wäre im Winzerverein oder bei einer Verkaufsveranstaltung. Jahrelang brachte er beide Welten aneinander vorbei, konnte dank der florierenden Geschäfte die Verluste kompensieren. Doch der Abstieg kam unweigerlich: Es war der Anfang vom Ende, als die Ernte des Jahres 1988 mässig ausfiel und er im Keller Fehler machte, weil er unkonzentriert arbeitete. Auf einen Schlag verlor er mehrere Grosskunden, die zu Obrist, Reichlin oder Vetscherin wechselten. Da er die Reserven des Betriebs verspielt hatte, schrammte das Weingut am Konkurs vorbei. Gleichzeitig musste er verhindern, dass Gerda vom wahren Grund des Lochs in der Kasse erfuhr und gab an, Geld in Südafrika investiert zu haben. Skeptisch geworden, wollte sie Beweise sehen, was das Problem verschärfte. Joe musste sich etwas einfallen lassen und investierte Geld, das er von der Bündner Kantonalbank für eine anstehende Kellerrenovation erhielt, in eine Diamantenmine in Südafrika.

Tatsächlich brachte dieses Geschäft anfänglich gute Zinsen, und die Aussicht, innerhalb eines Jahres das Doppelte zu verdienen, war zu verlockend, so dass er alles auf eine Karte setzte. Er lieh sich bei Obrist und Vetscherin je 500 000 Franken und kaufte weitere Aktien. Dann kam der Tiefschlag: Aufgrund des herrschenden Embargos erklärte die Mine Konkurs und hinterlegte die Papiere. Joe war verzweifelt. Alleine die jährlichen Zinsen seiner verschiedenen Darlehen betrugen über 150 000 Franken. Er brauchte kurzfristig Bargeld und entschloss sich, nach Vättis in einen illegalen Pokerclub zu fahren, von dem er gehört hatte.

Nach anfänglichem Glück, das, wie er erst hernach durchschaute, nur eine Köderstrategie der Spielermafia war, verlor er mehrere hunderttausend Franken. Am Schluss stand er mit einer halben Million in der Kreide und gab als Sicherheit den Hof.

Hannes betrachtete seinen Vater mit einem Gemisch aus Abscheu und Faszination. Gleichzeitig merkte er, dass Mutter die Geschichte schon am Vorabend gehört haben musste. Sie blickte zum Fenster hinaus und schien abwesend. Derweil durchlebte sein Vater nochmals die Stunden, als er trotz eines erstklassigen Blattes, das er in der Hand hielt, gegen den Anführer verlor, weil der falsch zockte. Joe sah erneut die Mündung der Waffe vor sich, hörte die Worte dieses Mannes, der ihm zwei Tage Zeit gab, das Geld aufzutreiben.

«Als ich das letzte Spiel verlor, taumelte ich aus dem Club, der im Hinterzimmer einer heruntergekommenen Beiz eingemietet war. Ich fühlte mich wie ein geprügelter Hund, wusste, dass diese Typen nicht lange fackeln würden. Zu meiner Verwunderung ging es bereits gegen sieben Uhr abends und dunkelte. Mir schoss durch den Kopf, dass ich schon lange zu Hause sein sollte, und ich startete meine Ducati. Es hatte zu schneien begonnen und die Strasse war glitschig. Ich fuhr schnell, obwohl ich wusste, dass der Weg dem Stausee entlang vereist sein könnte. Doch Angst spürte ich keine, zu sehr war ich mit meinen Gedanken beim letzten Spiel. Eine halbe Million im Arsch!»

An Joes zum ersten Mal laut gewordener Stimme merkte Hannes die Verzweiflung, die sein Vater empfunden haben musste. Es berührte ihn, wie diese Minuten auch sein Leben veränderten. Da er die kurvige Strasse zwischen Vättis und Bad Ragaz kannte, konnte er sich vorstellen, was damals passiert sein musste.

Joe fuhr mit seiner Maschine über die vereiste Strasse, spürte keine Kälte, hatte den Helm nicht richtig zugemacht. Mitten in der Schlucht kam in einer Kurve plötzlich dieses Auto auf ihn zu. Joe war zu schnell für die Unterlage, musste ausweichen, als es ihm die Maschine wegriss und er in Richtung Leitplanken rutschte. Er schlug mit dem Hinterkopf auf die Strasse, verlor den Helm, prallte dann in die Maschine, die dank eines Felsvorsprungs aufgehalten wurde. Wie durch ein Wunder blieb er benommen auf der Fahrbahn liegen und wurde nicht in den See geschleudert. Dass er aus einer Platzwunde am Kopf blutete, realisierte er erst, als ihn der schockierte Autofahrer, der in der Zwischenzeit ausgestiegen war, darauf ansprach. Joe begriff von einer Sekunde auf die andere, dass dieser Unbekannte als sein rettender Engel erschien. Dank dieses Unfalls bekam er die Möglichkeit geschenkt, aus seinem vermasselten Leben zu verschwinden!

Da der Automobilist angetrunken und heilfroh war, dass Joe noch lebte, brachte er ihn ohne Widerrede nach Bad Ragaz, stellte auch keine unnötigen Fragen, als ihn Joe anwies, am Bahnhof anzuhalten. Dort stieg er mit einem behelfsmässigen Verband aus der Autoapotheke um den Kopf aus und trichterte dem Fahrer ein, niemandem von ihm zu erzählen.

Als dieser, froh über den glimpflichen Ausgangs des Unfalls, weggefahren war, betrat Joe eine Telefonkabine und meldete sich unter falschem Namen bei der Polizei. Er habe ein demoliertes

Motorrad in der Taminaschlucht gesehen sowie einen blutverschmierten Helm, jedoch keinen Fahrer. Dann hängte er auf und hielt auf ein Haus zu, das in der Nähe lag.

Oskar öffnete die Tür und erbleichte. So gut er es konnte, verarztete er Joe und hörte sich dessen Geschichte an. Er begriff, dass er seinem Freund helfen musste, gab ihm neue Kleider und erklärte sich unter Protesten bereit, ihm Geld zu leihen und ihn am nächsten Tag zum Flughafen zu bringen. Joe wollte in Südafrika versuchen, wieder an sein Kapital zu kommen. Es war die einzige Chance, die ihm noch blieb.

Kapitel 37

Der Sonntagnachmittag war warm und vorsommerlich. Durch die geöffnete Gartentür strömte frische Luft ins Haus. Weil sie schon einige Stunden am Küchentisch gesessen hatten, schlug Gerda vor, Joe und Hannes sollten einen Spaziergang ums Haus und auf den Rüfiberg machen. Sicher würde es Joe interessieren, wie sich alles verändert hatte, und Hannes könnte seinem Vater erzählen, was er über die Bitterstoffe wusste.

Joe fand das eine gute Idee, und Hannes zeigte ihm den Keller, erzählte vom Barrique mit Ursinas Wein. Sein Vater hörte aufmerksam zu und liess sich jedes Detail erzählen. Allerdings sparte Hannes die Geschichte mit Stella und die Episode mit den thailändischen Striptease-Girls aus.

Dann traten sie auf den Platz vor dem Haus, gingen den kleinen Weg hinter dem Weingut hoch und betrachteten das Rebenmeer, das sich in alle Himmelsrichtungen erstreckte. In beiden stieg Melancholie auf, gehörte doch ein ansehnlicher Teil dieser Felder einst ihnen.

«Ich liebte diesen Ausblick seit je!» sagte Joe, als sie auf der Kuppe des Hügels ankamen.

«Ja, auch wenn es nicht mehr uns gehört, für mich ist das immer noch unser Land», sagte Hannes mit bitterem Unterton.

«Das verstehe ich, auch, dass du mich hassen musst, für alles, was ich dir und Gerda angetan habe.»

«Hassen?» Hannes blickte zu seinem Vater hinüber, der den Kopf gesenkt hatte und plötzlich zerbrechlich wirkte. «Nein, hassen ist das falsche Wort. Ich bin enttäuscht, das schon. Hätte mir erhofft, in deine Fussstapfen zu treten und Winzer zu werden.»

«Vielleicht besser, du bist nicht in meine Fussstapfen getreten!»

Er lachte auf, auch Hannes musste grinsen. «Weisst du, selbst wenn ihr nichts von mir wusstet, dank Oskar hab ich von euch erfahren. Ich bat ihn, dir eine Chance als Laborant zu geben!»

«Das wird ja immer besser. Am Schluss waren wir deine Marionetten!» Hannes wurde ärgerlich, doch Joe beschwichtigte ihn: «Nicht so, wie du denkst! Aber mir war nicht gleichgültig, wie es euch ging. Ich hörte mit Freude, dass du bei Ursina eine Art Ausbildung machen und dein Winzertalent unter Beweis stellen konntest. Ich hab von der merkwürdigen Geschichte mit den Bittertönen und deinen Problemen vernommen. Nur kannte ich nicht alle Details, wohl, weil sie Oskar nicht wusste.»

Hannes und Joe waren weiterspaziert, überquerten die Steigstrasse, die nach Luzisteig führte und gingen Richtung Fläsch durch ein Rebgebiet, das die Einheimischen Bremstall nannten. Die Wege waren teilweise von mannshohen Steinmauern eingesäumt, die Eidechsen einen idealen Lebensraum boten. Doch Hannes hatte hierfür keine Augen, er hörte den Erzählungen seines Vaters zu, die ihm die «Jahre der Verbannung», wie sie Joe pathetisch nannte, näher brachten. Joe kam 1993 nach Südafrika, als das Land im Umbruch war. Da er keine Ahnung hatte, wie er an sein Geld gelangen sollte, wandte er sich an einen Anwalt, der sich als Spezialist für Wirtschaftsrecht anpries. Sein Büro lag in der Innenstadt von Johannesburg, im Quartier Hillbrow, das trotz reger Bautätigkeit heruntergekommen wirkte.

Dieser Anwalt, der Stuart Francis hiess, kannte die Mine, weil sie wiederholt in die Schlagzeilen geraten war. Der Boss der Mine, ein gewisser Eric Vanderfaart, galt als dubioser und skrupelloser Geschäftsmann, der gerne in Sun City, einem Ferienresort, das lange Zeit nur für Weisse offen stand, verkehrte.

Francis erreichte, dass Joe beim zuständigen Konkursamt auf

die Liste der Gläubiger gesetzt wurde und damit wenigstens theoretisch ein Anrecht auf eine Entschädigung erhielt. Doch dann kam alles anders: Mittels eines geschickten Schachzugs erreichte Vanderfaart, dass die konkursite Mine an ein Konsortium überging, das sich zwar weigerte, die Altlasten zu übernehmen, aber immerhin den Gläubigern, die sich innerhalb einer Woche meldeten, die Chance gab, ihre Anteile an der alten Mine mit einem Abstrich von ²/₃ in die neue zu übertragen. Mit anderen Worten winkte Joe von den investierten 1,2 Millionen rund ein Drittel.

Er war einer der wenigen Ausländer, die zum richtigen Datum am richtigen Ort in Johannisburg ihre Aufwartung und damit ihre Rechte geltend machten, und durchschaute, dass Vanderfaart mit diesem Trick mehrere hundert Millionen einsackte. Kein Wunder war die neue Firma bald gut in Schwung, auch wenn sie einen grossen Teil ihres Diamantenhandels legal und nicht mehr über dubiose Kanäle, die auch in die Schweiz geführt hatten, tätigen musste. Dennoch konnte Joe nicht direkt auf sein Geld zugreifen und musste warten. Weil ihm bald langweilig wurde und er von Francis erfuhr, dass Vanderfaart ein passionierter Pokerspieler war, überlegt er nicht lang. Er besorgte sich die nötige Garderobe und investierte Oskars Starthilfe in einen Aufenthalt in Sun City.

«Was, du bist in Südafrika wieder zocken gegangen?»

Hannes Stimme überschlug sich fast. So viel Dummheit auf einmal, dachte er.

«Ja, und die meisten würden mich wohl für ziemlich dämlich halten, aber ich spürte, dass es diesmal richtig war, zumal man in Südafrika meine gewohnte Pokerart spielte.»

Hannes wunderte sich einmal mehr über seinen Vater. Ein Blinder hätte bemerkt, dass dieser immer noch die Merkmale eines Spielers aufwies. Die Sucht war nicht überwunden, allenfalls überdeckt durch gute Vorsätze und eine dünne Schicht Vernunft. Hannes empfand Ernüchterung und eine unüberwindbare Distanz zu seinem Vater.

Joe merkte davon nichts. Er erzählte mit flackernden Augen, wie er nach Sun City fuhr und es schaffte, am Tisch mit diesem Vanderfaart zu sitzen, den er anhand eines Bildes aus der Zeitung erkannte. Joe hatte Glück und konnte dem Buren bereits am ersten

Abend mehrere Tausend Rand abknöpfen. Die Folge war absehbar: Vanderfaart bestand darauf, auch am nächsten Tag zu spielen und am übernächsten. Schliesslich gewann Joe umgerechnet 180 000 Franken. Steuerfrei und bar in die Hand. Er war im siebten Himmel. Zusammen mit den im Konsortium investierten Vierhunderttausend, stand er wieder gut da.

«Jedoch...», fuhr Joe fort, und seine Mimik verriet, dass er sich selber durchschaute, «war ich wieder angefixt. Und ich hätte wohl weiter gespielt und alles wieder verloren, wäre nicht plötzlich Oskar da gestanden. Ich hatte ihm am Telefon angedeutet, was bei mir lief und er merkte, dass er mich retten musste. Zwar war ich anfänglich aufgebracht, als er mich vom Spielen abbringen wollte. Doch dann erzählte er mir, was ihr daheim in der Zwischenzeit durchmachtet und dass Elmar und Robert den Rüfiberg übernommen hatten. Ich war komplett von der Rolle! Natürlich gab es keine andere Möglichkeit für deine Mutter, um der Zwangsversteigerung zu entgehen und das Haus zu behalten. Aber das machte mich wütend und hilflos!»

Joe war stehen geblieben, und in seiner ganzen Körperhaltung drückte sich die Bestürzung aus, die er empfunden hatte. Dann änderte sich seine Stimme. Sie wurde leiser und zerbrechlich: «Ich wollte sofort zurück, doch Oskar brachte mir bei, dass das nichts nützen würde. Ich galt als tot, zumindest als verschollen. Ausserdem las man in den Zeitungen von einem Mord an einem Metzger aus dem Aargau, der beim illegalen Pokerspiel einige zehntausend Franken verloren hatte und diese nicht zahlen konnte oder wollte. Für Oskar war klar, dass es sich um die gleiche Spielermafia handelte, wie in meinem Fall. Deshalb schlug er vor, das Geld so zu investieren, dass etwas Handfestes rausschauen würde. Mach das, von dem du eine Ahnung hast, riet er mir: kauf ein Weingut!»

«Du besitzt ein Weingut in Südafrika?» Hannes Stimme wurde euphorisch.

«Na ja, sagen wir es mal so: ich besass eines...»

Hannes glaubte, sich verhört zu haben, seine Stimme wurde messerscharf: «Was, du hast ein zweites Weingut verloren?»

«Nein, nein,» wehrte sich Joe, um Hannes zu besänftigen,

«nicht so, wie du denkst! Für einmal kein Zocken oder dergleichen!»

Joe erinnerte sich gut an die Fahrt, die er zusammen mit Oskar unternommen hatte. Sie fuhren an einem schönen Apriltag nach Hermanus, einem Städtchen am Atlantik, rund 100 Kilometer südöstlich von Kapstadt. Die Landschaft, die Overberg hiess und im Nordwesten von den Hottentottshollandsbergen und im Süden von der weitläufigen Walker Bay umgrenzt war, lag in ein spätsommerlichem Licht. Hier breitete sich die südlichste Weingegend von Südafrika aus. Da das Meer selten über 15 Grad warm wurde, blieb es das ganze Jahr relativ kühl. Noch Ende der 80er Jahre baute man mehrheitlich Obst an, doch es gab schon einige Weinkellereien, die mehr schlecht als recht wirtschafteten. Das Rebmaterial im ganzen Land war aufgrund des Embargos katastrophal, von Viren verseucht und schlecht gezüchtet, und so besassen viele Weine unangenehme Tannine und vegetabile Geschmacksnoten.

Joe und Oskar stiessen durch Zufall auf ein kleines Weingut, das Buijtenkelfing hiess. Es lag nordwestlich von Hermanus, etwas abseits und vor den kühlen Winden des Meeres geschützt, in einer Art Kessel. Das Weingut war nicht sehr erfolgreich, weil der Besitzer weder seinen Reben noch seinen Mitarbeitern Sorge trug. Aber Joe sah sofort, dass es erstklassigen Boden besass und dank seines Mikroklimas für Pinot ausgezeichnet wäre.

Allerdings konnte er als Ausländer ohne festen Wohnsitz kein Grundstück kaufen. Deshalb brauchte Joe einen Einheimischen, der mit seinem Namen bürgte und als Besitzer firmierte. Der einzige, den er kannte, war sein Anwalt Stuart Francis. Nach kurzem Zögern willigte Stuart ein, und er investierte eine Stange Geld, da es in gewissen Kreisen von Johannesburg offenbar als schick galt, ein Weingut zu besitzen. Joe steuerte seinen erspielten Gewinn bei und wurde als Geschäftsführer eingetragen. Dass sich Francis im Kreise von Anwaltskollegen mit dem Weingut brüstete und keinen Hehl daraus machte, dank der Investition kräftig Steuern zu sparen, konnte Joe egal sein.

Im Herbst 1993 machte er sich an die Arbeit und bemerkte schnell, wie vernachlässigt das Weingut war. Die Infrastruktur würde nie ausreichen, um einen Spitzenwein herzustellen. Ausserdem erwiesen sich rund 60 Prozent der Reben als krank.

Trotz aller Hindernisse und der anfänglichen Skepsis seitens der schwarzen Arbeiter, als Joe befahl, die Hälfte der Früchte wegzuschneiden, die an den Rebstöcken hingen, machte es ihm Spass, wieder seinem angestammten Beruf nachzuleben. Mit der Zeit lernte er die Arbeiter besser kennen und gemeinsam schafften sie den Turnaround. Mit dem 97er-Jahrgang gelang erstmals ein Wein, der international für Furore sorgte.

Ein Jahr später folgte ein herber Rückschlag. Da sich Francis in der Johannesburger Schickeria etablieren wollte – die Erfolge seines Weingutes hatten ihm Türen geöffnet – veränderte sich sein Lebensstil. Mit beiden Händen gab er Geld aus, welches das Weingut noch nicht verdient hatte. Joe realisierte das Loch in der Kasse erst, als es zu spät war. Über seinem Kopf schlugen die Probleme wie eine Welle zusammen und rissen ihn mit. Er musste ausbaden, was ein anderer verschuldet hatte. Reumütig dachte Joe an Gerda und konnte nachvollziehen, wie sie sich gefühlt haben musste – damals, als er sich feige aus der Verantwortung stahl.

Doch damit waren die Gemeinsamkeiten erschöpft, denn auf Buijtenkelfing lief das Spiel anders. Francis drehte den Spiess um und machte Joe für die Misere verantwortlich. Als die Gläubiger bereits androhten, auf den Hof zu fahren und sich selber zu bedienen, wenn sie nicht zu ihrem Geld kämen, schaltete der Anwalt noch einen Gang höher, transferierte die letzten Reserven über Scheinrechnungen auf ein privates Konto, das auf Joes Namen lief und zeigte ihn an. Grobfahrlässige Geschäftsbesorgung, persönliche Bereicherung und qualifizierter Steuerbetrug lauteten die Anklagepunkte. Ehe es sich Joe versah und etwas dagegen unternehmen konnte, wurde er von der Polizei abgeholt und in Untersuchungshaft gesetzt. Dass zu dieser Zeit viel Arbeit in den Reben anstand, spielte keine Rolle.

Joe glaubte zu träumen. Erst recht, als der Richter auf die unhaltbaren Anschuldigungen eintrat und Francis Recht gab. Er verdonnerte Joe zu einer Strafe von 1,7 Mio. Rand oder zwei Jahren und 8 Monaten Gefängnis. Ausserdem konfiszierte er Joes Vermögen, das zwar immer noch in der Diamantenmine steckte, aber mittlerweile aufs Doppelte angewachsen war. Erst als Joe einen jungen schwarzen Anwalt nahm, einen entfernten Verwandten des Vorarbeiters von Buijtenkelfing, konnte er seine Rechte geltend machen. Kevin Brick, so hiess der Jurist, bewies, wer auf dem Weingut tatsächlich für die Misere verantwortlich war. Francis fiel in der Folge durch alle Böden und wurde überführt, seit Jahren am Staat vorbeigewirtschaftet und Millionen ins Ausland transferiert zu haben. Joe kam nach dreizehn Monaten, die er bis zur zweiten Verhandlung im Gefängnis verbringen musste, auf freien Fuss. Nach weiteren zehn Monaten wurden ihm die vom Staat konfiszierten Vermögenswerte wieder ausgehändigt, die er auf der First National Bank of South Africa anlegte. Für ein eigenes Weingut reichte das Geld zwar nach wie vor nicht, doch Joe bewies ein gutes Händchen für Immobilien- und Aktienfonds, profitierte von der Ähnlichkeit zwischen Börse und Pokerspiel, sodass er bestens von seinen Transaktionen lebte, ohne sich die Hände schmutzig zu machen. Bald konnte er sich ein Haus, ein Auto und ein gutes Leben leisten. Doch glücklich wurde er nie. Als ihm Oskar von Hannes' Problemen berichtete, wusste er, dass die Zeit gekommen war, um zurückzukehren.

Obwohl die Turmuhr vom Schloss Salenegg bereits fünf Uhr schlug, stand die Sonne noch hoch am Himmel. Joe genoss seit jeher die langen Tage im Juni und blickte zur Autobahn hinüber, auf der unzählige von der Sonne beschienene Wagendächer vorbeirauschten. Könnte er sich hier wirklich wieder heimisch fühlen? Würde die Bündner Herrschaft gegen die Weite der südafrikanischen Ebenen ankommen?

Hannes schwieg und betrachtete aus dem Augenwinkel seinen Vater, als sich dieser von der Bank erhob, auf der sie seit längerem gesessen hatten, und wie magnetisch angezogen in die Rebreihe schritt, die sich vor ihm gegen Südwesten hinzog. Hannes begriff nicht, was seinen Vater so aufschreckte und blickte ihm irritiert nach.

«Komm mal her!» rief Joe aufgeregt. Hannes trat zu ihm, der eingehend die noch unreifen Trauben an einem Rebstock betrachtete.

«Siehst du das?» fragte er und gab gleich selber die Antwort: «Diese Reben sind todkrank!»

Und als wäre er ein Biologielehrer, riss er ein paar Blätter ab und betrachtete sie von allen Seiten. «Kein Zweifel!» sagte er dann, «das ist die Flavescence dorée! Eine heimtückische Krankheit, die von kleinen Blatthüpfern übertragen wird!» Joe beugte sich vor und machte ein paar vorsichtige Schritte. Wie ein Jäger suchte er Beute und fand sie: «Da! Einer dieser kleinen Blatthüpfer! Siehst du?»

Und tatsächlich. Als Hannes hinzutrat, sah er ein kleines Insekt, das sogleich flüchtete. «Flavescence dorée?» wiederholte Hannes, «ich dachte, die gäbe es nur im Süden, in Spanien und im Languedoc?»

«Ja, aber jetzt ist sie hier und wird verheerend sein. Überall sind die Rebstöcke angegriffen, siehst du?»

Stimmt, dachte Hannes. Es war ihm nicht aufgefallen, aber viele Blätter an den Pflanzen zeigten eine beginnende Vergilbung. Als wäre es nicht Juni, sondern September.

Ist das die zweite Plage? fragte sich Hannes, und es wurde ihm siedend heiss.

Kapitel 38

Der Mann betrachtete das schwarze Telefon, das vor ihm auf dem Schreibtisch stand, als handelte es sich um eine Skulptur. Er fuhr mit seiner Hand den geschwungenen Teilen nach, die den Hörer bildeten. Wahrlich, die alten Telefonapparate waren noch etwas fürs Auge, dachte er. Nicht so, wie diese piependen, aus billigem Kunststoff gefertigten, elektronischen Teile, die nur ein paar Jahre funktionierten, damit sie Platz für neue Geräte machten. Irgendwann würden es diese dumpfen und fortschrittsgläubigen Leute begreifen, dass nicht alles, das gebraucht ist, zum alten Eisen gehört!

Über dreissig Jahre war er als Biochemiker ein gefragter Mann, leitete am Schluss eine Forschungsabteilung, stellte Dutzende Lehrlinge ein, gab sich Mühe, nicht einfach der Chef, sondern Vater, Berater, Förderer zu sein. Er schenkte seiner Firma nicht nur die besten Jahre, sondern auch seine Seele und dann hiess es ohne Vorwarnung: Sie sind überflüssig!

Überflüssig! Was für ein Wort aus dem Mund dieses Schnösels, der sich erdreistete, die Geschicke *seiner* Firma in die Hand zu nehmen, nur weil er ein paar Jahre Nationalökonomie studiert und mit ein paar anderen Grossmäulern an amerikanischen Universitäten herumgelungert hatte.

Dieser grünschnäblige Arsch zitierte ihn eines Tages in sein Büro und verkündete, ohne mit der Wimper zu zucken, dass die Firma die Leitung des Forschungslabors einer jüngeren Fachkraft übertragen wollte. Und er solle das Angebot eines professionellen Outsourcings annehmen, um anderswo eine neue Herausforderung zu finden. Ein grosszügiges Entgegenkommen nannte er es, dass er, Oskar Walthert, eine Abfindung in der Höhe eines Jahresgehalts bekommen würde.

Dass für ihn die Welt zusammenbrach, verstand dieser Armleuchter nicht, weil er zu jener Sorte Mensch gehörte, die ausschliesslich an ihre eigene Karriere dachte.

All diese Gefühle kamen beim Anblick des alten Telefons hoch: Wie eine Luftblase, die aus fauligem Wasser an die Oberfläche drängte. In solchen Momenten empfand er Verständnis für Amoktäter, die in das Büro ihres Chefs traten, wo sie jahrelang schikaniert worden waren, und um sich ballerten, alles zerfetzten, was ihnen schlaflose Nächte bereitet hatte.

Oskar schloss die Augen. Als träumte er, sah er plötzlich seine Schwester Maria. Nie hatte er sie in Wahrheit so erblickt, doch sie wirkte plastisch und real: die Lippen blass und schmal, die Augen geschlossen, so lag sie auf bläulich-grünem Klee. Sie trug ein enges schwarzes Kleid mit einem V-förmigen Kragen. Sie schien zu schlafen, aber sie atmete nicht, regte sich nicht, war tot.

Doch er hörte noch das Echo des Schreis, den sie ausgestossen hatte. Damals, an diesem sonnigen Juninachmittag des Jahres 1963. Als Dreizehnjähriger kam er da die kurvige Steigstrasse hoch, um mit seiner Schwester, die schon vor einer Stunde losgegangen war, im nahen Wald Beeren zu suchen. Und er kam gerade auf die Lichtung, wo die besten Beeren wuchsen, als ihm Robert und Elmar entgegen traten. Sie blickten finster und ihre Gesichter schienen seltsam gealtert, ihre Haut picklig und erhitzt wie nach einem Dauerlauf. In dem Moment sah er weit hinten, am gegenüberliegenden Ende der Lichtung, Maria, die sich hastig erhob und das Kleid, das merkwürdig verdreht an ihrem Körper hing, zurechtzupfte, bevor sie Hals über Kopf in den Wald hineinrannte. Elmar und Robert gingen auf Oskar zu. Sie waren einige Jahre älter und mehr als einen Kopf grösser. Elmar packte Oskar am Pullover:

«Was willst du hier, Mistfliege?»

Oskar stammelte etwas von Beeren.

«Du weisst», zischte Robert, «das ist unser Revier! Hier hast du nichts verloren, wenn du an deinem Leben hängst! Verstanden?»

Elmar stemmte Oskar wie einen Mehlsack in die Luft und schleuderte ihn gegen einen Baum, so dass der Junge nach Luft schnappte.

«Und wenn du nur ein Wort von unserem Treffen hier verrätst, dann Gnade dir Gott! Kapiert?»

Oskar, dessen Rippen schmerzten, als wären sie gebrochen, nickte ergeben, hoffend, dass er hier lebend davonkam.

Als Elmar Anstalten machte, ihn nochmals zu packen, stammelte Oskar, er werde niemandem erzählen, sie gesehen zu haben.

«Gut so! Du Scheisser!» sagte Elmar und lachte verächtlich. Und Robert fügte an: «Und nun zieh Leine, bevor wir es uns anders überlegen!»

Oskar rannte, was seine Beine hergaben, trotz der stechenden Schmerzen in seinem Rücken, und er hörte das Lachen, das ihn bedrohlich verfolgte.

Was Oskar nicht ahnen konnte, war, dass ein Zeuge die ganze Situation aus seinem Versteck beobachtete. Und als Elmar und Robert johlend talwärts schritten, da wagte jener sich wieder hervor und ging zu dem Ort, wo Maria gelegen und geschrieen hatte, von den beiden anderen auf den Boden geworfen und festgehalten. Die Bilder verfolgten ihn, und das Geräusch des zerreissenden Stoffes klang in seinen Ohren nach. Er sah ihren Körper, der darunter zum Vorschein kam. Sah, wie sie ihr das Höschen vom Leib rissen und sich am Mädchen vergingen.

Nun herrschte auf der Lichtung Stille. Als wäre die Zeit eben stehen geblieben. Kein Vogel, der zwitscherte, kein Wind, der durch die Bäume strich, einfach Leere. An der Stelle, wo Maria gelegen hatte, war das Gras flach gedrückt. Der Knabe fand einen Fetzen Stoff von ihrem Kleid und nahm ihn zu sich. Als wäre er selber Täter und nicht zufälliger Augenzeuge, schwor er sich, niemandem davon zu erzählen. Gleichzeitig schämte er sich, weil er versagt und Maria nicht geholfen hatte.

Kapitel 39

Das Klingeln des Telefons riss Elmar aus seinem sonntäglichen Mittagsschlaf. Zuerst wollte er den Anruf ignorieren, doch dann rappelte er sich hoch und wankte zum Gerät, das ihn aus seinen Träumen aufgescheucht hatte.

Mit einem zackigen «Obrist!» nahm er den Hörer ab. Doch am anderen Ende blieb es ruhig.

«Wer ist da, verdammt?!»

Wieder vergingen Sekunden, in denen Elmar zu entschlüsseln versuchte, was er hörte. Es waren Klänge wie aus einer Lagerhalle, das Scheppern einer Klimaanlage.

«Hallo, ist da jemand?»

«Elmar!» tönte es, plötzlich ganz nah und laut, so dass Elmar erschrak. «Elmar!» wiederholte die Stimme und dehnte die Laute.

«Was soll das, wer spricht da?»

«Wer ich bin, spielt keine Rolle. Aber wisse: die Zeit der Rache ist gekommen!»

«Was soll der Scheiss? Verarschen kann ich mich selber!»

Er knallte den Hörer auf die Gabel. Immerhin war er nun hellwach und wartete, ob das Telefon nochmals klingeln würde. Doch nichts passierte.

Alles Scheisser! dachte Elmar.

Ärgerlich ging er in die Küche, um sich ein Glas Wasser zu holen, dann griff er zum Sonntags-Blick und setzte sich in den bequemen Fauteuil. Er hatte die Zeitung kaum aufgeschlagen, als es erneut klingelte. Ruckartig erhob er sich und ging zum Telefon. Er wartete ein weiteres Läuten ab und griff dann schnell zum Hörer:

«Was ist, verdammt?»

«Elmar!» sagte die Stimme erneut.

«Kennen wir das nicht schon, du Spassvogel?»

«Spass? Gut, lass uns lachen!» Die Stimme klang monoton und überhaupt nicht wie die eines Komikers. Elmar spürte wachsendes Unbehagen.

«Was wollen Sie?» fragte er abtastend.

«Spass!» tönte es aus dem Hörer und die Stimme überschlug sich.

«Hören Sie», sprach Elmar mit Nachdruck, «ich hab keine Lust auf diese Spielchen. Entweder, Sie sagen mir, was Sie wollen, oder ich hänge auf!»

«Deine Reben sterben. In diesem Moment krepieren sie. Flavescence dorée!»

Das Klicken, das durch den Hörer hallte und anzeigte, dass der Andere aufgelegt hatte, hallte in Elmars Ohren nach. Er stand wie angewurzelt in der Mitte seines Wohnzimmers.

Flavescence dorée? Er hatte diesen Namen schon gehört, wie alle Winzer, aber bislang war diese Rebkrankheit nördlich der Alpen kein Thema. Doch nun? Ohne zu zögern verliess er das Haus und marschierte in die nächsten Rebfelder. Als lauerte hinter jeder Reihe diese ominöse Stimme samt dazugehörendem Gesicht, spähte er vorsichtig in alle Richtungen. Da erkannte er das Ausmass der Krankheit. Die jungen Reben sahen mitleiderweckend aus, waren an den Blattspitzen vergilbt und abgedörrt. Die Trauben hingen schlaff an ihren Stielen, als wäre ihnen das Leben abgezapft worden. Elmar rannte schnaufend den Hügel hoch. Doch soweit er auch kam, überall der gleiche Anblick! Tausende Rebstöcke litten, dass es ihm die Tränen in die Augen trieb.

Das darf nicht wahr sein, dachte er keuchend, meine Reben!

Dann griff er zu seinem Handy und rief seinen Vorarbeiter an.

«Salmann?» meldete sich die Stimme.

«Ich bin's, Elmar. Sag, wann warst du das letzte Mal in den Reben zwischen Rüfi und Bremstall?»

Salmann schien über Elmars Stimme ebenso erstaunt wie über die merkwürdige Frage. «Das letzte Mal? Na, vor einer Woche. Wieso?»

«Hast du da irgendetwas Merkwürdiges gesehen?»

«Merkwürdig?» Dass Salmann stets die Frage wiederholte, ärgerte Elmar, aber er liess sich nichts anmerken. Er wusste, dass Salmann nicht der Intelligenteste war, dafür zuverlässig und fleissig. «Nein, habe nichts Merkwürdiges gesehen. Warum fragst du?»

«Weil der ganze Rüfiberg krank ist!»

«Krank? Was meinst du damit?»

«Schon mal was von Flavescence dorée gehört?»

«Flaves –... Was?»

«Flavescence dorée, verdammt, eine Vergilbungskrankheit!»

Elmar wurde schroff und ungeduldig, doch Salmann schien das nicht zu irritieren: «Eine Vergilbungskrankheit? Das kann nicht sein. Ich hab erst kürzlich gespritzt!»

«Dann komm und sieh dir dieses Trauerspiel an. Ich bin bei der Linde unterhalb des Zufahrtsweges!»

Salmann tuckerte Minuten später auf seinem Moped heran. Der erfahrene Arbeiter bemerkte sofort, dass mit den Reben etwas nicht stimmte. Ohne Elmar zu grüssen stapfte er in die erste Rebzeile hinein. Er kannte jeden Stock, kam während der Vegetationsperiode bis zu fünfmal vorbei und hegte die Pflanzen mit viel Gefühl und Erfahrung. Umso erstaunter war er, wie schnell die Krankheit wütete.

«Denen geht's gar nicht gut», sagte er dann zu Elmar. «Aber ich schwör dir, als ich letzte Woche hier nachschaute, sahen die noch ganz anders aus!»

Wortlos gingen die beiden von Stock zu Stock. Elmar hatte schon einige Artikel über die Flavescence dorée gelesen und wusste, dass sie von winzigen Blatthüpfern übertragen wurde. «Wir müssen kleine Heuschrecken finden. Die infizieren die Reben mit einer Art Pilz!»

Salmann ging langsam durch die Reben und bemerkte schnell, dass schon auf wenigen Metern Dutzende von Zikaden anzutreffen waren.

«Hier wimmelt es von Insekten», stellte Salmann fest und Elmar nickte. «Sieh dir die Traubenstände an, verschrumpelt und weich wie Gummi!»

«So was habe ich noch nie gesehen!» stammelte Salmann, der mit seinen Schützlingen mitfühlte. «Was sollen wir machen?»

Elmar richtete sich mühsam auf, atmete schwer und kniff die Augen zusammen: «Wir müssen schnell handeln! Sonst verlieren wir die ganze Ernte! Ich werde gleich unseren Önologen anrufen, du machst in der Zwischenzeit den Spritztraktor bereit. Mal sehen, ob wir diese Krankheit nicht in den Griff bekommen!»

Und während Elmar zügigen Schritts zu seinem Weingut zurückkehrte, wählte er auf seinem Handy die Nummer von Adrian Kuntze.

«Ah, Herr Obrist», meldete der sich nach einigen Sekunden. «Sie scheinen an den Wochenenden immer sehr aktiv!»

«Keine Spässe!» raunzte der Angesprochene und atmete schwer, «wir haben die Flavescence dorée und meine Reben leiden!»

«Sie haben die was?»

«Die Flavescence dorée!»

«Sie wollen mich auf den Arm nehmen!»

«Nein, das Lachen ist mir vergangen. Tausende Stöcke sind angegriffen!»

«Aber das gibt es nicht. Sind Sie sicher, dass es sich um die Flavescence handelt, könnte es nicht die Schwarzholzkrankheit sein?»

«Nein, die Schwarzholzkrankheit kenne ich, da sind nur Teile der Rebstöcke befallen. Aber hier, das ist eine gottverdammte Katastrophe, so weit das Auge reicht!»

«Haben Sie Blatthüpfer gefunden? Ich meine, bis jetzt gibt's diese Krankheit nur südlich der Alpen, im Languedoc und in Spanien!»

«Dann ist das ab heute anders! Was sollen wir tun?»

«Tja, keine einfache Frage. Schnelle Heilmittel gibt es nicht, wenn die Stöcke infiziert sind. Höchstens die Radikalkur, und man kann durch Spritzen versuchen, den Schaden in Grenzen zu halten.»

«Was soll das heissen? Es muss doch möglich sein, diese Blatthüpfer zu killen!»

«Ja, die Zikaden lassen sich beseitigen. Aber sie haben Ihre

Reben schon infiziert, verstehen Sie? Diese Mikroorganismen, diese Phytoplasmen, die Ihre Pflanzen angreifen und das Vergilben auslösen, sind bereits aktiv. Und die kann man nur mit radikalen Mitteln stoppen!»

«Heisst das, wir müssen die kranken Rebstöcke rausreissen?»

«Wenn das Ausmass so ist, wie Sie schildern, leider ja... Natürlich muss zuerst festgestellt werden, dass es sich einwandfrei um die Flavescence handelt. Aber dann...»

«Scheisse!» keuchte Elmar, «das hat noch gefehlt!» Und er spürte einen stechenden Schmerz in der linken Brust.

«Ich werde schauen, dass ich möglichst schnell in die Schweiz komme», sagte Kuntze in einem Ton, den man normalerweise an Beerdigungen anschlägt. «Aber das kann ich erst morgen organisieren.»

«Gut, dann erwarte ich Ihren Anruf!»

Als Elmar in den Hof seines Weinguts stapfte, wartete Salmann bereits mit dem Traktor. Er trug einen knielangen, grünen Gift-Mantel und das imprägnierte Käppi mit der ledernen Halsabdeckung.

«Was soll ich spritzen?» fragte er dienstbeflissen.

«Irgendwas gegen Insekten!» schlug Elmar gedankenverloren vor, «wird eh nicht viel nützen...»

Und zur grenzenlosen Überraschung seines Angestellten wankte Elmar wie in Trance an ihm vorbei, ging zum Haus und liess die schwere Tür hinter sich ins Schloss krachen. Und wenn ihn nicht alles täuschte, sah Salmann Tränen in den Augen des Chefs.

Kapitel 40

«Woher kennst du die Flavescence dorée?» wollte Hannes zwischen zwei Bissen des Rindsbratens wissen, den Gerda mehrere Stunden in einem kräftigen Pinot geschmort hatte.

«Oh», antwortete Joe und kaute, bis er Raum zum Reden hatte, «wir erlebten dieses Problem einmal, auf einer neuen Anlage, mit Jungreben, die wir aus Frankreich importiert hatten. Ich glaub, es war im Jahr 1995. Nur dank eines aggressiven Spritzmittels bekamen wir die Krankheit in den Griff. Dennoch mussten wir viele Rebstöcke rausreissen, weil sie diese Invasion nicht überlebt hätten. Traurig!»

«Wenn ich mir vorstelle, dass uns dieses Szenario jetzt auch blüht», meinte Hannes nachdenklich.

Gerda, die von der Krankheit noch nie gehört hatte, liess sich die Zusammenhänge erklären und staunte, dass es immer noch Rebkrankheiten gab, gegen die kein Kraut gewachsen war. Dass die Auswirkungen der Flavescence schlimmer würden als die Reblausplage Ende des vorletzten Jahrhunderts, bezweifelte sie, obschon Joe nachdrücklich meinte, dass auf die Herrschaft schwierige Zeiten zukämen. Aber diese Geschichte interessierte sie nicht wirklich. Für sie war anderes wichtiger: die Frage zum Beispiel, wie sich Joe die Zukunft vorstellte. Als sie dieses Thema anschneiden wollte, kam er ihr zuvor: «Gerda, dein Braten ist immer noch göttlich! Ich weiss nicht, wann ich zum letzten Mal so was Gutes gegessen habe!»

Gerda lächelte geschmeichelt. Sie wusste nur zu gut, dass sie früher zu seinem Geburtstag jedes Mal dieses Gericht zubereitet hatte, dazu Kartoffelpüree und frische Erbsen aus dem Garten. Damals schien es einfach, ihn glücklich zu machen. Doch nun kannte sie die Wahrheit, wusste Bescheid über die Hintergründe und sein Doppelspiel.

Wie oft hatte sie sich gewünscht, noch einmal zu dritt zusammenzukommen – so wie jetzt: ungezwungen und gemütlich. Nun war es wie durch ein Wunder geschehen. Allein, sie konnte sich nicht entspannen, blieb Joe gegenüber unterkühlt. Sie spürte, dass sie eine weitere grosse Enttäuschung nicht mehr verkraftete und wollte vorsichtig einen Schritt um den anderen machen, nichts überstürzen. Es würde lange brauchen, bis sie ihm wieder vertrauen könnte. Dennoch realisierte sie, dass in ihr eine Bereitschaft keimte, es nochmals zu versuchen.

Die beiden Männer, die links und rechts von ihr am Küchentisch sassen und sich begeistert über das Dessert hermachten, als hätten sie noch nie ein besseres Mousse au Chocolat gegessen, schienen

Gerdas Gedanken nicht zu bemerken. Vater und Sohn unterhielten sich, als wäre es beschlossene Sache, gemeinsam ein Weingut aufzubauen.

«Papa, wie soll es nun weiter gehen?»

Joe grinste. «Willst wohl die Welt erobern und gleich loslegen!»

«Er musste auch lang genug warten», meinte Gerda mit vorwurfsvollem Unterton.

«Ja, du hast Recht!» Joe blickte entschuldigend zu seiner Frau. Dann fuhr er fort: «Wir haben verschiedene Möglichkeiten. Als wichtigstes wollen wir den Rüfiberg zurückbekommen. Doch das ist nicht so einfach. Weder Obrist noch Vetscherin werden alleine wegen meiner Rückkehr ihre Anteile hergeben. Hinzu kommt die Flavescence dorée. Aus diesem Grund dürfte es ratsam sein, zuerst mal abzuwarten. Ausserdem ist mein Geld im Moment gut angelegt und bringt Zinsen!»

«Angelegt?» fragte Gerda. «In was?»

«In Aktien und Immobilien, genauer gesagt in einen Fonds, der von Südafrika aus operiert und gutes Geld abwirft!»

«Trotz weltweiter Börsenkrise?»

«In Südafrika sind Immobilien eine sichere Investition, und das wird sich so schnell nicht ändern.»

Gerda nickte, merkte aber, wie in ihrem Kopf sogleich Warnlampen aufleuchteten. Sie hatte gelernt, nicht mehr alles stillschweigend zu glauben. Joe schien ihre Gedanken zu ahnen: «Keine Angst, Gerda, da kann nichts passieren. Vertrau mir!»

Sie schwieg, wollte ihm nicht unrecht tun. Es war ja klar, sagte sie sich, dass er nicht mit einem Aktenkoffer voll Geld angereist kam und mit den Tausendern protzte. Dennoch fragte sie: «Und wie schnell könntest du auf das Geld zugreifen?»

«Binnen ein paar Tagen! Ich hab dafür gesorgt, dass meine Beteiligung am Fonds über eine Schweizer Bank geregelt wird.»

Wie oft hatte sich Hannes gewünscht, Winzer am Rüfiberg zu sein! Und nun winkte mit einem Mal die Realisierung dieses Traums. Es war wie im Märchen.

«Sag, um wie viel Geld handelt es sich – nur um eine Grössenordnung zu haben?»

Joe musste grinsen und machte es künstlich spannend: «Na ja, nicht so viel, dass man sich die Welt kaufen kann, aber genug, um mit Hilfe einer Bank etwas aufzubauen!»

«Mehr als eine Million?» wollte Hannes wissen, und Joe nickte und lächelte vieldeutig.

«Mehr als zwei Millionen?»

Joe schüttelte amüsiert den Kopf: «Nein, nicht ganz.»

Hannes stellte sich vor, was man mit diesem Kapital anfangen könnte, obgleich er realistisch genug war einzusehen, dass damit keine allzu grossen Sprünge möglich wären. Nur schon die Kellerrenovation samt technischen Einrichtungen und Maschinenpark würde über eine halbe Million kosten und der Quadratmeterpreis des Rüfibergs dürfte je nach Alter der Reben und Parzelle bei 50 bis 60 Franken liegen! Etwas konsterniert meinte er: «Also für den Rüfiberg reicht das noch lange nicht, selbst wenn uns eine Bank grosszügig unter die Arme greift!»

«Das ist so», bestätigte Joe anerkennend, «aber Rom wurde auch nicht an einem Tag erbaut. Wir werden Geduld und Glück brauchen!»

Kapitel 41

Elmar stapfte in sein Büro. Jeder Schritt bedeutete eine immense Anstrengung. Flavescence dorée – was für ein edler Name für ein solches Desaster! Erschöpft setzte er sich in seinen Stuhl und startete seinen Computer. Die Schmerzen in seiner Herzgegend kannte er, sie beunruhigten ihn nicht sehr. Eigentlich sollte er seine Pillen nehmen. Doch er hatte keine Lust, ins Badezimmer hinüberzugehen, wollte Informationen über die Seuche zusammentragen, die seine Existenz zu zerstören drohte.

Äusserlich schien er ruhig, doch innerlich zerriss es ihn fast. Obschon er es besser wusste, wollte er nicht glauben, dass es kein Mittel gab, um die Katastrophe aufzuhalten. Er las Artikel um Artikel, auf Englisch, Französisch und Deutsch. Aber die Quintessenz blieb die Gleiche. Vor Elmar lag ein Abgrund. Da hatte er sich jahrelang den Arsch aufgerissen und einen Betrieb mit Pioniercharakter aufgebaut, liess alle seine Konkurrenten meilenweit zurück, und dann kam ein so kleines Biest und machte alles zunichte! Fast mitleidig lächelnd beobachtete er durch sein Fenster den braven Salmann, der irgendein Insektengift über die Landschaft verteilte.

Wissen soll Macht sein? Dass ich nicht lache! dachte Elmar, als er einsah, dass Informationen bisweilen nichts nützen. Er spürte, wie Schüttelfrostattacken seinen Körper quälten. Ihm war gleichzeitig kalt und heiss.

Als es Abend wurde, erhob er sich schwerfällig von seinem Stuhl und machte sich auf, um im Keller, wo er seine Weinschätze gelagert hatte, einen angemessenen Tropfen auszusuchen. Zu den stechenden Schmerzen in der Brust gesellte sich ein nervtötendes Kopfweh.

Als er die Türe zu seinem Privatkeller öffnete, schlug ihm eine kühle Luft entgegen. Es ging einen Moment, bis das Flackern der Neonröhren in ein regelmässiges Licht überging. Vor Elmar lagen die gemauerten Regale, in denen die Weine unter idealen Bedingungen lagerten. Hunderte von Spitzencrus der besten Weinhäuser Frankreichs und Italiens. Mit allen Kreszenzen verband er eine Geschichte, doch zwei Güter lagen ihm speziell am Herzen: Die toskanische «Tenuta dell'Ornellaia» sowie das Bordeaux-Château «Mouton Rothschild». Während er vom italienischen Supercru ab 1985 jeden Jahrgang besass, begann seine Mouton-Kollektion mit einer Einzelflasche aus seinem Geburtsjahr 1945 – eine unbezahlbare Rarität. Ab dem Jahrhundertjahrgang 1982 hatte er mindestens eine Kiste pro Ernte eingelagert und kaufte und ersteigerte Dutzende weiterer Flaschen an Auktionen.

Er schleppte sich an den Gestellen vorbei, streichelte da und dort eine Flasche und erwies ihnen gleichsam die letzte Ehre. Denn er ahnte, dass er kein weiteres Mal mehr kommen würde, und spürte, wie die Lebensgeister aus seinem Körper wichen. Sein Mund war trocken, das Atmen fiel ihm schwer. Auf seiner Stirn hatten sich Schweissperlen gebildet, als er endlich wusste, welchen Wein er sich öffnen wollte: einen Ornellaia aus dem Jahr 1998. Er hatte kurz geschwankt, ob er einen Mouton aus dem Jahr 1990 nehmen sollte, doch dann entschied er sich für den toskanischen Wein, weil er vor acht Jahren in den Hügeln bei Bolgheri die süssesten Stunden seines Lebens verbracht hatte. In den Armen von Sabine, dieser Rassefrau, die ihn zwar nur benutzte, um von ihrem nichtsnutzigen Freund loszukommen, aber ihm während dieser Wochen so viel gab, wie keine Frau vor und nach ihr.

Bedächtig öffnete er die Flasche. Nicht weil er die Sekunden auskosten wollte, sondern weil seine Hände nicht schneller konnten. Jede Umdrehung des Zapfenziehers bereitete ihm Schmerzen, und nur langsam gelang es ihm, den langen Korken aus dem Flaschenhals herauszuwinden. Ein leises Plopp erlöste ihn. Mit zitternder Hand schenkte er den Rebensaft in ein bauchiges Glas ein. Er fühlte sich leer, so leer wie eine ausgelaufene Badewanne.

Neapel sehen und sterben, dachte er, und wusste nicht, warum ihm ausgerechnet dieser Satz im Kopf herumspukte. Er roch am Glas, dann rann der Wein über seine Zunge. Er erwartete handwerkliche Perfektion und önologischen Genuss in Vollendung, doch dann stutzte er, traute seinen Sinnen nicht. Er nahm einen zweiten Schluck, wollte es kaum glauben: Der Wein hatte Korken. Und als wäre das nicht genug, kamen in ihm Bilder aus längst verlorenen Zeiten hoch. Er sah Sabine, wie sie nackt und üppig vor ihm stand, ihn sachte aufs Bett drückte und auszog. Dann flimmerten die Erinnerungen, wie bei einem Sendeausfall infolge eines Gewitters, und plötzlich lag Maria vor ihm, mit aufgerissenem Mund und zerschlissenem Kleid. Sie japste nach Luft, und ihr fragender Blick durchbohrte ihn. Er sah sich nach ihren Brüsten greifen, spürte die Erregung von damals und beobachtete sich selbst in seinem zerstörerischen Rausch. Wie hatte er diese Schreie überhören können?

Der Alptraum wollte nicht aus Elmars Kopf verschwinden, als plötzlich ein schwarz gekleideter Mann vor ihm stand. Der Winzer erschrak so heftig, dass sein Herz unregelmässig zuckte. Ein Stich fuhr ihm durch die Brust. Kalter Schweiss kroch aus allen Poren, als er den kleinen Mann erkannte.

«Wo kommst du her...?»

Elmars Worte waren nur noch ein verzweifeltes Flüstern, dann schloss er die Augen, er wollte einfach sterben. Weg von diesen Schmerzen. Doch der Schwarzgekleidete richtete den zusammengesackten Körper des Winzerpräsidenten in seinem Sessel wieder auf und tätschelte ihm die Wangen.

«Nein, so schnell entwischst du mir nicht!»

Elmar blinzelte aus seinen tiefliegenden Augen. Rasende Schmerzen lähmten seinen Körper. Mit letzter Kraft formte er Worte: «Was willst du?»

«Weisst du, was heute für ein Tag ist, Elmar?»

Der Angesprochene blickte ins Gesicht des Mannes und augenblicklich erkannte er die Stimme, die er vor einigen Stunden am Telefon gehört hatte.

«Du warst die Stimme am Telefon? Und du bist das Schwein, das uns diese Krankheit...» Stöhnend sackte er zusammen. Er fühlte sich zu schwach, um weiter zu reden. Sein Herz schmerzte, als hätte jemand eine Zwinge angebracht und würde es unerbittlich quetschen.

«Ja, ich war die Stimme! Ich, die Ratte, wie du mich immer genannt hast. Und du weisst, was heute für ein Tag ist: unser Jahrestag. Heute vor acht Jahren habt ihr mir den Todesstoss versetzt, du und Sabine! Versprichst ihr das Blaue vom Himmel, verdrehst ihr den Kopf und bringst sie vom rechten Weg ab! Du nimmst sie einfach mit, wie man einen Fundgegenstand einsteckt, ohne einen Gedanken daran zu verschwenden, was du mir antust. Und dann wunderst du dich, dass ich das nicht toleriere und mich wehre, weil man einen Freund und Geschäftspartner nicht so behandelt! Aber du warst schon immer ein Egoist!»

Elmar öffnete die Augen und betrachtete den Mann mit Geringschätzung. «Red keinen Stuss, ruf einen Arzt..., mein Herz...!»

«Einen Scheiss werd ich! Und dass dir dein Herz zu schaffen macht, ist wohl Ironie des Schicksals!»

«Ich habe dir Sabine nicht gestohlen», hauchte Elmar in den kühlen Kellerraum. «Sie wollte weg von dir, weil sie deine krankhafte Eifersucht nicht mehr ertrug!»

Ein Schatten huschte über das Gesicht des Eindringlings. Doch als er realisierte, dass sich in Elmar die Lebensgeister verabschiedeten, legte sich ein Grinsen über sein fast bartloses Gesicht.

«Red du nur, Elmar. Du und ich, wir wissen's besser. Ausserdem soll man den Todestag seines Feindes in Ehren halten, das ist alte Hunnentradition, und aus dessen Schädel trinken...!»

Ein langgezogenes Lachen hallte durch die Katakomben des Kellers, grell und einer meckernden Ziege nicht unähnlich. «Schade, dass ich nichts mehr zu tun brauche, um dich ins Jenseits zu befördern, muss nur zuwarten. Dabei hätte ich es gern gesehen, wenn du mehr gelitten hättest.»

Der kleine Mann packte Elmar mit einem erstaunlich kräftigen Griff am Hals. Der Winzer spürte, wie es ihm die Luft abschnitt. Sekunden später liess der andere wieder los: «Aber ich bin ja im Gegensatz zu dir kein Unmensch!»

Elmar blickte leer. Als sich der Mann über ihn beugte, hauchten seine Lippen die Worte: «Hol dich der Teufel, Ratte!»

Der Angesprochene tat, als überhörte er sie und schlenderte zu den Weinregalen. «Eine schöne Sammlung hast du hier. Aber typisch, dass du mir keinen Wein anbietest, warst ja schon immer ein Geizhals!»

Ungefragt griff er nach dem Glas, das vor Elmar stand und hielt es unter seine Nase: «Gott, Elmar! Dieser Wein schmeckt nach Korken! Schrecklich, wie kannst du den trinken?»

Mit einer flüchtigen Bewegung schüttete er ihn aus, dann griff er nach der Flasche: «Schade um diesen Ornellaia. Aber ich ziehe einen Bordeaux vor, wie du weisst!»

Er defilierte den Regalen entlang, holte die eine oder andere Flasche heraus, musterte sie und legte sie wieder zurück. Dann griff er nach einem Mouton-Rothschild aus dem Jahr 1989: «Ja, das ist meine Währung!»

Und als wäre es das Selbstverständlichste der Welt, einen Wein aufzumachen, während zwei Meter entfernt ein Mensch mit dem Tod rang, drehte er die Schraube des Zapfenziehers in den Korken. Sachte und gewandt hob er ihn heraus, roch daran und goss den Wein in eine flache Silberschale, die er an einer langen Kette um den Hals trug. Mustergültig hielt er das Tastevin* unter seine Nase

---

* Tastevin: Flache Probierschale, zumeist aus Silber. Wurde in früheren Jahrhunderten in England und Frankreich gebraucht, um Weine auch bei diffuser Kellerbeleuchtung bezüglich Farbe und Klarheit zu prüfen. Wird noch heute von Burgundischen Weinbruderschaften verwendet, obwohl sich Gläser besser eignen.

und schnupperte, als wäre er ein Mitglied einer burgundischen Weinbruderschaft. Seine Miene heiterte sich auf: «Ja, so soll ein Mouton sein!» frohlockte er. «Noch ein wenig verschlossen, aber das wird noch...»

Elmar beobachtete ihn durch Nebelschleier, wunderte sich über die antiquierte Trinkschale in der mit einem dünnen Gummihandschuh bewehrten Hand. Was für ein Trottel, dachte er zwischen zwei Schmerzattacken, trinkt einen Bordeaux aus einem burgundischen Tastevin, doch er brachte kein Wort des Spotts heraus. Seine Stimme versagte.

«Erinnerst du dich, Elmar?», sagte der andere. «Wir tranken diesen Wein schon mal zusammen: bei mir in der ‹Pfeffermühle›. Damals mochtest du mein Essen, warst des Lobes voll, was wohl am anmächeligen Busen meiner Sabine lag, wie ich hernach bemerkte! Und ich hab eine Flasche dieses Jahrgangs geöffnet, weil wir ein Geschäft machen wollten!»

«Geschäft?» stöhnte Elmar grimmig. «Du wolltest unsere Weine zu einem Dumpingpreis nach Fernost exportieren und hast zu viel gekauft...» Seine Stimme brach ab. Erneut raste eine Schmerzwelle durch seinen Körper. Sein Gesicht war verzerrt und der Atem rasselte schwer. Mit letzter Kraft fuhr er weiter: «Im Übrigen hab ich dein Essen nie gemocht. Es war überkandidelt – eine Wichserei auf Tellern...!»

Dann kippte sein massiger Leib vornüber. Hätte er es noch geschafft, wäre sein letztes Wort «Ratte» gewesen.

Kapitel 42

«Also, jetzt der Reihe nach. Wann haben Sie Elmar Obrist gefunden?»

Severin Donatsch betrachtete den sichtlich verstörten Ernst Salmann. Der Angesprochene sass an Elmars Küchentisch und war bleich. Dankbar griff er nach dem Glas Wasser, das der Polizist ihm reichte und trank einen Schluck.

«Ich bin heute um sechs Uhr früh gekommen, weil ich mit dem Spritzen weitermachen wollte. Und als ich auf den Hof fuhr, sah ich, dass die Eingangstür zu Elmars Haus offen stand. Ich wunderte mich und dachte, dass er wohl schon auf wäre. Schliesslich ist ihm diese *Flaffeszenze* an die Nieren gegangen!»

«Die was?» fragte Donatsch.

«Na, die Rebkrankheit, die unsere Weinstöcke hinmacht! Ganz böse Sache!»

«Und Sie haben deswegen spritzen wollen?»

«Ja, im Auftrag von Elmar. Er sagte mir gestern, ich soll diese Heuschrecken abtöten, die die Krankheit verbreiten. Als ich von Elmar nichts sehen konnte, obschon sein Auto dastand, ging ich ins Haus nachschauen. Alles war dunkel und unheimlich still. Und plötzlich hab ich gemerkt, dass das Kellerlicht brannte. Ich rief: Elmar, Elmar! Doch nichts rührte sich. Ich stieg die Treppe hinunter, öffnete die angelehnte Tür und sah ihn hängen...»

Salmanns Stimme riss ab. Er schüttelte den Kopf und schloss angewidert die Augen. Wohl der aussichtslose Versuch, das grauenerregende Bild aus der Erinnerung zu löschen, wie Donatsch vermutete. Der Beamte konnte nachvollziehen, was in Salmann vorging. Der Anblick einer Leiche verstört immer. Erst recht, wenn sie so aussah: Elmars Körper hing eigenartig verdreht an einem fingerdicken Hanfseil, das ihm um die Brust gebunden und an der Decke aufgehängt war. Zusätzlich hatte jemand den Kopf mit einer Postschnur hochgebunden, sodass er einer Galionsfigur glich, die mit offenen Augen in die Ferne starrte. Mit weiteren Stricken wurden auch beide Arme an der Decke festgemacht, sie baumelten wie bei einer Marionette im Leeren.

Dennoch wirkte Elmar entspannt, weshalb Donatsch vermutete, dass er tot war, bevor man ihn so drapiert hatte.

Kein Erhängter sieht so aus, dachte der Dorfpolizist, doch er wollte den Gerichtsmedizinern, die bald kommen würden, nicht ins Handwerk pfuschen.

Wie bei einem solchen Fall vorgeschrieben, meldete er den Vorfall bei den Kollegen der Kriminalpolizei. Bis die aus Chur eintrafen, wollte er sich um Salmann kümmern und seine Aussagen protokollieren. Denn Donatsch wusste, wenn mal das «Rösslispiel», wie man ein Grossaufgebot nannte, angelaufen war, blieb ihm nur noch die Statistenrolle.

Und tatsächlich! Eine halbe Stunde später wimmelte es von Beamten aus der Hauptstadt. Und wie Donatsch geahnt hatte, übernahm der Chef der Spezialdienstabteilung 1, ein gewisser Antoine Sarasin, die Ermittlungen.

Kaspar Deplazes, der Gerichtsmediziner kam bald zum Schluss, dass Elmar Obrist nicht erhängt worden, sondern eines anderen Todes gestorben war. Für weitere Abklärungen müsste man die Leiche obduzieren, fügte der Arzt trocken an.

Zusammen mit Sarasin betrachtete Donatsch den Fundort des Toten, während ein anderer Beamter Dutzende Fotos schoss.

«Sieht aus, als hätte er sich noch ein Gläschen genehmigt», meinte Sarasin.

«Ein Glas? Sieht eher nach mehreren aus. Beide Flaschen sind angebraucht», ergänzte Donatsch.

«Sehr merkwürdig», fuhr Sarasin fort, «wieso öffnet man eine zweite, wenn bereits eine offen ist?»

«Vielleicht schmeckte sie ihm nicht?»

Deplazes, der das Gespräch mitbekommen hatte, blickte spöttisch in Richtung der Polizisten: «Habt ihr zwei überhaupt eine Ahnung, um was für Weine es hier geht?»

Sarasin, der sich nicht gerne vor versammelter Mannschaft eine Blösse gab, beeilte sich zu antworten: «Klar, der eine ist ein Franzose und der andere wohl ein Spanier.»

«Von wegen», protestierte der Arzt, «beim Ornellaia handelt es sich um einen sogenannten Supertoskaner, eine Cuvée aus Cabernet Sauvignon, Merlot und Cabernet Franc, kostet 150 Franken. Und der Mouton-Rothschild gehört zu den gesuchtesten Bordeaux-Weinen, den kriegt man nicht unter 400 Franken. Pro Flasche, versteht sich!»

Die Beamten liessen sich ihr Erstaunen nicht anmerken. Über 400 Franken, dachte Donatsch, was für ein Irrsinn!

Sarasin betrachtete die Weine genauer und fragte in Richtung von Deplazes: «Wieso wurde vom Mouton mehr getrunken?»

«Wohl weil der andere fehlerhaft ist!» meinte der Mediziner und verblüffte die beiden Polizisten. «Ich hab mal an der Flasche gerochen. Wenn ich mich nicht täusche, hat der Ornellaia einen Korken!»

Sarasin bückte sich über die Flasche und schnupperte: «Riecht abgestanden, aber nicht unbedingt nach Zapfen!»

«Wir könnten ja ein Glas holen und das überprüfen», schlug Donatsch vor.

«Kommt nicht in Frage!» meinte der Mediziner entschieden. «Die Weine müssen untersucht werden. Wer weiss, ob sie nicht mit dem Todesfall zu tun haben!»

«Du meinst, dass sie vielleicht vergiftet sind?» fragte Sarasin und konnte sich ein Lächeln nicht verkneifen. «Ich glaub eher, du willst den Wein für dich selber...!»

«Keine Unterstellungen!» antwortete Deplazes beleidigt.

Sarasin rief Urban Caflisch, seinen Stellvertreter, herbei und erkundigte sich, wann der Tote abtransportiert werden könne.

«Wir sind gleich soweit», sagte der mit einem engadinischen Akzent sprechende Beamte. Sie müssten noch eine Probe vom Boden nehmen, da sie hier einen Fleck gefunden hätten, der Blut sein könne.

Einige Minuten später hievten vier Männer unter beachtlicher Anstrengung Elmars Leichnam die steile Kellertreppe hinauf.

Als Ernst Salmann die Bahre mit dem Toten erblickte, nahm er sein Käppi vom Kopf und schlug mit Tränen in den Augen das Kreuz über seiner Brust.

«Wie war der Herr Obrist als Chef?» wollte Sarasin von Salmann wissen, der von der Frage wie wachgerüttelt wurde.

«Elmar?» sagte Salmann zögernd. «Ein guter Chef. Streng manchmal. Auch launisch. Aber er liess mich machen, und ich hatte nie Probleme mit ihm.»

«Wer arbeitet noch im Weingut?»

«Neben mir zwei Portugiesen in den Feldern und ein Lehrling, der montags in der Gewerbeschule ist.»

«Und Ihr Job?»

«Oh», sagte Salmann und lächelte verlegen, «ich bin das Mädchen für alles. Die meiste Zeit schaffe ich im Keller, aber auch häufig in den Feldern. Ich arbeite seit fünfundzwanzig Jahren im Weingut, begann noch bei Elmars Vater selig. Und jetzt ist auch der Sohn tot...» Als begriffe Salmann erst jetzt, was dieser Tag bedeutete, fügte er nach einem Seufzer an: «Was wird nun aus uns? Und dem Weingut?»

«Hatte Elmar Obrist keine Kinder, Verwandte?» wollte Sarasin wissen.

«Nein, er hat nie geheiratet und keine Nachkommen, so viel ich weiss. Zudem war er ein Einzelkind.»

«Also», sagte Sarasin mit einem Ton, der Missfallen verriet, «Herr Donatsch wird Ihre Aussagen protokollieren und Sie halten sich zu unserer Verfügung!» Dann trat der Chef vor die Tür und beobachtete, wie der Leichenwagen abfuhr. «Das wird noch ein hartes Stück Arbeit», meinte er zu Caflisch, der ebenfalls dem Wagen nachblickte. «Irgendwie passt da nichts zusammen: Da haben wir einen Toten, der aussieht, als wäre er erhängt worden, dabei wurde er vielleicht vergiftet oder starb an etwas anderem. Und wir finden weder ein Motiv noch Verwandte.»

«Soll ich das übernehmen?»

«Was?»

«Die Abklärungen bezüglich der Verwandten?»

«Ja, mach das. Und schau, ob Obrist ein Testament hinterliess, vielleicht findest du eine Adresse von einem Anwalt oder so. Ich werd mich mal im Gemeindehaus schlau machen. Und am besten nehme ich Donatsch mit. Der kennt diese Dörfler.»

«Maienfeld ist eine Stadt», gab Caflisch mit einem süffisanten Unterton zu bedenken.

Sarasin zuckte mit den Schultern: «Im Kopf sind das alles nur Dörfler!»

Kapitel 43

Die Meldung, dass Elmar unter mysteriösen Umständen zu Tode gekommen war, verbreitete sich in der Bündner Herrschaft wie ein vom Föhn angefachtes Feuer und hinterliess Bestürzung auf der einen, Aufatmen auf der anderen Seite. Immerhin, so umstritten Elmar war, er hatte viel für das Ansehen der hiesigen Winzer geleistet. Daneben gehörte er zu den grössten Steuerzahlern Maienfelds, sponserte nicht nur den Jagdhornbläserverein und die Stadtschützen, sondern engagierte sich auch bei Projekten, die das Wohlergehen der Bevölkerung zum Ziel hatten.

In der Weinwelt wurde Maienfeld in einem Atemzug mit Rust, Bernkastel oder Beaune genannt und dass die Winzer so weit gekommen waren, verdankten sie Elmars langjährigen Bemühungen als Winzerpräsident. Dass er diese Vorteile auch für sich nutzte, sorgte für Gesprächsstoff in den Beizen, aber niemand wäre auf die Idee gekommen, gegen ihn vorzugehen oder seine Machenschaften öffentlich zu kritisieren. Aus diesem Grund war klar, dass man Elmars Begräbnis würdig begehen musste. Stadtpräsident Arnold Sägesser liess es sich nicht nehmen und verfasste eigenhändig einen Nachruf, der in voller Länge in der «Südostschweiz» publiziert wurde. Ausserdem schaltete er Todesanzeigen im «Ostschweizer Tagblatt», im «Bündner Tagblatt» und selbst in der «Neuen Zürcher Zeitung», was einige etwas übertrieben fanden, schliesslich kam die Stadtkasse dafür auf.

Im Laufe des Montags sickerten die ersten Ermittlungsergebnisse durch. Demnach starb Elmar nicht durch Erhängen, sondern an einem Herzstillstand, hervorgerufen durch eine Kaskade von Infarkten. Dass dies eine Folge der Aufregung über die kranken Rebfelder war, konnte jeder nachvollziehen. Denn so sehr Elmars Ableben im Ort Besorgnis erregte, es galt, dieser neuen Gefahr zu begegnen, die einen schönen Namen trug, aber wie ein Epidemie über die Felder hereingebrochen war.

Aus diesem Grund hatte Robert Vetscherin, der Elmars Amt als Winzerpräsident übernehmen musste, gleich alle Hände voll zu tun. Er kam kaum dazu, sich über den Tod seines langjährigen Waffenbruders Gedanken zu machen. Nun musste er alle Hebel in Bewegung setzen, damit Maienfeld nicht im Chaos versank. War das Problem der Bitterstoffe durch «Aussitzen» gelöst worden – wenigstens gegen aussen – blieb ihm nichts übrig, als die Flavescence rigoros anzupacken. Und da es sich hierbei um eine seuchenartige Erkrankung handelte, waren die Abläufe anders. So wurde umgehend der kantonale Rebbaukommissär informiert, der bei der Forschungsanstalt Wädenswil und der Bündnerischen Fachstelle für Obst- und Weinbau Alarm auslöste. Sogleich rückte eine Armada von Wissenschaftlern und Beamten aus, um in den Rebhängen Proben zu nehmen. Bald verdichteten sich die Gerüchte zur Gewissheit: ein Grossteil der Ernte war verloren und die infizierten Rebstöcke mussten ausgerissen werden. Manch ein Winzer kämpfte nun mit Existenzproblemen, und das Städtchen versank in Lethargie.

Schockiert und von Elmars Ableben persönlich betroffen – obschon sie ihn erst vor kurzem kennen gelernt hatten –, trafen die Fernseh-Männer Ettlin und Stalder am Dienstagmorgen in Maienfeld ein und dokumentierten das Geschehene in einem einfühlsamen Beitrag, der am selben Abend über die Mattscheibe flimmerte. Besonders die rätselhaften Umstände von Elmars Tod zogen die Zuschauer in ihren Bann. Angereichert mit Elementen, die das TV-Team beim ersten Besuch und bei der Führung durch Obrists Keller gedreht hatte, entstand ein aufwühlender Nachruf. Ermittlungschef Sarasin musste zugeben, keinen blassen Schimmer zu haben, wer Elmar aufgehängt hatte – dass er es nicht selbst gewesen sein konnte, zeigte der gerichtsmedizinische Zwischenbericht unmissverständlich.

In einem zweiten Beitrag, der am Mittwochabend gesendet wurde, gelang es dem TV-Team, die Auswirkungen der Rebkrankheit aufzuzeigen. Da Ettlin und Stalder zu den Protagonisten eine fast freundschaftliche Nähe aufgebaut hatten, konnten sie das Ausmass der Tragödie nachzeichnen. Selbst wortkarge Zeitgenossen wie Robert Vetscherin erzählten frei heraus, was der Totalverlust ihrer Ernte bedeutete. Mit Tränen in den Augen zeigte er dem Fernsehpublikum, wie bemitleidenswert der Zustand der Reben war. Medienwirksam hielt er einen schlaffen Trieb mit verschrumpelten Fruchtständen in die Kamera und fragte, wer hinter diesem Verbrechen stehe. Nur ein skrupelloser Verrückter mit einschlägigem Knowhow konnte diese Menge an infizierten Insekten freigelassen haben.

An einer Winzerversammlung, die Robert am Donnerstagnachmittag eilig anberaumte, schaffte er es, seinen Leidensgenossen klar zu machen, dass keiner von den einheimischen Rebbauern in Frage käme, weil diesmal ausnahmslos alle betroffen seien. So einigte man sich, den oder die Schuldigen ausserhalb zu suchen. Argwöhnisch ackerte man die Liste der Konkurrenten aus anderen Weingegenden durch und diskutierte, wer am meisten Nutzen aus der Maienfelder Tragödie zog. Schnell wurden Namen von Winzern und Weinhändlern herumgereicht. Dank Roberts geschicktem Krisenmanagement und der klärenden Worte des Rebbaukommissärs, der in Aussicht stellte, dass Bund und Kanton bis 70 Prozent der Kosten für Neuanpflanzungen übernähmen, verliessen die Winzer den Gemeindesaal mit einer Mischung aus Selbstmitleid, dosierter Wut und Zuversicht. Und genau diese Haltung kam beim Publikum an. Zeitungsartikel, Radioberichte und Dutzende Beiträge auf Fernseh-Kanälen im In- und Ausland lösten eine Welle der Solidarität aus. Die grösste Boulevardzeitung des Landes rief sogar auf, die Weine des letzten Jahrgangs zu einem symbolischen Mehrpreis zu verkaufen, damit die Winzer den Totalausfall der heurigen Ernte verkraften könnten. Erstaunlich viele Weinfreunde gingen darauf ein und waren bereit, fünf Franken mehr pro Flasche zu bezahlen.

Am Donnerstagabend, nach unzähligen Interviews und Gesprächen, kam Robert gegen Mitternacht nach Hause. Seine Frau Heidi war früh zu Bett gegangen und Stella traf sich nach der Sitzung noch mit Kollegen aus dem Ort. Robert sass in seinem Lieblingssessel und starrte ins züngelnde Kaminfeuer, das er trotz des sommerlich warmen Junitags entfacht hatte. Seit Tagen war dies der erste Moment, da er zur Ruhe kam. Seine Gedanken kreisten um den Tod seines langjährigen Weggefährten: Elmar, dieser Hurensohn, dieser Husar und Lebemann, würde nie mehr lachen, schreien, poltern. Robert fühlte sich alleine. Auf sich gestellt und ... einsam.

Ja, einsam!

Dann tauchten Bilder auf: eine stumme Reihe von Episoden, die mit Elmar unzertrennlich verknüpft waren! Die besten und schlimmsten Zeiten hatten sie miteinander durchlebt, und sie liebten und hassten einander gleichermassen!

Einen wie Elmar konnte keine Ehefrau ersetzen, auch keine Tochter, kein Kumpel aus dem Dorf. Und nun war er tot. Gestorben an einer Überdosis Ärger! Aber letztlich kam er nicht einfach so um, sondern er wurde *ermordet*. Ermordet von einem Phantom, das nach wie vor frei herumlief! Bei diesem Gedanken lief Robert ein kalter Schauer den Rücken hinab. Möglicherweise suchte dieser Unbekannte noch andere Opfer, war mit Elmars Leiche nicht zufrieden.

In diesem Moment hörte er das Zuschlagen der Eingangstüre. Robert fuhr ein Schrecken in die Glieder. Bleich, aber bereit, sich gegen jedermann zu verteidigen, griff er nach dem Schürhaken und schlich ins unbeleuchtete Treppenhaus hinaus. Er hörte die Schritte auf der knarrenden Holztreppe, die immer näher kamen. Robert konnte kaum Luft holen und drückte sich in eine Ecke. Langsam hob er den eisernen Schürhaken und wartete. Er spürte sein Herz rasen und blickte ins Halbdunkle. Dann erkannte er den Kopf des Eindringlings: «Stella – mein Gott, hast du mich erschreckt!»

«Papa! Was tust du mit dem Schürhaken?»

Robert atmete durch und senkte das Eisen. Stella sah, dass ihr Vater Todesängste durchgestanden haben musste: «Geht es dir nicht gut?»

«Nein, das heisst ja, also...», stammelte er, «mit dir habe ich nicht gerechnet!»

Robert kehrte verlegen ins Zimmer zurück, setzte sich wieder ans Feuer; Stella folgte ihm. Seit der Nacht vor fast einer Woche, als sie sich im Niederdorf unfreiwillig begegneten, hatten sie kein Wort miteinander geredet. Stella wäre am liebsten ausgezogen, dennoch blieb sie – aus taktischen Gründen. Von der Seite betrachtete sie ihren Vater, und weil er aussah wie ein alter Mann und lächerlich schwach wirkte, gesellte sie sich zu ihm an den Kamin. Die Hitze im Raum war unerträglich.

«Hast du das Gefühl, dass Elmar umgebracht wurde?»

Robert zuckte mit den Schultern: «Es war sicher kein Selbstmord und irgendwer muss ihn aufgehängt haben...»

«Hatte Elmar denn Feinde?»

«Erfolgreiche haben immer Neider. Und um aus Neidern Feinde zu machen, braucht es wenig!»

«Also hast auch du Feinde?» fragte Stella in besorgtem Unterton.

«Möglicherweise dieselben wie Elmar,» antwortete Robert und biss sich nervös auf die Oberlippe.

«Fürchtest du, dass sie es auf dich ebenso abgesehen haben könnten?»

«Im Moment muss man mit allem rechnen!» Vaters Stimme tönte schroff und abweisend, doch Stella durchschaute ihn: «Verdächtigst du jemanden?»

«Nein, das ist ja das Problem. Ich kann mir niemand vorstellen, der auf uns und alle Maienfelder einen derartigen Hass hätte!»

«Vielleicht geht nun die Ernte einer alten Saat auf?»

Ihr Vater blickte sie an, als hätte sie etwas Unanständiges gesagt. «Was willst du damit sagen?»

Stella wurde vorsichtig: «Du und Elmar seid seit Jahren im Geschäft, ihr expandiert und erzielt Gewinn. Sagst du nicht selber, ihr habt Neider?»

«Aber die würden nie zu diesen Mitteln greifen! Die sind ja nicht durchgeknallt!»

Stella konnte nicht glauben, dass er ahnungslos war. Ausserdem wollte sie in einem anderen Punkt Klarheit. Ohne Umwege fragte sie: «Bei den Bitterstoffen hattest du Hannes in Verdacht. Ist das immer noch so?»

Roberts Mund zog sich zusammen, als hätte er auf eine Zitrone gebissen. Wortlos starrte er ins Feuer, dann brach es aus ihm hervor: «Schlag dir Rüfener aus dem Kopf, verstanden!? Dem traue ich nicht über den Weg, und wenn ich dich nochmals mit ihm erwische, dann...»

«Was dann?»

Stella erhob sich und verschränkte kampfbereit die Arme. Ihr Vater wagte sie nicht anzublicken, stand ruckartig auf und verliess mit geballten Fäusten das Zimmer. Unter der Tür drehte er sich nochmals um und zischte: «Treib es nicht zu weit, Stella! Nie, verstehst du, nie werde ich einer Beziehung zu diesem Rüfener zustimmen. Solltest du dich darüber hinwegsetzen, dann bist du gestorben für mich! Für alle Zeiten!»

Krachend schlug er die Tür zu.

Stella stand im Wohnzimmer und bebte vor Wut. Sie fühlte sich weder ernst noch für voll genommen, hätte ihren Vater am liebsten in den Senkel gestellt. Doch sie schaffte es nicht – noch nicht!

Kapitel 44

Der kleingewachsene Mann hatte sich die «Zehn vor Zehn»-Nachrichten im Fernsehen angesehen. Das Live-Interview mit Robert Vetscherin und der kurze Bericht über den Stand in den Rebbergen waren erneut viel zu positiv ausgefallen. Ärgerlich sprang der Mann auf und war nah daran, dem Fernseher einen Stoss zu versetzen. Wie selbstgefällig Robert sich in Szene setzte und den Krisenmanager mimte, ärgerte ihn masslos!

Freilich, die Angst vor dem Phantom, wie sie in Ermangelung eines Namens den Täter nannten, schmeichelte ihm. Das Phantom – das klang nicht schlecht, das gefiel ihm.

Dennoch befriedigten ihn die Berichte in den Medien nicht. Alle betrieben nur rührseligen Sensationsjournalismus. Keiner schürfte tiefer und hinterfragte die Machenschaften dieser Maienfelder. Für ihn war klar, dass hinter den Kulissen gemauschelt wurde. Er zweifelte nicht, dass hochrangige Persönlichkeiten ihren Einfluss geltend machten und nur einseitige Berichte zuliessen. Bestes Beispiel hierfür: der abwegige Vorschlag eines Solidaritätszuschlages auf alle Maienfelder Weine! Wie kam man nur auf eine so groteske Idee? Diese Winzerfamilien waren alle steinreich. Sie schwammen im Geld, weil sie seit langem die teuersten Weine der Schweiz verkauften! Und nun sollte man denen noch mehr Geld in den Arsch schieben?

In diesem Moment klingelte sein Handy. Er blickte auf sein Display und erkannte den Anrufer.

«Ja?»

«Hast du das Zehnvorzehn gesehen?» fragte die Stimme am anderen Ende der Leitung.

«Ja», erwiderte der Angesprochene, «ein Skandal! Nun wollen die einen Solidaritätsbeitrag auf jede Flasche zahlen. Die sind nicht mehr ganz dicht! Dabei kommen Kanton und Bund für einen Grossteil der Kosten der Neuanpflanzungen auf!»

«Wer hat, dem wird gegeben. Wirklich unerhört! Was meinst du, wird es Zeit für die dritte Plage...?» fragte die Stimme.

«Nein, noch nicht! Die Falken werden erst am Tag der Beerdigung aufsteigen und zuschlagen. Aber punktuell und scheinbar zufällig. Und damit die Angst noch grösser wird, werde ich diesem Schnösel von TV-Journalisten ein paar Zeilen schicken, an denen er zu kauen hat!»

«Gute Idee. Bis dann.»

Kapitel 45

Als Hannes am Montagnachmittag von Elmars Tod erfuhr, fühlte er eine erstaunliche Betroffenheit. Ursina rief ihn im Labor an und erzählte, Elmars Leichnam sei von Salmann gefunden worden. Der hocke nun völlig verstört im «Ochsen» und schildere jedem, der ihm einen Schnaps oder sonstwas Alkoholisches spendiere, das Geschehene.

«Und, hast du ihm einen Schnaps bezahlt?» wollte Hannes wissen.

«War nicht mehr nötig. Der quasselte von allein. Trotzdem, wenn ich mir vorstelle, wie Elmar hat dran glauben müssen. Schrecklich!»

«Und dann das mit der Flavescence dorée. Ein Schock nach dem anderen!»

«Woher weisst du das schon?» wunderte sich Ursina, die nicht zuletzt angerufen hatte, um mit Hannes einen Kontrollgang in den Reben zu vereinbaren.

«Ich hab es gestern Abend bemerkt, als ich... ein wenig spazieren ging.» Hannes hätte um ein Haar verraten, dass sein Vater wieder aufgetaucht war. Das wäre jetzt ungut, das wusste er. Dennoch empfand er es als seltsam, dass Joe sich wie ein Verbrecher versteckte. Das machte ihn erst recht verdächtig!

Ursina unterbrach Hannes' Gedanken: «Ich habe bei unseren Reben nicht viel gesehen, aber vielleicht hinken die nicht nur beim Austrieb hinterher, sondern auch beim Krankwerden. Salmann meinte, es gebe praktisch keinen Ertrag, wenn die Rebstöcke mal krank sind. Glaubst du das?»

Sie klang wie ein Mädchen, das zum ersten Mal vom bösen Wolf gehört hatte.

«Leider untertreibt Salmann noch! Wenn sich bewahrheitet, was ich im Internet gefunden habe, dann gibt's nur noch die Radikalkur und die heisst: Ausreissen!»

«Mein Gott», sagte Ursina, «was geht da vor, Hannes? Zuerst die Bittertöne, dann der Tod von Elmar, nun diese Krankheit. Was wird als nächstes kommen?»

«Die dritte Plage!»

«Du glaubst doch nicht wirklich an den Mist auf dem Zettel?»

«Für mich passt zuviel zusammen!» insistierte Hannes. Der ominöse Brief, den er vor einigen Tagen im Briefkasten gefunden hatte, war mehr als ein dummer Streich. Die dritte Plage würde folgen, stand auf dem Zettel, und am Schluss hiess es: «Was sie uns angetan haben, wird tausendfach zurückgezahlt! Das schwöre ich, so wahr ich lebe!»

So wahr ich lebe, wiederholte er im Geiste. Und plötzlich fiel es ihm wie Schuppen von den Augen: Sein Vater lebte! Hannes wurde es heiss und kalt, und er spürte einen Stich in der Magengegend. War es doch kein Zufall, dass Joe ausgerechnet jetzt auftauchte?

In der Zwischenzeit plapperte Ursina weiter: «Was könnte noch Schlimmeres passieren? Wer will uns kaputt machen? Und warum?»

«Ich... weiss auch nicht. Aber ich komme in zwei Stunden zu dir. Dann kontrollieren wir unsere Reben. Vielleicht haben wir für einmal Glück. Schliesslich sind einige Baumreihen zwischen uns und den anderen.»

«Ja, hoffen wir's. Also bis später.»

Als Hannes aufgelegt hatte, packte er seine Jacke und verliess das Labor. Da sein Chef wieder mal ausser Haus war, würde sein Fehlen nicht sonderlich auffallen.

Er fuhr nach Hause und fand seinen Vater im Keller. Im Gegensatz zu Gerda interessierte sich Joe, was sein Sohn in all den Jahren für Experimente gemacht hatte. Er studierte eben die Überreste der Balsamico-Essigbatterie, als Hannes hinzutrat: «Ah, da bist du ja!»

«Hat das funktioniert?» fragte Joe und deutete auf die kleinen Fässer, die nebst einem etwas modrigen Essigton noch immer angenehme, balsamische Gerüche verbreiteten.

«Ja, es kam recht guter Balsamico raus. Aber ich hatte die Zeit nicht mehr, den Ablauf zu perfektionieren, musste in den Militärdienst.»

«Verstehe», meinte Joe, «schade!»

«Papa, Elmar ist tot!»

Joe blickte ihn entgeistert an, und Hannes kam es vor, als wäre Vater überrascht.

«Was?»

«Ja, hab es eben von Ursina gehört. Salmann fand ihn erhängt im Keller. Aber es war wohl kein Selbstmord.»

Hannes beobachtete jede Gesichtsregung seines Vaters. Er wollte Klarheit, selbst wenn dies mit Schmerzen verbunden wäre.

«Ermordet? Das ist ja trotz allem ziemlich...»

«Von Mord habe ich nichts gesagt. Ich weiss nur, dass es kein Selbstmord war.» Hannes spürte, wie ihm kribbelig wurde. «Und was meinst du mit *trotz allem*?»

«Elmar hatte viel Dreck am Stecken und etliche Feinde. Und ich kann nicht behaupten, dass mir sein Tod sehr leid tut!»

Hannes fühlte sich verunsichert. Zögernd hielt er Joe die Kopie des anonymen Briefes hin: «Diesen Zettel fand ich im Briefkasten.»

Wortlos nahm ihn Joe in die Hand und Hannes beobachtete ihn wie ein Polizist.

«Wann hast du den bekommen?» fragte sein Vater.

«Am letzten Donnerstag.»

«Und wer weiss davon?»

«Mutter, Ursina und... Donatsch, unser Polizist. Der hat das Original.»

Joe schwieg, schien nachzudenken. Aus diesem Grund setzte Hannes alles auf eine Karte: «Hast du mit diesem Brief etwas zu tun, Papa?»

Sein Vater blickte ihn entgeistert an. «Wo denkst du hin, Hannes? Nein, ich seh den zum ersten Mal!»

«Aber da steht: So wahr ich lebe! Und du lebst – irgendwie merkwürdig, oder?»

Joe kniff seine Augen zusammen: «Glaub mir, ich hab mit diesem Brief nichts zu tun!»

«Wer weiss ausser uns und Oskar, dass du am Leben bist?»

«In der Schweiz niemand. Und Oskar würde es bestimmt niemandem erzählen.»

«Aber verstehst du nicht, Papa? Da treibt irgendein Verrückter seine Spielchen mit Maienfeld und wir stecken mitten drin! Kein Mensch glaubte bei deinem Auftauchen an einen Zufall, sondern die Leute würden eins und eins zusammenzählen und dich beschuldigen!»

Joes Gesicht verriet echte Bestürzung, was Hannes beruhigte; er konnte seinem Vater vertrauen.

«Aber wer sollte das alles inszenieren und wofür?» nahm dieser den Faden wieder auf. Nach einer kurzen Pause meinte er: «Du hast Recht, es wäre schlecht, wenn mich jemand entdecken würde! Ich muss weg von hier. Das Risiko ist zu gross. Ich verschwinde noch heute!»

«Und wohin?»

«Weiss noch nicht. Aber ich melde mich, wenn ich einen Ort gefunden habe. Richte Mutter meine Grüsse aus und sag ihr, ich rufe sie heute Abend an.»

Minuten später stieg Joe in sein Mietauto, das er in der Remise parkiert hatte, und fuhr weg. Hannes sah ihm nach. Alle Zweifel waren noch nicht ausgeräumt, aber im Moment ging er davon aus, dass ihn sein Vater nicht belog. Dann stieg auch er in seinen Wagen.

Ursina hatte nicht so früh mit ihm gerechnet, war aber froh, dass er kam. Gemeinsam fuhren sie zu ihren Feldern, die zwischen Rofels und Jenins in einem Gebiet lagen, das die Einheimischen Pradafant nannten. Ein kurzer Gang durch die Rebreihen machte Hannes und Ursina klar, dass auch sie nicht von der Flavescence verschont blieben, immerhin schienen nicht alle Stöcke betroffen. Mit einer gehörigen Wut im Bauch fuhren sie heim, und am Abend telefonierte Ursina mit ihrem Bruder, um in Erfahrung zu bringen, was sie machen könne. Für einmal zeigte sich Robert nicht abweisend, sondern hatte Gehör für ihr Anliegen. Er berichtete vom verheerenden Zustand seiner Rebfelder, die mehrheitlich auf der Nordseite von Maienfeld lagen. Er bedauerte, dass es auch Ursinas Wingert betraf und staunte über die Ausdehnung der Flavescence. Für ihn war klar, dass dies kein Zufall sein konnte.

Kapitel 46

Joe parkierte sein Auto vor Oskars Haus. Er sah, dass es im Parkverbot stand, doch das war ihm egal. Als müsste er einen Zug erwischen, sprang er die Treppe zur Haustüre hoch. Das kleine, leicht erhöhte Häuschen, lag in einem Einfamilienhaus-Quartier am Rande von Bad Ragaz. Oskar schien ein begabter Gärtner zu sein, überall blühten Rosen, Ziersträucher und Blumen. Doch Joe hatte für die frühsommerliche Pracht keine Augen. Er klingelte und blickte sich nervös um. Obwohl er sicher sein konnte, dass ihn niemand erkannte, war es ihm unwohl, im Freien zu stehen. Die Sekunden, die vergingen, bis Oskar überrascht die Haustür öffnete, kamen Joe unendlich lang vor.

«Was willst du hier?» fragte der Hausherr mit einem ungemütlichen Unterton.

«Lass mich rein und ich sag's dir!» meinte Joe und drängte an Oskar vorbei ins Innere des Hauses.

«Elmar ist tot!» sagte er dann und begann, nervös im Wohnzimmer auf und ab zu gehen.

«Tot? Soso. Wenigstens hat es den Richtigen getroffen!»

«Sonst fällt dir nichts ein?» Joes Stimme wurde aggressiv, doch Oskar blieb kühl und meinte nur: «Was willst du? Elmar war ein Arschloch wie es im Buche steht: ein Schlitzohr, ein Gauner, zusätzlich ein Hehler, ein Panscher und ein Mörder!»

«Mörder? Wie kommst du auf Mörder?»

«Oh, es gibt Dinge, die ergeben sich aufgrund von, sagen wir, logischen Zusammenhängen!»

Joe hatte keine Lust auf Versteckspiele, er kannte die Angewohnheit seines Freundes, um den heissen Brei herumzureden. Zudem lag ihm etwas anderes auf dem Herzen: «Hannes zeigte mir einen anonymen Brief, den er vor vier Tagen erhielt. Darin ist die Rede von drei Plagen und am Schluss steht: Das schwöre ich, so wahr ich lebe! Natürlich kam er auf die Idee, dass ich der Absender sei. Hast du damit zu tun?»

«Geht's dir noch gut? Wieso sollte ich? Und überhaupt: Was für ein Trottel schreibt solche Briefe?»

«Verdammt, wem hast du erzählt, dass ich lebe?»

«Niemandem, ich schwör es dir!»

«Hannes hat den Brief dem Stadtpolizisten gezeigt, und wenn der drauf kommt, dass ich hier bin, zählt der eins und eins zusammen und dann komme ich dran, verstehst du? Das ist kein Spass mehr! Und ich möchte nicht wieder meinen Kopf für etwas hinhalten, wofür ich nichts kann!»

Oskar lächelte milde.

Freundschaftlich legte er die Hand auf Joes Schulter und meinte: «Beruhige dich. Und dann erzählst du alles der Reihe nach. Und willst du was essen? Ich hab was Kleines gekocht.»

«Kann ich bei dir bleiben? Ich wüsste sonst nicht, wohin ich gehen sollte.»

«Klar, bleib da, entspann dich! Was bringt es, dich aufzuregen? Ich hab ein schönes Fläschchen aufgemacht – muss wohl Vorahnung gewesen sein!»

Oskar lächelte vieldeutig und ging in die Küche, um ein zweites Gedeck zu holen.

Als er zurückkam, reichte er seinem Gast ein Glas mit Rotwein: «Rat mal, was das ist?»

Er beobachtete gespannt, wie Joe seine Nase über das bauchige Glas hielt und dann einen kleinen Schluck nahm. Als alter Weinkenner ahnte er schnell, dass es ein Wein aus dem Bordelais sein musste: «Ich denke, ein Grand cru aus dem Médoc?»

«Nicht schlecht. Er kommt aus Pauillac, Mouton-Rothschild 1989. Habe die Flasche kürzlich von einem Freund geschenkt bekommen. Eine echte Delikatesse, nicht?»

Kapitel 47

Donatsch sass an diesem Mittwochmorgen an seinem Schreibtisch und blickte auf die Unterlagen zum Fall Elmar Obrist. Sarasin war nach Chur zurückgekehrt. Er bekundete nur noch laues Interesse an der Geschichte, nachdem der gerichtsmedizinische Bericht aufgezeigt hatte, dass Obrist nicht ermordet wurde. Doch für Donatsch war die Sache noch nicht abgehakt. Wieder und wieder studierte er jede Kleinigkeit des Untersuchungsberichts, fragte sich, warum jemand eine zweite Flasche geöffnet hatte, obschon man in Elmars Magen nur ein bisschen Ornellaia finden konnte. Wer trank fast die Hälfte des Moutons, während Elmar im Sterben lag? Wieso fand man auf der Flasche keine Fingerabdrücke? In welcher Beziehung stand der Unbekannte zu Elmar? War das Phantom am Ende eine Frau?

Donatsch fühlte sich ausgepumpt, als seine Finger im Wust der Papiere den anonymen Brief zu Tage förderten, den Hannes Rüfener vor rund einer Woche erhalten hatte. Langsam las er die Zeilen. Die zweite Plage war gekommen, das stand fest, dachte er. Was aber könnte die dritte sein? Und wer steckte hinter dieser Botschaft? Und wer besass die Fähigkeit, eine Krankheit wie die Flavescence freizusetzen?

Aus einem spontanen Impuls heraus packte er die Hausschlüssel von Elmars Anwesen und fuhr mit seinem Auto hin. Das Weingut, das zwischen Maienfeld und Fläsch in einer Senke lag, wirkte wie ein verwunschener Ort. Hätte der Beamte nicht zufällig Salmann auf dem Hof gesehen, der sich nach wie vor um die Weine kümmerte, er wäre wohl wieder umgekehrt. Salmann war wie immer freundlich, wirkte allerdings niedergeschlagen, als ihn Donatsch begrüsste. «Sie haben Elmar Obrist besser gekannt. Wissen Sie, wo er seine persönlichen Sachen aufbewahrte?»

«So gut hab ich ihn nicht gekannt», protestierte Salmann sanft. «Er war der Chef, und ich machte meine Arbeit, kam ihm nicht unnötig in die Quere.»

«Ja, das begreife ich. Aber Sie wissen sicher, wo sich Herrn Obrists privates Büro befand?»

«Sein Büro? Im Haus; aber da bin ich so gut wie nie hin.»
«Können Sie mir zeigen, wo?»
«Ja, freilich!»

Die beiden betraten das seit Tagen nicht mehr gelüftete Wohnhaus. Es roch abgestanden und muffig. Donatsch folgte Salmann und stieg die Treppe hoch, die auf die Galerie führte. Dort betrachtete der Polizist den massiven Schreibtisch, von dem man auf die Rebhänge blicken konnte. Salmann war wieder in den Keller gegangen, als Donatsch den Computer in Gang setzte. Während das Gerät aufstartete, durchforstete der Beamte die Regale hinter dem Tisch. Dutzende von Aktenordnern standen säuberlich beschriftet in Reih und Glied. Ein roter trug die Aufschrift «Presseartikel», und Donatsch holte ihn hervor. Hier sammelte Elmar also die Berichte über sein Weingut, dachte er und staunte über die Fülle von Artikeln aus allen möglichen Ländern. Sogar japanische und russische Beiträge waren abgelegt, keiner älter als zwei Jahre. Donatsch kämpfte sich durchs Regal und realisierte bald, dass er nach der berühmten Stecknadel im Heuhaufen suchte. Allerdings wusste er nicht mal, wie diese aussah, und das machte es noch schwieriger. Stunden vergingen und der Polizist hatte nicht nur die Ordner, sondern auch Fotoalben und den Computer durchforstet. Die private Korrespondenz war nicht sehr aufschlussreich, immerhin erfuhr er, dass selbst Elmar unsicher war und über sein Vorgehen Zweifel hegte. Dass im Computer auch nicht für die Öffentlichkeit bestimmte Dinge gespeichert waren, erstaunte Donatsch weniger. Aus diesem Grund hielt er sich nicht bei heruntergeladenen Pornobildern und Filmen auf, sondern nahm zur Kenntnis, dass Elmar ein akribischer Sammler war. Nebst einer Kollektion von japanischen Samurai-Schwertern und antiken Schusswaffen, die er in einer Vitrine im Wohnzimmer ausstellte, bunkerte er vor allem eines: Weine.

Dutzende von Auktionskatalogen waren in einem mit «ars vivendi» bezeichneten Ordner abgespeichert. Gleich daneben stiess Donatsch auf das elektronische Kellerarchiv. Es umfasste weit über 10 000 Weine mit vielen Beschreibungen und Fotos. Da die Datenbank leicht zu handhaben war, fand der Polizist schnell die beiden Weine, die bei Elmars Ableben eine Rolle spielten. Vom Ornellaia 98, der mit 93 Parker-Punkten ausgezeichnet wurde, hatte er im Jahr 2002 zwei Dutzend Flaschen zum Preis von je 108 Franken gekauft. 17 Flaschen waren getrunken und feinsäuberlich mit Datum und Degustationsnotiz ausgetragen worden. Von der Flasche, die bei Elmars Ableben eine Rolle spielte, fehlte der Eintrag.

Beim Mouton-Rothschild 1989 fand Donatsch ähnliche Angaben, allerdings waren die Beschreibungen ausführlicher. Elmar kaufte im Jahr 90 zwölf Flaschen zum Preis von je 65 Franken, die er 1992 geliefert bekam. Acht Jahre später ersteigerte er auf einer Auktion ein weiteres Dutzend. Damals kostete eine Bouteille bereits 410 Franken, was den Beamten etwas schwindlig machte. Gemäss Computer war die erste Tranche getrunken, von der zweiten mussten noch sieben Flaschen vorhanden sein.

Donatsch stieg in den Privatkeller hinab, um sie zu suchen. Ein mulmiges Gefühl kam hoch, als er in den Kellerraum trat, wo Elmar gelegen hatte. Die Luft war kühl, und die Neonröhren brauchten lange, bis sie regelmässig leuchteten. In den Regalen lagen die hölzernen Weinkisten, in ihnen ruhten Hunderte von Spitzencrus aus Frankreich und Italien. Den Ornellaia fand er schnell, wie erwartet sechs Flaschen. Dann suchte er den Mouton. Zu Donatschs Erstaunen gab es viele Bordeaux-Weine mit Namen, die er auch schon gehört hatte, doch vom Mouton nur zwei Jahrgänge: den 84er und den 91er. Links und rechts davon wies das Regal Lücken auf.

Etwas ratlos stieg der Polizist die Treppen zum Büro hoch und setzte sich erneut vor den Computer. Schnell hatte er eine Liste sämtlicher Moutons im Keller ausgedruckt, eine ansehnliche Liste, alle Jahrgänge ab 1982 und einzelne Flaschen von früher. Dass Elmar ein ausgewiesener Mouton-Fan gewesen sein musste, stand für Donatsch fest. Auch dass er pingelig Buch führte. Umso erstaunlicher, dass es im Keller Lücken gab.

Nach kurzem Überlegen war dem Beamten klar, dass das Verschwinden der Moutons mit dem Phantom zusammenhängen musste. Mit anderen Worten dürfte der Täter ebenfalls ein Fan dieses Châteaus sein. Und dass er zwei Kisten verschmähte, hatte wohl seine Gründe: Entweder waren beide Jahrgänge weniger rar oder er besass schon genügend davon!

Im Glauben, ein wichtiges Puzzleteilchen entdeckt zu haben, rief er Ermittlungschef Sarasin an und erzählte ihm von seinem Fund. Der zeigte sich jedoch nicht sonderlich interessiert. Mit der nonchalanten Behauptung, es gebe allein in der Schweiz hunderte Idioten, die bei einer Flasche Mouton zu jeder preislichen Eskapade bereit wären, versenkte er Donatschs Idee, in der «Gemeinde der Mouton-Fanatiker» weiterzusuchen.

Kapitel 48

Die Tage bis zu Elmars Beerdigung verflossen zäh. Wohl die Folge der Hitze, die das Land lähmte. Veranstaltungen wurden abgesagt und selbst die Beizen und Restaurants blieben leer. Einen Tag vor Elmars Beerdigung war nur die sonntägliche Messe besser besucht als sonst, was Pfarrer Heberlein mit Genugtuung erfüllte. Er nutzte die Gelegenheit, um seinen Schäfchen in Erinnerung zu rufen, dass alles Leben endlich sei und man besser heute als morgen im Glauben Zuflucht und Trost suchen sollte. Durchaus im Sinne seiner Zuhörer appellierte er an den unbekannten Drahtzieher, sich zu stellen. Nachdrücklich betonte der reformierte Pfarrer, dass bei solchen Taten nicht von einer göttlichen Vergebung ausgegangen werden könne und der Schuldige seine Tat besser im Hier und Jetzt büssen solle. Stella, die ausnahmsweise ihre Mutter in die Kirche begleitet hatte, konnte nicht viel mit des Pfarrers Worten anfangen, doch sie bemerkte, dass Heberlein bei den Maienfeldern viel Zustimmung erntete.

Nach dem Gottesdienst war die Gemeinde fühlbar erleichtert, was wohl auch am Regen lag, der endlich übers Land kam. Stella überquerte mit ihrer Mutter den Städtliplatz. Sie kamen beim Café «Rathaus» vorbei, wo ein paar Männer ihren Frühschoppen tranken. Zu ihrer Überraschung sah Stella auch Hannes mit Ursina beim Kaffee sitzen. Mit dem Vorwand, sie wolle eine Kollegin treffen, verabschiedete sie sich von ihrer Mutter und trat kurze Zeit später ins Café ein. Ohne Umwege ging sie auf den Tisch zu, wo Hannes sass. «Hallo Ursina! Hannes, wie geht's?»

Ursina begrüsste ihre Nichte freundlich, begriff aber sofort, dass sie nicht wegen ihr gekommen war. Dennoch spielte sie mit und freute sich über die Unsicherheit, die sie bei Hannes entdeckte.

Das wäre ein hübsches Paar, dachte sie und durchschaute gleich, dass sich die beiden näher kannten, als sie zeigen wollten. Aus diesem Grund stand sie auf und ging zum Tresen, wo sie in einer Zeitschrift blätterte und mit der Gerantin plauderte. Ohne Ursina fühlte sich das Paar ausgestellt und beobachtet. Es war das erste Mal seit jener Nacht, dass sie einander so nah waren. Sie brauchten keine tief schürfenden Gespräche zu führen, um das zu spüren. Als Ursina nach einer Weile zurückkam und sich von den beiden verabschiedete, packte Hannes die Gelegenheit beim Schopf und schlug Stella vor, spazieren zu gehen.

«Bei dem Regen?» fragte sie lachend.

«Es ist doch warm, ausserdem habe ich einen Schirm im Auto!»

Wenig später sassen sie in Hannes' Auto und fuhren das Strässchen in Richtung Fläsch, überquerten den Rhein und parkierten auf dem breiten Flussdamm. Dicke Regentropfen prasselten aufs Autodach.

«Ich mag Regen», sagte Stella, «speziell im Sommer, wenn das Land ausgetrocknet und durstig ist.»

Hannes sagte nichts, sondern streichelte Stellas Nacken mit seiner Rechten, dann küsste er sie. Die Zeit zerfloss und der Moment währte ewig, bis plötzlich Stellas Handy klingelte. Zögernd und herausgerissen aus einem Glückszustand blickte sie auf das Telefon. Bevor Hannes etwas sagen konnte, hatte sie auf den Sprechknopf gedrückt: «Ja?»

Er beobachtete missmutig, wie sie der weiblichen Stimme lauschte. Ihr Blick verriet, dass sie das Telefon nicht ausschalten konnte, sondern artig zuhören musste. Dann sagte sie in einem Ton, der ihn überraschte: «Nein, ich komm nicht heim!»

Hannes verstand kein Wort, aber er hörte gezischte Laute. Stellas Gesicht veränderte sich, wurde härter und bestimmter. «Ja, ich bin mit Hannes zusammen! Du hast mir nicht vorzuschreiben, mit wem ich mich treffe, und was Papa sagt, ist mir egal!»

Wieder folgte eine Flut von Lauten, die Hannes nicht verstehen konnte. Plötzlich schrie Stella in das Telefon: «Verdammt, Mama, ich bin erwachsen und lebe mein Leben! Und dass du's weisst, ich werde ausziehen und Vater kann froh sein, dass ich nicht ganz andere Saiten aufziehe!»

Mit einem kräftigen Fingerdruck unterbrach Stella die Verbindung. Dann herrschte Ruhe im Auto, nur das monotone Trommeln des Regens war zu hören.

«Was glauben die eigentlich, wer sie sind!» brach es aus ihr heraus. «Die stecken noch im letzten Jahrhundert! Mein Vater will mich enterben, wenn ich mich weiterhin mit dir treffe, und die dumme Ziege von Mutter pariert und unterstützt ihn!»

Mit einem Ruck riss Stella die Tür auf und stieg aus. Sie atmete die frische Luft ein und genoss den Regen, der ihr übers Gesicht strömte. Hannes griff nach dem Schirm und verliess ebenfalls das Auto. Er spannte ihn auf, trat zu ihr und hielt ihn wortlos über ihre Köpfe. Er spürte, wie sich ihr Ärger auflöste und musste grinsen. Sie erwiderte das Lachen. Und Hannes fühlte, dass er diese Frau niemals mehr verlieren wollte und umarmte sie.

«Du kannst froh sein, dass du nicht so einen Vater hast!» meinte Stella zwischen zwei Küssen und stockte dann: «Entschuldige, noch schlimmer ist natürlich, gar keinen Vater zu haben...»

«Schon gut. Ich kann's mir vorstellen. Ausserdem...», Hannes zögerte, entschied aber spontan, ihr die Wahrheit zu erzählen, «ich habe einen Vater.»

Stella blickte ihn mitleidig an, und Hannes nickte: «Doch, ich habe einen Vater. Er lebt!»

«Was meinst du mit ‹er lebt›?»

«Dass er nicht tot ist. Er stand plötzlich da, nach fünfzehn Jahren!»

Stella blickte ungläubig: «Du nimmst mich auf den Arm!»

«Überhaupt nicht! Es ist wahr, auch wenn ich nicht weiss, wie ich alles einschätzen soll. Irgendwie verrückt, nicht?»

«Und wo befindet er sich jetzt?»

«Die ersten zwei Tage war er bei uns. Nun wohnt er bei einem Bekannten! Mit dem Tumult um die Reben und Elmars Tod wollte er kein Risiko eingehen.»

«Wieso Risiko?» Stella runzelte die Stirn. Sie schien die Zusammenhänge nicht zu begreifen.

Hannes fuhr fort: «Als mein Vater floh, steckte unser Hof in Schulden. Dein Vater und Elmar übernahmen den Rüfiberg. Und weil sich mein Vater bei ihnen eine Stange Geld geliehen hatte, das meine Mutter nicht zurückzahlen konnte, bekamen sie ihn günstig, um nicht zu sagen zu einem Spottpreis! Und wenn Vater jetzt auftaucht, könnten einige Maienfelder vorschnell meinen, er wollte sich rächen oder sei schuld an den Plagen.»

«Und du bist sicher», fragte Stella mit trotzigem Unterton, als wäre sie von der Geschichte nicht überzeugt, «dass er nichts mit der Flavescence und dem Rest zu tun hat?»

Hannes stockte. Stellas Frage brachte ihn aus dem Konzept. Wie gerne hätte er sich für seinen Vater eingesetzt, ihn durch alle Böden verteidigt. Doch genau betrachtet bestand nicht viel Grund, ihm zu verzeihen und die fünfzehn Jahre als *quantité négligeable* zu betrachten. Und dann war noch dieser ominöse Brief!

Deshalb meinte er mit einem Seufzer: «Sicher bin ich nicht. Genau genommen weiss ich gar nichts. Ich kann mir allerdings kaum vorstellen, dass er an der Flavescence oder am Tod von Elmar mitschuldig sein soll.»

Hannes blickte zum Rhein hinüber, der zu einem braunen Strom angeschwollen war. Stella riss ihn aus seinen Gedanken: «Ich frage mich einfach, wer bei dieser sinnlosen Zerstörung einen Vorteil hat.»

«Diese Frage habe ich mir auch x-fach gestellt und eigentlich komme ich immer zum gleichen Ergebnis.»

«Und das wäre?»

«Es muss jemand sein, der mit Maienfeld so schlechte Erfahrungen gemacht hat, dass sein Hass grösser ist als jede Vernunft. Ein bis ins Tiefste gekränkter, frustrierter Mensch!»

«Das tönt mir nach Psychokram», meinte Stella kritisch.

«Ich wette», beharrte Hannes, «dass der Typ, der alles verantwortet, morgen an die Beerdigung kommt, um zu sehen, wie seine Saat aufgegangen ist!»

«Vielleicht sollten wir die Augen offen halten!» meinte Stella ironisch und wischte sich die störrischen Haare aus dem Gesicht. Hannes war in jede Geste und Bewegung von Stella verliebt, betrachtete ihr Gesicht, als hätte er noch nie etwas Schöneres gesehen.

«Komm, lass uns ans Trockene gehen, bevor uns Schwimmhäute wachsen!» schlug er vor.

«Keine schlechte Idee. Das Problem ist nur, dass ich nicht nach Hause kann.»

«Dann kommst du zu mir.»

«Und was wird deine Mutter dazu sagen?»

«Nichts. Sie hat heute Nachtdienst. Mit anderen Worten: niemand wird uns stören.»

Kapitel 49

Elmars Beerdigung fand am Montag, den 21. Juni statt. Weil es in der Nacht heftig geregnet hatte, wollte es zuerst nicht hell werden, dabei war heute der längste Tag des Jahres. Im Laufe des Morgens verzogen sich die Wolken und gegen Mittag hingen nur noch vereinzelte Nebelschleier über dem Falknis. Am Nachmittag brannte die Sonne wieder auf die Herrschaft herunter, als wollte sie einen weiteren Jahrhundertsommer ankündigen.

Als um zwei die Kirchenglocken läuteten, drängten schwarz gekleidete Menschen ins reformierte Gotteshaus, um an der Abdankung teilzunehmen.

Hannes, der mit Beerdigungen nicht viel anfangen konnte, beobachtete die Szenerie von der Grabenstrasse aus, die zwischen Kirche und Friedhof hindurchführte. Eigentlich war er nur gekommen, um sicher zu gehen, dass Stella ohne Störung nach Hause gehen konnte, um sich Kleider, Toilettenartikel, Schuhe zu holen. Er hielt sein Handy griffbereit, sollten Stellas Eltern die Trauerfeier frühzeitig verlassen. Das schien zwar unwahrscheinlich, da Robert eine Rede halten musste, aber bei ihrer Mutter war Stella nicht so sicher. Denn sie hatte für Elmar nicht viel übrig.

Punkt vierzehn Uhr fünfzehn begann der Gottesdienst. Die Kirche platzte aus allen Nähten. Mindestens zwei Dutzend Personen fanden keinen Platz mehr und versammelten sich ratlos vor dem Portal.

Hannes konnte von seinem Standpunkt aus den Kirchplatz überschauen. Zu seinem Erstaunen erblickte er auch Donatsch, der sich in der Nähe des Seiteneingangs mit drei Männern unterhielt – in Zivil gekleidete Polizisten, wie Hannes richtig vermutete. Zwei von ihnen traten dann in die Kirche ein, während Donatsch in der Nähe des Portals Stellung bezog. Der Vierte überquerte die Strasse und wartete beim Friedhofeingang.

Obschon der Gottesdienst längst begonnen hatte, kamen weitere Leute auf den Kirchplatz. Den einen oder anderen kannte Hannes vom Sehen, doch viele waren ihm fremd.

Um halb drei läutete Hannes' Handy. Stella war am Apparat und erkundigte sich nach dem Stand der Dinge.

«Alles okay», beruhigte Hannes. «Die Kirche ist so voll, dass niemand mehr rein- oder rauskommt. Im Übrigen habe ich auch Donatsch und weitere Polizisten gesehen. Die glauben offenbar auch, dass der Täter anwesend sein könnte...»

Stella enthielt sich eines Kommentars und beschloss stattdessen, die Haare zu waschen.

Eine Dreiviertelstunde später setzte ein ohrenbetäubendes Glockengeläut ein und aus den Portalen der Kirche strömten unzählige Menschen, um zum Friedhof zu gehen, wo bereits Dutzende Kränze und Blumenbouquets niedergelegt worden waren. Kurz darauf trat auch der Pfarrer mit ernster Miene heraus. Das Licht der Sonne blendete ihn dermassen, dass er sein Gesicht verzog. Hinter ihm traten Bürgermeister Sägesser und dessen Frau ins Freie, dicht gefolgt von Robert und Heidi. Sie hatte sich bei ihrem Mann eingehängt und war noch immer ergriffen von der Stimmung in der Kirche. So wie ihr erging es den meisten, und viele wirkten gezeichnet von Trauer und Anteilnahme.

Nur langsam wälzte sich der Trauerzug über den Zebrastreifen zum Friedhof, so dass sich viele Leute auf dem Trottoir der Grabenstrasse verteilten und den Pfarrer beobachteten, wie er zum Grab schritt.

Hannes staunte, wen er alles erblickte: mindestens zwei Regierungsräte und einen Nationalrat der Bauernpartei, Mitglieder des ortsansässigen Rotary-Clubs, praktisch alle Winzer der Gegend und etliche Weinhändler. Selbst Ursina, die sich trotz der Wärme eine schwarze Stola über die Schultern gelegt hatte, stapfte bei den Einheimischen mit. Weniger überrascht war Hannes über die Zahl von Medienleuten mit ihren Kameras und Fotoapparaten. Fleissig – fast übereifrig, wie ihm schien – filmte ein Kameramann des Schweizer Fernsehens mal vorne, von der Seite und dann von hinten. Neben ihm ein junger Mann, der eine lange Mikrophonstange trug.

Als Hannes einige seiner Winzerkollegen ausmachte, die im Schatten einer Esche standen und offenbar nicht bis zum Friedhof mitgehen wollten, gesellte er sich zu ihnen. Er begrüsste Elias Rapolder und seine Frau Lydia, Reto Lehner, Maja Rechtsteiner und Marcel Vonstetten. Zumindest in den Gesichtern der Frauen machte Hannes Ergriffenheit aus, dennoch schien sich die Stimmung langsam zu lockern. Bald heiterte Reto Lehner die Gruppe auf, indem er den Trauerzug mit einer Wanderung watschelnder Pinguine in der Antarktis verglich.

Neben den Jungwinzern stand eine Gruppe von Weinhändlern. Mit Zweien hatte Hannes telefoniert, um eine Absatzmöglichkeit für Ursinas Weine zu finden. Unter ihnen erkannte er auch den Schaffhauser Händler Fredy Haas. Als dieser Marcel Vonstetten erblickte, kam er zu den Winzern herüber und begrüsste auch Hannes überfreundlich. «War eine bewegende Feier, nicht wahr?» stellte Haas fest und die anderen nickten.

«Ich war nicht in der Kirche», erklärte Hannes entschuldigend, «es gab keinen Platz mehr.»

«Ja, so viel hast du nicht verpasst», meinte Elias Rapolder nüchtern, «die Reden von Sägesser und Vetscherin waren voraussehbar und der Pfarrer muss von Amtes wegen auf die Tränendrüse drücken.»

«Sag bloss», bemerkte Reto sarkastisch, «du weinst dem Elmar eine Träne nach?»

Wieder grinsten einige. «Ich denke», sagte Elias unbeeindruckt von den Seitenhieben, «wir sollten jetzt schon einkehren. Nachher sind alle Beizen voll!»

«Gute Idee», bestätigte Reto, «kommst du auch mit, Hannes?»
«Nein, tut mir leid, habe was vor.»
«Ein Rendez-vous?» fragte Reto interessiert, «mit wem?»
Hannes lächelte vieldeutig und verabschiedete sich.

Kapitel 50

Mario Ettlin und sein Kameramann sassen erschöpft in ihrem VW-Bus. Die Beerdigung samt Gottesdienst und Beisetzung hatte sie angestrengt. Doch sie waren zufrieden. Edi Stalder konnte unzählige Einstellungen machen, die das Ausmass der Trauer und der Anteilnahme bestens dokumentierten und Mario dachte über die Umsetzung nach. Er sah vor seinem geistigen Auge, wie er seinen Film mit der Beisetzung beginnen würde. Er wollte mit getragener Musik und schwarzweissen Bildern einsteigen. Erst mit der Zeit kämen die Farben hinzu und machten deutlich, dass die Beerdigung nicht vor dreissig oder vierzig Jahren stattfand, sondern heute. Dann folgten einige Passagen der Würdigung, zum Beispiel Robert Vetscherins herzerweichender Nachruf auf seinen Jugendfreund, mit dem er unzählige Stunden verbracht hatte, die ihm vor Augen führten, wie tief eine Freundschaft gehen kann. Dank Stalders Sinn für den Moment verfügte Mario Ettlin über einen Schwenk, der die Zuhörenden in der Kirche zeigte, wie sie bei diesen Worten um Fassung rangen.

Dann wäre Platz für den anonymen Brief, den der junge Reporter heute erhalten hatte. Zuerst hielt er ihn für einen Scherz. Doch bei genauerem Hinsehen entpuppte sich die aus Zeitungsschnipseln zusammengeklebte Botschaft als möglicher Hinweis, dass der dubiose Täter wieder zuschlagen wollte:

«Während sich die Würmer am Fett des Schweins den Magen verderben, wird das Einhorn zu Ende bringen, was die Grashüpfer begannen. Die Ratten werden befriedigt sein!»

Nach Rücksprache mit dem Chefredaktor sollte Ettlin die Beerdigung filmen und gleichzeitig der zuständigen Polizeidienststelle den Brief unterbreiten. Über Umwege gelangte der Journalist zum Ermittlungschef Antoine Sarasin, der angesichts des Briefes eine gewisse Beunruhigung zeigte. Von Sarasin erfuhr Ettlin zu seiner Überraschung, dass es schon einen Brief gebe, der von insgesamt drei Plagen sprach. Zwei davon seien bereits über Maienfeld hereingebrochen, nun drohte die dritte.

Nach einigem Hin und Her erlaubte der Abteilungsleiter der Bündner Kriminalpolizei, dass das Fernsehteam die Beamten filmen dürfe, soweit es die Ermittlungen nicht behindere.

Ettlin und Stalder hatten ihren Wagen beim Postplatz abgestellt und gingen die paar Meter zu Fuss zum «Ochsen», um sich mit einem Mineralwasser zu erfrischen. Die Gaststube stand wegen der Hitze praktisch leer und die Gäste sassen auf der gedeckten Terrasse, wo sie einen kühlen Weissen oder ein Bier tranken. Für die meisten war die Beerdigung abgehakt und dementsprechend herrschte eine aufgeräumte Stimmung: Es wurde geplaudert, gelacht, getrunken und gegessen.

Ettlin erblickte an einem Tisch ein paar der jungen Winzer, die er seit jenem Abend kannte, als Hannes Rüfener vom Polizisten abgeführt wurde. Das Grüppchen um Elias Rapolder schien bereits heiter, und so setzten sich die TV-Leute dazu. Nur mit Mühe konnte Mario vermeiden, bereits Wein trinken zu müssen, denn er wusste, dass er einen klaren Kopf brauchte.

Gegen halb fünf Uhr verabschiedeten sie sich von den Winzern. Draussen auf dem Vorplatz der Beiz blickte Stalder die menschenleere Bahnhofstrasse hinab: «Bei dieser Hitze passiert heute nicht mehr viel!»

«Erstens kommt es anders...», meinte Mario vieldeutig. «Gehen wir zum Polizeiposten. Vielleicht tut sich dort was.»

Kurze Zeit später betraten die Fernsehleute das mittelalterliche Amtshaus, wo sich der Posten befand. Sie trafen neben Donatsch auf drei weitere Beamte. Antoine Sarasin begrüsste Ettlin wie einen alten Bekannten, obschon sie bisher nur telefoniert hatten. Auch die beiden anderen Polizisten, die sich mit Urban Caflisch und Severin Bruggisser vorstellten, entsprachen in keiner Weise dem Klischee eines unfreundlichen und verschlossenen Beamten.

Ohne weiteres gaben sie zu, dass die Observierung der Beerdigung nicht viel gebracht habe.

Zu viele Leute, meinte Sarasin, um eine Spur des Gesuchten zu finden. Sie konnten nur hoffen, schnell vor Ort zu sein, sollte jetzt noch etwas passieren.

«Ach», sagte Donatsch, «bevor's dunkel ist, geschieht nichts!»

Sarasin zuckte mit den Schultern, und als ihn Ettlin fragte, wie er vorgehen wolle, machte er eine ausweichende Handbewegung. Zu ihrem Job gehöre es, ergänzte er, auch warten zu können.

Stalder hatte seine Kamera geschultert und machte die ersten Bilder der Polizisten mit der Zusicherung, dass man die Köpfe der beiden Undercover-Beamten nicht zeige. Nur Sarasin und Donatsch durften gefilmt werden. Ettlin wollte die Zeit nutzen und schlug vor, mit dem Ermittlungschef ein Interview zu führen, was der nach einigem Zieren erlaubte.

«Im Brief», fragte Mario, «sind ausschliesslich Tiere erwähnt und der oder die Täter nannten sich Ratten. Was bedeutet das für Sie?»

Sarasin runzelte die Stirn. «Ratten gelten als schmutzig und unappetitlich. Aber sie sind clever und zielorientiert. Ich denke», dozierte er weiter und vergass bald die Kamera, «dass wir mit einem Menschen zu tun haben, der nichts dem Zufall überlässt.»

«Der Brief erwähnt ein Einhorn. Was könnte das heissen?»

«Ja, das passt tatsächlich nicht ins Bild. Mit den Grashüpfern sind klar die Zikaden gemeint. Bei den Würmern braucht es auch keine Erklärung. Einhörner stellen jedoch Fabelwesen dar, und das ist seltsam!»

«Wieso hat sich der Täter überhaupt gemeldet. Wäre er nicht sicherer, wenn er schwiege?»

«Das ist typisch für Täter, die Anerkennung wollen und mit ihrer Intelligenz kokettieren. Doch in der Regel begehen sie Fehler, wenn sie zu selbstgefällig werden.»

Kapitel 51

«Und wie war's?» fragte Stella, als sie ihren Koffer mit Schwung in den Fond des Autos hievte.

«Viele Leute», sagte Hannes, legte den ersten Gang ein und beeilte sich, von Vetscherins Haus und aus Maienfeld wegzukommen.

Stella hatte sich hübsch gemacht, und ihre frisch gewaschenen Haare verströmten einen Duft nach Quitten und Äpfeln, wie Hannes roch.

«Wo fahren wir hin?» fragte sie kokett.

«Wie wär's mit dem Mittelmeer?»

«Super Idee.»

Wenige Minuten später erreichten sie Hannes Haus. Seine Mutter war nicht zur Beerdigung gegangen, sondern zog es vor, im Gemüsegarten zu arbeiten. Sie streute eben Schneckenkörner, als sie den Wagen ihres Sohnes heranfahren sah. Zu ihrem Erstaunen erblickte sie eine junge Frau auf dem Beifahrersitz und konnte kaum glauben, dass es sich um Stella Vetscherin handelte. Sie durchschaute gleich, dass es zwischen Hannes und Stella gefunkt hatte, auch wenn sie sich nicht vorstellen konnte, wann und wie das passiert sein sollte.

Als ihr Hannes eröffnete, dass Stella bei ihm – vorübergehend, wie er anfügte – einziehen würde, bis sich bei ihren Eltern der Wirbel legte, musste sie leer schlucken. Sie wollte nicht unhöflich erscheinen, schon gar nicht, wenn es sich um eine potentielle Schwiegertochter handelte. Dennoch kam ihr der Zeitpunkt für ein solches Unterfangen schlecht gewählt vor. Während Stella in Hannes' Zimmer ihre Sachen auspackte, zitierte sie ihn in die Küche: «Da gibt es Tausende junger Frauen, und du suchst dir ausgerechnet Stella Vetscherin aus?»

«Wo die Liebe eben hinfällt, Mama», sagte Hannes mit einem leicht verlegenen Grinsen.

«Mir ist nicht ums Spassen! Du weisst, dass es im Moment ungünstig ist: Joe wollte heute Abend kommen.»

«Sie weiss es.»

«Du hast es ihr gesagt? Bist du verrückt? Ausgerechnet einer Vetscherin!»

«Mama, ihr Vater hat sie rausgeschmissen, weil sie mit mir zusammen ist. Ihm wird sie sicher nichts sagen!»

Gerda reichte die Begründung nicht. Sie blieb misstrauisch: «Schon vergessen, dass *sie* dich damals verraten hat?»

«Das haben wir geklärt. Sie musste im Auftrag ihres Vaters spionieren, und es tut ihr leid.»

«Das tönt nicht sehr glaubwürdig!»

«Mama, wir leben in einer verrückten Zeit. Maienfeld ist in einem Schockzustand, und niemand weiss, was kommen wird. Aber ich bin sicher, es ist noch nicht ausgestanden!»

«Mach keine dummen Sprüche, sonst könnte man noch auf Gedanken kommen!»

«Das ist kein dummer Spruch. Die Hinweise im Brief waren klar!»

«Hast du ihr auch davon erzählt?»

Mutters Worte, obschon leise gesprochen, damit sie nicht in den oberen Stock gelangten, klangen scharf wie ein Winzermesser.

«Nein. Bis jetzt nicht ...»

«Hannes, sei vorsichtig! Wir müssen höllisch aufpassen!»

In diesem Moment hörten sie, wie Stella die Treppe herunterkam. Als sie in die Küche eintrat, lächelte sie unsicher. Die Art ihres Einzugs war ihr ein wenig peinlich. «Ich danke dir», sagte sie dann, «dass ich einfach so reinschneien darf.»

«Schon gut. Fühl dich bei uns wie zu Hause!»

Ein versteinertes Lächeln umspielte Gerdas Lippen, und um davon abzulenken, fügte sie an: «Hannes, willst du Stella nicht was zu trinken anbieten?»

Der Angesprochene nickte und holte eine Flasche Mineralwasser. Er füllte drei Gläser und fragte gespielt locker: «Wann gibt's was zu essen?»

Gerda machte immer noch einen zugeknöpften Eindruck. «In etwa einer Stunde», sagte sie dann zögernd. «Du weisst ja, wir erhalten noch Besuch.»

Stella durchschaute, dass Hannes' Mutter nur der Höflichkeit wegen freundlich blieb: «Ich hoffe, ich störe nicht.»

«Nein, keineswegs», fuhr Hannes dazwischen, um die Situation zu entschärfen, «es kommt nur mein Vater!»

In der Küche herrschte betretenes Schweigen, dann musste Gerda über die Situation den Kopf schütteln, und zu Stella gewandt meinte sie: «Ich hör schon die Flöhe husten und erwarte jeden Moment eine neue Tragödie. Tut mir leid.»

«Ich verstehe. Mir geht es ähnlich», fügte Stella an und lächelte. Damit war das Eis gebrochen. Kurze Zeit später nippten sie an einem kühlen Completer*, den Hannes für spezielle Momente aufgehoben hatte, und bereiteten gemeinsam das Abendessen zu. Gegen sieben Uhr hörten sie ein heranfahrendes Auto. Joe parkierte seinen Wagen in der Remise und beeilte sich, zur Haustür zu gelangen. Als wäre er ein Fremder, trat er nicht einfach ein, sondern läutete zuerst. Dann kam er in die Küche und erschrak, weil er neben Gerda und Hannes eine weitere Person ausmachte. Wie ein scheues Kind, dem man etwas Süsses hinstreckte, griff er nach der Hand, die ihm Stella reichte. Bei ihrem Familiennamen zuckte er zusammen und blickte entsetzt zu seiner Frau.

Es verging einige Zeit, bis er seine Vorsicht ablegte, doch je länger der Abend dauerte, desto redseliger wurde er, was auch am Wein lag.

Stella fand es spannend, Hannes mit seinem Vater zu vergleichen, suchte nach Ähnlichkeiten und Unterschieden. Als sie bemerkte, dass auch Gerda insgeheim diese Vergleiche anstellte, mussten beide Frauen lachen, was bei den Männern Kopfschütteln auslöste.

Kapitel 52

Der rote Schwall brach hervor und in drei Fontänen ergoss sich der Wein auf den gekachelten Boden des Kellers. Mit jedem Barriquefass, das die beiden Männer anbohrten, wurde die Sauerei grösser. Wenige Minuten dauerte es, bis der Raum knöcheltief geflutet war. Zufrieden stapften die Männer aus dem weinig riechenden Gewölbe die Treppe hinauf zum ebenerdigen Fenster, durch das sie eingebrochen waren. Sie kamen am hellichten Tag – unbemerkt und sicher, dass alle Maienfelder bei der Beerdigung waren – und gingen wieder. Sie hatten ihren Wagen in einer Seitengasse parkiert, schlüpften

---

* Completer: alte in der Bündner Herrschaft beheimatete Weissweinsorte, die einen filligen und herrlich tiefgründigen Wein ergibt. Gut geeignet für den Barriqueausbau.

in Strassenschuhe, um das Auto nicht schmutzig zu machen, und deponierten Gummistiefel und Handschuhe in Plastikkisten im Kofferraum. Dann fuhren sie auf einem Umweg zum kleinen Weingut von Elias und Lydia Rapolder. Wieder parkierten sie abseits und beobachteten das Weingut. Auch hier war es ruhig, dennoch griff der eine nach seinem Handy und wählte die Nummer der Rapolders.

«Ist das nicht ein Risiko, mit deinem Handy anzurufen?» wollte der andere wissen.

«Keine Angst, ich habe ein altes Prepaid-Handy. Da musste man die Nummer noch nicht registrieren!»

Nach mehrfachem Läuten schaltete der Beantworter ein.

«Keiner da!» sagte er zufrieden. «Die Luft ist rein, gehen wir!»

Als wäre es das Normalste der Welt, zogen sich die Männer wieder die Gummistiefel an, streiften die Handschuhe über, griffen nach ihren Rucksäcken und marschierten zum modernen Degustationsraum, dessen Vorderfront aus mehreren Glasschiebetüren bestand.

Der kleinere der beiden öffnete seinen Rucksack, holte einen Geissfuss hervor und hob die Glastüre aus der Verankerung, so dass der Türschnapper aufsprang.

«Dachte ich's mir doch», sagte der Mann zufrieden, «sie verriegeln nicht, schieben nur von innen zu!»

Während der andere nervös einem Auto nachschaute, das in der Ferne vorbeifuhr, stiess er die Tür so weit auf, dass sie hindurchschlüpfen konnten.

«Mach zu!» befahl er und ging zügig durch den Raum. Vorsichtig öffnete er die schwere Kellertüre am anderen Ende. Leise und als wäre er seiner Sache nicht ganz sicher, horchte er in das dezent beleuchtete Gewölbe hinab, bevor er eintrat. Dann schlug er erneut die Kappe seines Rucksackes auf und holte das Gerät hervor, das er pathetisch «Einhorn» nannte. Der zehn Millimeter dicke Holzbohrer klemmte fest in seinem Gewinde, und der Mann hielt das Werkzeug wie eine Maschinenpistole. Als er auf den Trigger drückte, hallte ein ohrenbetäubender Lärm durch die Kellerhalle. Doch sogleich frass sich das gehärtete Kopfstück des Metalls in die Stirnwand des hintersten Barriques. Wenige Sekunden später schoss der Strahl eines purpurschimmernden Pinots in den Raum, bald gefolgt von weiteren Springbrunnen. Auch der zweite Mann hatte in der Zwischenzeit seinen Akku-Bohrer hervorgenommen und begann auf der anderen Seite der Fassreihe. Wie abgemacht, drillte er pro Fass drei Löcher ins Holz. Keine zehn Minuten später stellten die beiden ihre Krachmaschinen ab und blickten selbstgefällig auf ihr Werk. Der Kleine holte aus seinem Rucksack eine Flasche Motorenöl, öffnete sie und kippte den Inhalt in den Wein. Mit einem Besenstiel verteilte er die zähe Flüssigkeit, bis sich der Weinsee mit einem öligen Schimmer überzog.

«Das wird ihm zu schaffen machen, diesem Emporkömmling! Und nun schnell raus. Dann komme ich früh genug zu Obrists Abgang.»

Kapitel 53

Der Anruf kam kurz nach 17 Uhr. Donatsch, der den Hörer abnahm, gab ein Handzeichen, dass die anderen Polizisten ruhig sein sollten. Dann schaltete er den Lautsprecher ein. Sie hörten die Stimme eines aufgebrachten Mannes, der von Schweinerei und Sabotage faselte, so dass erst nach Donatschs Nachfrage klar wurde, was passiert war.

«Bleiben Sie, wo Sie sind, berühren Sie nichts, Herr Sägesser, wir kommen gleich zu Ihnen!»

Die Polizisten begriffen sofort, dass es ernst galt und verzichteten auf viele Worte. Die lockere Stimmung, die eine Minute zuvor geherrscht hatte, war erloschen.

Stalder schaltete die Kamera wieder mal im richtigen Moment ein und konnte einfangen, wie die Beamten aus dem Polizeiposten eilten. Auf dem Weg zu den Autos befahl Sarasin, keine Sirenen zu verwenden. Dann setzte er sich auf den Beifahrersitz von Donatschs Polizeivolvo und wies die Fernsehleuten an, hinten einzusteigen. Caflisch und Bruggisser nahmen in einem admiralblauen BMW Platz und folgten Donatsch durch die Gässchen zu Sägessers Weingut, das sich unweit des Schlosses Salenegg an der Steigstrasse befand.

Als sie dort ankamen, stand eine Frau – immer noch in Schwarz gekleidet – auf der Strasse und winkte ihnen zu. Bereits von Schaulustigen umringt, deutete sie zum Kellereingang. Donatsch und Sarasin rannten die Treppe hinab und kamen in einen grossen Vorraum, den ein starker Weingeruch erfüllte. In der Tür zum Fasskeller erwartete sie der bleiche Hausherr: «Das Phantom hat alle Fässer angebohrt. Die ganze Barrique-Auslese ist verloren!» schrie er zur Begrüssung. Der Anblick, der sich den Polizisten bot, war niederschmetternd. Im rund zehn Meter langen Barriquekeller stand der Wein knöcheltief. Wie Schiffchen schwammen einige Korken mitten im Raum.

«Der Saulump hat Öl in den Wein gegossen!» jammerte Sägesser und seine Stimme überschlug sich vor Erregung. «Wenn ich den kriege, bringe ich ihn um!»

Sarasin, der neue Lederschuhe trug, wagte sich nicht ins Feuchte hinein, sondern befahl Caflisch und Bruggisser, nach Spuren zu suchen, obschon er nicht erwartete, viel zu finden.

An Donatsch gerichtet meinte er: «Rufen Sie Vetscherin an. Er soll dafür sorgen, dass alle Winzer gewarnt werden. Gut möglich, dass der Täter auch noch in andere Keller einbricht!»

Während Stalder mit dem Filmen begann und den Polizisten barfuss und mit aufgekrempelten Hosenbeinen in den Barriquekeller folgte, blieb Ettlin bei Sarasin und hörte zu, wie der mit Sägessers Frau Margrit sprach.

Mit Tränen in den Augen schilderte sie, wie sie die Sauerei entdeckt hatte.

«Das war ein Profi», mutmasste sie mit verzweifelter Stimme, «schon wie der durch das Fenster eingestiegen ist! Der hat es nicht einfach eingeschlagen, sondern sauber ein Stück Glas herausgeschnitten, so dass er es von innen öffnen konnte!»

«Und wo befindet sich dieses Fenster?» fragte Sarasin.

«Da oben. Ich zeig's Ihnen!»

Das ebenerdige Fenster diente als Lichtquelle für die Kellerstiege, die das Lager mit dem Verkaufslokal verband. Es war gross genug, dass ein Mann hindurchschlüpfen konnte.

«Wir hätten es vergittern sollen», meinte Margrit Sägesser nachdenklich, «hab ich immer wieder gesagt, doch mein Mann winkte stets ab. Jetzt haben wir die Quittung!»

Vorsichtig betrachtete Sarasin das angelehnte Fenster, das ein handgrosses Loch aufwies. Unterhalb des abgeschrägten Simses fand er Schuhspuren.

«Das war nicht nur einer», staunte er und deutete auf die verschieden gefärbten Striemen, «das müssen zwei gewesen sein! Einer trug wahrscheinlich schwarze Gummistiefel, der andere dunkelblaue.»

In diesem Moment klingelte Donatschs Telefon. Wegen des schlechten Empfangs in den dickwandigen Kellerräumen verstand er nicht sofort. Doch dann trat er zu Sarasin und berichtete, dass auch bei den Rapolders der Keller unter Wein stand.

Sarasin biss auf seine Oberlippe. Er begriff, dass der Täter – oder besser die beiden Täter – heute Nacht aufs Ganze gehen wollten. Und er spürte die Bereitschaft, den Kampf aufzunehmen.

Kapitel 54

Es war halb elf Uhr, als Joe vom Küchentisch aufstand. Da er wusste, dass seine Frau gern früh zu Bett ging, wollte er zu Oskar zurückfahren. Die Nacht war klar und warm, und Joe entschied spontan, im Schutze der Dunkelheit die Route durch Maienfeld zu nehmen und sich ein wenig umzusehen. Im Zentrum standen die gleichen Häuser wie seit Jahrzehnten, dennoch kam ihm das Städtchen so bekannt wie fremd vor. Als hätte Maienfeld eine Ausgangssperre, waren die Strassen und Plätze menschenleer.

Joe bog vom Städtliplatz in die Grabenstrasse ab und fuhr in Richtung Osten. Kurze Zeit später erblickte er das hell erleuchtete Anwesen von Robert Vetscherin. Auf dem Vorplatz standen einige Menschen, und im Vorbeifahren erkannte er Robert, der sich mit seinen Gästen unterhielt.

Joe zögerte kurz, aber drehte dann um und fuhr in ein Gässchen, von wo er den Platz überblicken konnte. Er beobachtete, wie vier der Männer, denen Robert die Hand geschüttelt hatte, in ein Polizeiauto stiegen, und sah, dass zwei andere Typen filmten. Vetscherin winkte den Polizisten nach und verabschiedete sich von den Fernsehleuten, die dem Polizeiauto folgten. Dann trat er wieder in sein Haus ein und schloss die Tür. Augenblicklich kehrte Ruhe ein.

Joe wollte eben den Motor starten, als plötzlich ein Auto in übersetztem Tempo heranbrauste, abrupt bremste und in die schmale Seitengasse zwischen Roberts Weingut und dessen Nachbarhaus hineinrollte. Joe fiel auf, dass der Fahrer das Abblendlicht löschte, ehe er abbog. So verschwand das Auto im Dunkeln. Minuten vergingen und nichts passierte. Als er erneut zu seinem Zündschlüssel greifen wollte, um endlich abzufahren, sah Joe zu seinem Erstaunen einen Maskierten, der im Halbdunkeln des Gässchens zur Strasse geschlichen kam. Dort angekommen, blickte er in alle Richtungen und schien abzuchecken, ob die Luft rein sei. Dann huschte er zurück und wurde wieder von der Finsternis verschluckt.

Joe wurde kribbelig. Ihn überkam das Gefühl, der Unbekannte ginge ihn etwas an. Ohne lange zu überlegen, steckte er den Autoschlüssel in seine Jackentasche, schaltete die Innenbeleuchtung aus, sodass kein Licht anging, als er die Tür des Wagens öffnete und sein Versteck verliess. Er begab sich unter das unbeleuchtete Vordach eines Hauses, von wo er sich einen Einblick in das Gässchen erhoffte. Doch Fehlanzeige! Um Genaueres herauszufinden, musste er die Strasse überqueren. Nach kurzem Zögern sprang Joe auf die andere Seite. Er kam sich töricht vor. Nur weil er ein Auto gesehen hatte, das ohne Licht in ein Seitengässchen fuhr, setzte er sich dem Risiko aus, entdeckt zu werden.

Joe war nah dran, zurückzukehren. Er blickte sich um. Es blieb still – einladend still... Vorsichtig ging er weiter und bog ins Gässchen ein. Er wusste, dass er wider jede Vernunft handelte. Doch seit ihm sein Sohn den anonymen Zettel unter die Nase gehalten und ihm zu verstehen gegeben hatte, dass er in dieser Geschichte mit drinsteckte, war ihm klar, dass er noch weitere hundert Jahre vor seinem Schicksal davon laufen könnte. Um in sein Leben zurückzukehren, musste er sich stellen und durfte sich nicht mehr wie ein Verbrecher verstecken.

Obwohl die Gasse dunkel war, gewöhnten sich seine Augen bald an das nachtblaue Licht. Das leicht ansteigende Strässchen führte einer mächtigen Betonmauer entlang, welche die Rückwand von Vetscherins Weinkellerei bildete. Weiter oben erkannte Joe das Auto, doch von der schwarz gekleideten Person fehlte jede Spur. Es war ruhig in der Gasse. Joe spürte ein Unbehagen und versuchte sich einzureden, dass es ihm nur deshalb unheimlich vorkam, weil es weit und breit keine Lampe gab. Sein Puls beruhigte sich ein wenig, als er ein leises, klirrendes Geräusch hörte, das aus der Mauer zu kommen schien. Joe betrachtete die dunkle Wand, die sich neben ihm erstreckte. Plötzlich züngelte der Schein einer Lampe aus einer Öffnung und erlosch sogleich wieder.

Der Strahl konnte nur von einer Taschenlampe herrühren, ging es Joe durch den Kopf. Vorsichtig schlich er näher zur Mauer. Dann hörte er ein weiteres Geräusch: den dumpfen Aufprall eines schweren Gegenstandes. Er machte einen Schritt und stolperte mit dem Fuss über etwas Flaches. Er taumelte, konnte sich aber gerade noch auffangen.

Hatte man ihn gehört? Joe horchte in die Nacht hinein; alles blieb ruhig. Er zögerte einen Moment, dann griff er in die Innentasche seiner Jacke und holte ein Feuerzeug hervor. Das Reiben des Zündkopfs erschien ihm lauter als der Start eines Jumbos, dafür sah er, worüber er gestolpert war: das Gitter eines Lüftungsschachtes. Dann hielt er die Flamme zur Wand hin und erblickte eine Öffnung, die in die Kellerei hinabführte.

Hier musste der Maskierte, den er zuvor beobachtet hatte, eingestiegen sein. Vorsichtig näherte Joe sich dem Loch und spürte einen leichten Luftzug, der aus dem Schacht strömte und nach Wein roch.

Im Bewusstsein, dass er erneut ein Risiko einging, ertastete er ein Steinchen und liess es in den Schacht fallen. Es dauerte lange, bis es auf dem Boden aufschlug.

Das können vier bis fünf Meter sein, dachte Joe. Aber wenn die Gestalt vor ihm hineingekommen war, dann musste auch er es schaffen.

Kopfvoran glitt er durch die Öffnung und gelangte zu einem eisernen Rost, der wie ein kleiner Balkon über der Halle hing. Daneben war eine Art Leiter angebracht, die vom Boden heraufführte. Wieder entzündete er sein Feuerzeug. Die Leiter entpuppte sich als Metallstange, die alle fünfzig Zentimeter eine Sprosse aufwies.

Joe nahm allen Mut zusammen, drehte sich auf den Bauch und

ertastete mit dem rechten Fuss die erste Sprosse. Mit der Hand zog er sich zur Stange hinüber und suchte mit dem linken Fuss die zweite Sprosse. Langsam und jeden Schritt im Finstern ertastend, stieg er abwärts. Unten war der Raum in ein fahles, blaues Licht getaucht. Es stammte von der Kontrolllampe eines Kühlaggregats. Als es unvermittelt einschaltete und laut zu brummen begann, fiel Joe fast das Herz in die Hose.

Wieder griff er nach seinem Feuerzeug und entzündete es für ein paar Sekunden. Er sah, dass er in der Abfüllerei zwischen zwei hohen Flaschentürmen stand.

Was tue ich hier? fragte er sich und wäre am liebsten gleich wieder hochgeklettert, als er in unbestimmter Ferne ein hochtouriges Surren vernahm.

Er spürte Schweiss auf seiner Haut. Vorsichtig tastete er sich durch den endlos scheinenden Raum in Richtung der Lärmquelle. Er kam zu einer Treppe, die von unten schwach beleuchtet war. Zögernd stieg er hinab. In der Luft hing ein alkoholischer Geruch.

Wieder durchbrachen entfernte Geräusche die Stille. Joe war nun sicher, dass sie von einer Bohrmaschine stammten, doch er konnte sich keinen Reim darauf machen. Dann erreichte er die angelehnte Tür, stiess sie sachte auf und erblickte zuerst einen umherirrenden Lichtschein. Kurz darauf bemerkte er den schwarz gekleideten Mann, der eine Stirnlampe trug und eben daran war, die Bohrmaschine an einem Barriquefass anzusetzen. Joe traute seinen Augen nicht und wollte auf den Mann zugehen, als ihn ein heftiger Schlag auf den Hinterkopf traf.

Kapitel 55

Sarasin sass verkehrt auf seinem Stuhl und hatte seine Arme so auf die Rücklehne gelegt, dass sie ein Kissen für sein Kinn abgaben. Er schien zu überlegen, denn seine Untergebenen warteten auf die Fortsetzung des Vortrags und sahen ihn fragend an.

«Wieso?» fuhr Sarasin weiter, «wieso bohrt ein Paar von Gestörten bei zwei Weingütern sämtliche Barriques an? Und wieso nur bei denen? Donatsch, was wissen wir über die beiden Opfer?»

Der Stadtpolizist blickte kurz auf, senkte seinen Blick aber gleich wieder. Er starrte auf Dutzende Zettel und Fotos, die vor ihm auf dem Tisch ausgebreitet waren.

«Das Weingut Rapolder befindet sich seit Jahrzehnten im Besitz der Familie. Elias führt es in vierter Generation. Er übernahm das Gut vor vier Jahren und sorgte mit seinen unkonventionellen Ideen für Wirbel. Zusammen mit anderen Jungwinzern hat er einen ‹Club der Wilden› gegründet und die alten Marktleader aufgeschreckt!»

«Wer ist bei diesem Club dabei?» fragte Urban Caflisch, ein grossgewachsener Beamter mit buschigen Augenbrauen, während er sich aus der Kaffeemaschine einen lauwarmen Braunen eingeschenkte.

«Aus Maienfeld stammen Elias Rapolder und Reto Lehner, ein Abkömmling der Sägesser-Dynastie...»

«Also verwandt mit den Sägessers, deren Fässer angebohrt wurden?» unterbrach ihn Sarasin.

«Verwandt schon, aber meines Wissens seit Jahren zerstritten. Die Sägessers sind eine weit verzweigte Sippe und bilden schon lange keine Einheit mehr», antwortete Donatsch.

«Die ältesten Bündner sind nun mal der Föhn und der Neid», meinte Urban Caflisch mit vieldeutigem Lächeln.

«Könnte hier ein Motiv liegen?» fragte nun Severin Bruggisser, der vierte Beamte, ein blonder und untersetzter Typ, der die kräftigen Arme über der Brust verschränkt hielt.

«Wenn es sich um einen Kampf der Jungen gegen die Alten handelte, hätten sie wohl kaum die Fässer eines Mitglieds angebohrt», sagte Donatsch ohne Enthusiasmus.

«Oder eben gerade deswegen: zur Ablenkung!» meinte Bruggisser verschwörerisch.

«Sehr unwahrscheinlich», wandte Sarasin ein, «bedenkt man, dass nicht nur die angebohrten Fässer dazu gehören, sondern auch die Vergilbungskrankheit und die Bitterstoffe. Da hätten sich die jungen Winzer gehörig ins eigene Fleisch geschnitten!»

«Was ist eigentlich mit dem ursprünglichen Hauptverdächtigen», warf Caflisch ein, «diesem Hannes Rüfener?»

«Der ist sauber!» fuhr Donatsch dazwischen; doch Sarasin wollte das Brainstorming, das er als wichtigen Bestandteil seiner Ermittlungsarbeit schätzte, nicht vorschnell abwürgen. «Können wir da sicher sein, Donatsch? Ist der nicht bei diesen jungen Wilden dabei – obwohl er gar keinen Rebberg besitzt?»

«Ja, schon...», musste Donatsch zugeben, «aber er ist nicht der Typ für so eine Sauerei!»

«Neid und Missgunst waren schon immer beste Motive für kriminelle Handlungen!» dozierte Sarasin.

«Rüfener hat ein Alibi», fuhr Mario Ettlin dazwischen und vergass für einen Moment seine Rolle als Reporter.

«Ein Alibi?» fragte Sarasin gespielt freundlich.

Ettlin spürte, wie wenig erfreut der Chef über seinen Beitrag war. Dennoch doppelte er nach: «Ich hab ihn vor dem Gottesdienst gesehen und ebenso nach der Abdankung. In der Zwischenzeit wäre es für den schnellsten Mann unmöglich gewesen, in zwei Kellereien einzubrechen, 23 Holzfässer anzubohren, sich wieder umzuziehen, und dann zusammen mit den Kollegen seelenruhig bei der Kirche zu stehen.«

«Bedenken Sie, Herr Ettlin», fuhr Sarasin mit einem leicht verächtlichen Lächeln fort, «dass es zwei Täter waren. Und wieso sollte es Rüfener nicht möglich gewesen sein, während der einstündigen Trauerfeier mit einem Komplizen zuzuschlagen? Im Übrigen finde ich es langsam auffällig, wie häufig Rüfener in der ganzen Geschichte vorkommt, aber immer an der Beteiligung vorbeischrammt. Merkwürdig! Nicht?»

Kapitel 56

Stella konnte es nicht glauben. Noch einmal durchsuchte sie ihr Necessaire, dann zum dritten Mal ihre Handtasche.

«Was suchst du, gopfriedstutz?»

Hannes, der auf dem Bett lag und Stellas chaotische Sucherei verfolgte, wurde ungeduldig. Doch seine Frage schien ungeeignet,

Stella, die wie ein Wirbelwind durchs Zimmer fegte und sämtliche Innentaschen ihrer Jacken durchsuchte, von ihrem Treiben abzuhalten.

So stand er auf und folgte seiner Freundin ins Bad. Sanft, aber mit Nachdruck, hielt er sie fest.

«Was suchst du?» wiederholte er langsam.

«Ich hab meine Pillen vergessen!» schoss es aus ihr heraus.

«Was für Pillen?»

«Denk mal nach, du Botaniker!»

«Du meinst, du hast *die* Pillen vergessen? Und wo? «

«Sie müssen in meinem Badezimmer sein. Ich hatte sie noch in der Hand, bevor ich mir die Haare wusch!»

Hannes blickte auf seine Uhr, es war kurz nach elf. «Die letzte Apotheke hat vor einer Stunde zugemacht. Dann müssen wir wohl in die Höhle des Löwen...»

Stella blickte ihn erleichtert an. «Du würdest mich begleiten?»

«Habe ich eine Wahl?»

«Nicht wirklich.»

«Gibt es einen Weg in dein Zimmer, ohne deine ganze Familie aufzuwecken?»

«Durch den Büroeingang des Neubaus kommen wir ins Haus und müssen nur am Schlafzimmer meiner Eltern vorbei und in den zweiten Stock hinaufsteigen.»

«Beruhigend.»

Kurze Zeit später fuhr Hannes zur Hofeinfahrt des Weinguts Vetscherin und parkierte vor dem metallenen Tor, welches das Areal absperrte. Es war dunkel und ruhig. Hannes suchte eine Stelle, um über das Tor zu klettern, als ihn Stella zurückhielt.

«Nein, hier hat es Sensoren. Wenn du einen Fuss auf den Hof setzt, geht ein Flutlicht an! Komm, da geht es lang!»

Hannes folgte ihr zum Neubau, wo sich der Büroeingang befand. Er knipste die mitgebrachte Taschenlampe an, während Stella in ihrer Handtasche nach dem Schlüssel suchte.

«Warum tragt ihr Frauen nur so grosse Taschen?»

«Damit wir immer alles dabei haben!» antwortete Stella und hielt ihm triumphierend den Schlüssel hin.

«Ist das ein Passepartout?»

«Ja, mit dem komme ich überall rein – ausser in Vaters Büro!»

Stella schloss die Tür des Neubaus auf, nahm Hannes die Taschenlampe aus der Hand und trat in den ersten Raum. Hannes folgte ihr. Wie zwei Einbrecher schlichen sie durch die oberirdischen Räumlichkeiten der Kellerei und gelangten in eine Halle. Im schwachen Licht erkannte er die mächtige Abfüllanlage und machte Berge von leeren Flaschen aus.

Stella ging zügig voran, Hannes dicht dahinter. Plötzlich vernahm er in der Ferne das Aufheulen eines Motors, das abrupt abbrach.

«Hast du gehört?»

«Was?»

«Na, dieses Geräusch, wie eine Säge oder so etwas!»

«Das war wohl die Klimaanlage, die läuft bei der Hitze Tag und Nacht.»

Hannes horchte nochmals in den fahl beleuchteten Raum hinein – und nun hörte auch er das Brummen des Kühlaggregats. Stella zuckte mit den Schultern und ging zu einer massiven Türe am Ende der Halle. Wieder nahm sie den Schlüssel hervor. Leise steckte sie ihn ins Schloss.

«Jetzt kommt der schwierigste Teil», flüsterte sie. «Hier beginnt das Wohnhaus. Gleich hinter der Türe folgt eine Stufe, dann stehen wir auf einem uralten Holzboden, der fürchterlich knarrt und beim Schlafzimmer meiner Eltern vorbeiführt. Nur ich weiss, wo ich hintreten muss, damit es nicht zu laut tönt. Deshalb gehe ich wohl besser alleine weiter. Du wartest hier und hältst die Türe offen. Denn wenn die ins Schloss fällt, gibt es einen Riesenkrach!»

«Gut, ich warte.»

Hannes war unbehaglich zu Mute, als er im Dunkeln stand und den Schimmer von Stellas Taschenlampe verschwinden sah. Obwohl sie vorsichtig einen Schritt vor den anderen setzte und beinah über den Boden zu schweben schien, ächzte das Parkett.

Er stemmte sich gegen das Gewicht der mit Metallbeschlägen besetzten Holztüre, um zu verhindern, dass sie sich mit einem Federmechanismus automatisch schloss, als er erneut ein bedrohlich kreischendes Geräusch hörte.

Dies kann nie und nimmer die Lüftung sein, dachte Hannes irritiert. Eher klingt es nach einer Bohrmaschine oder dergleichen. Aber wer würde um diese Tageszeit in den Katakomben eines Weinguts Löcher bohren?

In Hannes stieg ein beklemmendes Gefühl auf, das sich zu einem Schrecken steigerte, als er einen unterdrückten Schrei vernahm.

Kapitel 57

«So, jetzt haben wir die Scheisse!»

Die Stimme des Mannes klang gereizt. Nicht nur, dass ihnen Joe gefolgt war, auch, dass sie nun ein unerwartetes Problem hatten, ärgerte ihn masslos.

«Wie konnte uns dieses Arschloch finden? Hast du ihm irgendetwas gesteckt?»

«Nein, sicher nicht! Er fuhr zu Gerda und wollte dort zu Abend essen. Dass er uns gefolgt ist, muss ein Zufall sein!»

«Hör mir auf mit Zufällen!»

Der Mann überlegte, dann setzte er ein eisiges Lächeln auf: «Aber vielleicht können wir die Sache zu unseren Gunsten ausnützen!»

Als Joe nach einigen Minuten seine Augen wieder öffnete, blendete ihn ein grelles Licht. Offenbar hatte man die Neonbeleuchtung eingeschaltet. Nach und nach formten sich die wirren Farbmuster und Flächen ringsum zu Gegenständen und schoben sich in eine Perspektive. Joe erkannte die beiden Reihen von doppelstöckig angeordneten Barriques, die eine lange Strasse bildeten. Viele der hinteren Fässer schienen zu bluten. Unablässig ergoss sich Wein auf den Betonboden. Joes Kopf brummte und seine Hand ertastete eine schmerzende Beule am Hinterkopf. Dann erblickte er die beiden Männer, die links und rechts über ihm standen und ihn betrachteten.

«So, ausgeschlafen?» fragte der eine, der eine lederne Maske mit Sichtschlitzen und Öffnungen für Nase und Mund trug und aussah, als käme er aus einem Sado-Maso-Studio. Joe wollte lachen, doch der Revolver, den der Mann auf ihn richtete, ermunterte nicht zum Scherzen.

Auch der Zweite trug eine Maske, seine Augen wirkten in ihren Schlitzen jedoch anders, irritiert und nervös.

«Joe, verdammt, was tust du da?» fragte er.

«Wer seid ihr?» gab der Angesprochene zurück und versuchte, die Augen des Mannes zu seiner Rechten zu erkennen.

«Keine Zeit für Details!» schrie der andere und fuchtelte mit der Pistole herum. «Los, aufstehen, Rüfener!»

«Was hast du vor?» fragte nun der erste, und Joe fiel es wie Schuppen von den Augen.

«Oskar?»

«Schnauze!» schrie der andere, den Joe nicht erkannte.

Und während Joe langsam aufstand, suchte er den Blickkontakt zu seinem Freund. Doch der wich ihm aus.

«Was willst du mit ihm tun?» fragte Oskar und seine Stimme tönte besorgt.

«Er wird einen perfekten Täter abgeben», sagte der andere. «Selber schuld, Rüfener! Man schleicht nicht nachts in einen fremden Weinkeller! Da kann leicht was passieren!» Und wieder funkelten die Augen des Pistolenträgers.

«Nein, Fred! Wir hatten abgemacht: Keine Gewalt!» Oskar Walthert trat einen Schritt auf den anderen zu, während sich Joe das Gehirn zermarterte, ob er Fred kannte.

«Es war auch nicht vorhersehbar, dass uns dein Freund über den Weg läuft!» schrie der kleine Mann, und seine Stimme überschlug sich fast. «Doch eigentlich kommt er wie gerufen. Nun wird er derjenige sein, der diese Sauerei zu verantworten hat. Erstaunlich, dass ich nicht früher darauf gekommen bin...»

«Oskar», rief Joe verzweifelt, «was, verdammt nochmal, soll das?»

Der Angesprochene, der in seiner Rechten eine Bohrmaschine hielt, wirkte nervös und herrschte Joe an: «Das verstehst du nicht! Dabei hättest du Grund, dich gegen diejenigen zu wehren, die dir alles genommen haben!»

«Was redest du für einen Stuss?»

«Das ist kein Stuss, Joe!» zischte Oskar mit gepresster Stimme. «Nun büssen diejenigen, die jahrelang austeilten, verletzten und zerstörten!»

Joe hatte seinen Freund nie so wütend erlebt, wollte aber Zeit gewinnen und die Situation nicht eskalieren lassen: «Und das sind Vetscherin und Obrist? Verstehe ich das richtig?»

Oskar antwortete nicht, aber seine schnell blinzelnden Augen verrieten, dass Joes Worte ins Schwarze trafen.

Dann wurde es ihm klar: «Du rächst dich für Maria, stimmt's?»

Wieder schwieg Oskar, aber er senkte die Bohrmaschinen, die er wie einen Revolver in der Hand hielt. «Ja, Maria muss gerächt werden. Sie hat es verdient!»

«Aber das ist über vierzig Jahre her!»

«Fünfundvierzig Jahre», berichtigte Oskar, «und kommende Woche wäre sie 60 geworden. Wenn wir das zu Ende gebracht haben, kann sie endlich ruhen!»

«Oskar, das meinst du nicht ernst; Marias Tod war schrecklich, aber...»

«Obrist und Vetscherin haben sie vergewaltigt. Im Steigwald oberhalb der Quellfassung!»

«Ja, das stimmt!» bestätigte Joe zur Überraschung seines Gegenübers und fuhr fort: «Aber kennst du die ganze Geschichte? Hast du dir schon mal überlegt, dass die Sache mit Maria anders gewesen sein könnte? Du weisst so gut wie ich: Sie war kein Kind von Traurigkeit und für ihr Alter ziemlich kokett!»

Oskar zitterte am ganzen Körper. Es fehlte nicht viel, und er hätte Joe die Bohrmaschine ins Gesicht geschlagen. «Pass auf, was du sagst!» zischte er.

«Ich will dich nicht verletzen, aber ich... wurde Zeuge, unfreiwillig, verstehst du?»

Oskar starrte ins Leere. Fred, dem das Gerede zu dumm wurde, lachte auf: «He, Mann, komm zu dir, der verarscht dich!»

«Ich wollt, es wäre so! Aber ich hab mit eigenen Augen gesehen, was passiert ist.»

«Du warst dort? Und hast zugesehen? Nichts unternommen?»

«Was sollte ich tun?» In Joe kamen Erinnerungen hoch, die er jahrzehntelang verdrängte. Dabei hatte er geahnt, dass sie ihn eines Tages einholen würden. Wie oft wollte er mit Oskar darüber reden, aber er konnte nicht, zog den Schwanz ein, fühlte sich wegen damals als Versager. Ja, er hätte Maria retten müssen, aber gegen Elmar und Robert stand er auf verlorenem Posten. Sie waren einen Kopf grösser, viel stärker und kannten keine Skrupel.

«Glaub mir, Oskar, ich konnte nichts tun», erklärte Joe. «Ich war alleine, habe mich am Ende der Lichtung hinter einem Baum versteckt. Zuerst dachte ich, sie schäkerten nur herum. Und am Anfang hat Maria mit ihren Reizen nicht gegeizt, sich aufgespielt wie eine Striptease-Tänzerin. Dann ist bei Elmar die Sicherung durchgebrannt!»

«Schweig! Kein Wort mehr oder ich bringe dich um!»

Oskar liess die Bohrmaschine bedrohlich aufheulen.

Fred wurde es zu bunt; er verschärfte mit seinem Revolver das Tempo, indem er ihn an Joes Schläfe hielt.

«Genug gefaselt! Rüfener, du nimmst meine Bohrmaschine und machst weitere Löcher in die Fässer. Aber schön langsam!»

Mit der Pistole an der Schläfe gehorchte Joe. Er machte einige Schritte in den Keller hinein und watete bald im Wein, der knöcheltief den Boden bedeckte. Joe spürte, wie das kalte Nass in seine Schuhe eindrang und seine Socken aufschwemmte. Fred dirigierte ihn mit dem Revolver zu einem Fass, auf dem ein massiver Kerzenständer stand. Daneben lag die Bohrmaschine. Joe betätigte den Auslöser und der Motor heulte auf. In dem Moment dämmerte ihm, wer der Unbekannte sein musste: «Du bist Fredy Haas, der Weinhändler! Beziehungsweise Fredy Haas, der ehemalige Besitzer des Gourmetrestaurants ‹Pfeffermühle› in Bad Ragaz!»

«Bravo! Dann hoffe ich, dass du mit deinem Wissen leichter sterben wirst!» Um zu verdeutlichen, dass er sich sicher fühlte, zog er die Maske aus. Das Gesicht, das zum Vorschein kam, war verschwitzt und blass. Die zuvor bedrohlich wirkenden Augen bekamen etwas Lächerliches. Joe bemerkte, dass Haas' Stimme weniger entschlossen tönte als zuvor und versuchte, dies auszunützen:

«Ist dein Restaurant nicht Pleite gegangen?»

«Man trieb mich in den Ruin!»

«Man?»

«Ja, die Arschlöcher von Winzern aus Maienfeld haben mich ausbluten lassen, wollten mir keine Flasche mehr liefern!»

Joe setzte alles auf eine Karte: «Weil du ihre Lieferungen nie bezahlt hast, wie ich hörte!»

Sogleich spürte Joe, dass er fast zu weit gegangen war. Die Waffe in Fredys Hand zitterte und seine Stimme überschlug sich: «Das ist eine Lüge! Ich hätte bezahlt, doch dann wurde ich von Obrist verleumdet!»

«Verleumdet?»

«Ja! Er behauptete gegenüber den ‹Gault Millau›-Leuten, dass ich nicht frisch koche, sondern Halbfertigprodukte verwende und meine Küche den hygienischen Vorschriften nicht entspreche. Allein wegen diesen haltlosen Anschuldigungen wurde ich aus dem Buch gekippt, dabei wären mir die 15 Punkte mehr als zugestanden! Nur aus diesem Grund ging ich Konkurs! Doch nun bekommen sie ihre Quittung, und mit ihnen die anderen Maienfelder Winzer, die mich verarscht haben!»

«Viel Aufwand, um sich zu rächen!»

«Das verstehst du nicht, Rüfener! Musstest nie kämpfen, weil dir alles in den Schoss gefallen ist! Umso peinlicher, dass du dein Erbe verspielt hast!»

In diesem Moment sprang Oskar auf Fred zu und wollte ihm die Waffe aus der Hand schlagen. Der Schuss, der sich aus dem Revolver löste, schien die Zeit anzuhalten. Und bevor Joe begriff, was passierte, sackte Oskar wie in Zeitlupe zusammen.

Kapitel 58

Hannes spürte das Gewicht der Türe in seinem Rücken und horchte in die Richtung, aus der das ferne Kreischen der Bohrmaschine gekommen war. Zuerst dachte er an einen Spuk oder eine akustische Halluzination. Als er das Geräusch erneut vernahm, fühlte er sich wie gelähmt. Sekunden vergingen, doch nichts passierte.

Der Lärm muss vom unteren Geschoss kommen: aus dem Keller! dachte er. Obschon sich in ihm alles sträubte, musste er dem Geheimnis auf den Grund gehen. Seine Augen hatten sich an die Dunkelheit gewöhnt und er tat zwei Schritte vorwärts. Hinter ihm krachte die schwere Holztüre ins Schloss. Hannes zuckte zusammen, nun war wohl das ganze Haus wach. Dennoch setzte er einen Fuss vor den andern, erreichte die fahl beleuchtete Betonstiege, die ins Kellergeschoss führte. Vorsichtig pirschte er weiter und kam in die Abpresshalle, die er kannte, weil hier auch Ursinas Trauben verarbeitet wurden. Die Stille war unheimlich und er zögerte, weiterzugehen. Dann hallte ein Schuss.

Hannes überlegte entsetzt, ob er umkehren sollte. Er war unbewaffnet, hatte keinen Schimmer, was im hinteren Kellerteil vor sich ging. Dann rief jemand den Namen «Oskar».

Hannes lief es heiss und kalt den Rücken hinab. Wenn er sich nicht täuschte, hörte er Vaters Stimme! Und während er auf die Tür zuhielt, fragte er sich, wie es sein konnte, dass Joe hinter dieser Kellertüre steckte.

Vorsichtig tappte er weiter, bis er an der angelehnten Türe ankam. Er horchte in den Raum hinein und hörte eine zweite Stimme mit einem Ostschweizer Akzent, die er von irgendwoher kannte. Dann vernahm er wieder Wortfetzen seines Vaters und von Oskar Walthert. Plötzlich musste er an Stella denken, die ihn bei der Kellertür erwartete. Wenn sie nur einen Fuss in den Neubau setzte, brachte sie sich in höchste Gefahr. In Hannes drehte sich alles.

Kapitel 59

Robert Vetscherin hatte die Augen aufgerissen, auch seine Frau Heidi war hellwach.

«Hast du gehört?» fragte sie bang.

«Ja, das war die Kellertür!»

«Kommen sie nun zu uns?»

Robert schlug die Decke zurück und stand mit einem Ruck auf. Er machte das Nachttischlämpchen an, griff dann zum Handy. Hastig suchte er Donatschs Nummer im Adressverzeichnis, während er überlegte, wer wohl die Tür ins Schloss hatte krachen lassen.

Dann hielt er inne: «Und wenn's Stella wäre?»

«Die würde doch nie diesen Weg nehmen! Ausserdem schläft sie nicht da. Habe einen Zettel in der Küche gefunden.»

«Was? Wo ist sie hin?» Und als durchschaute er ein abgekartetes Spiel, wurde er zornig: «Ist sie wirklich zu diesem Rüfener gegangen? Hat sie das gewagt?»

Heidi erschrak über die Wut im Gesicht ihres Mannes. Dennoch antwortete sie: «Vielleicht liebt sie ihn wirklich...»

«Lieben? Dass ich nicht lache!»

Robert hielt plötzlich inne, auch Heidi blickte überrascht. Was sie hörten, waren Schritte vom Boden über ihnen, aus Stellas Badezimmer.

«Das ist sie», sagte Heidi erstaunt.

«So viel zu der Geschichte mit dem Rüfener!»

Roberts Stimme klang versöhnlicher. Seine Nachtruhe schien gerettet. Es schätzte es seit jeher, wenn die ganze Familie sicher unter seinem Dach ruhte. Doch dann vernahm er weitere Schritte, zuerst auf der Treppe, hierauf draussen vor ihrem Schlafzimmer in Richtung Kellerei.

Stella war gerade dabei, die zugeschlagene Holztür zu öffnen, wobei sie sich ärgerlich fragte, wo Hannes hingegangen war, als ihr Vater in den Flur trat und das Licht anmachte: «Was soll das?»

Seine Tochter, die bereits auf der Schwelle des Neubaus stand und den kühlen Windstoss spürte, der vom Kellereigebäude ins Haus wehte, blickte sich ertappt um. Dennoch blieb sie äusserlich gelassen: «Ich gehe, wie du siehst, weil ich nicht mehr hier wohne!»

«Stella!» hallte es durch den Flur, und die Stimme des Vaters verriet, dass er nicht gewohnt war, dass man seine Anordnungen missachtete: «Du gehst nirgendwo hin! Ich hab dir gesagt: Schlag dir den Rüfener aus dem Kopf!»

«Nein, diesmal bestimmst nicht du! Hannes bedeutet mir mehr als alles auf der Welt!»

Robert kam näher und fixierte seine Tochter wie der Dompteur seinen Tiger. Während auch Heidi auf den Flur trat, fuhr Robert mit schroffer Stimme fort: «Wenn du jetzt gehst, brauchst du nie mehr zurückkommen! Dann bist du für mich gestorben!»

Stella war nahe dran, ihrem Vater den Stinkefinger zu zeigen, als sie von weitem einen Schrei hörte, gefolgt von einem Schuss, dessen Echo durch den Neubau hallte.

Ihr Blick verriet Bestürzung, ihre Lippen flüsterten den Namen ihres Liebsten. Doch Robert reagierte sofort. Als hätte er einen Notfallplan im Kopf, befahl er seiner Frau, Donatsch zu alarmieren. Ausserdem solle sie die verriegelte Eingangstür öffnen. Stella hiess er warten, derweil rannte er ins Wohnzimmer, riss sein Jagdgewehr aus dem Schrank und legte zwei Patronen in den Lauf. Zu allem bereit hastete er zum Flur zurück, wo seine Frau bei Stella stand und mit Donatsch telefonierte.

«Sie kommen gleich», flüsterte Heidi ängstlich.

«Gut, dann macht ihnen auf und führt sie her. Ich geh voraus und sondiere die Lage!»

Stella war rasend vor Angst um Hannes, doch sie gehorchte.

Wie ein Jäger pirschte Robert schussbereit in den ersten Raum und machte das Licht an. Ihm bot sich das übliche Bild, nichts Verdächtiges. Es herrschte Ruhe, bis er plötzlich aus dem unteren Geschoss Schrittgeräusche vernahm. Er schlich zur Treppe, die hinabführte, und legte das Gewehr an, als erwarte er einen kapitalen Hirsch. Dann trat ein Mann in sein Sichtfeld, der in der Hand einen Revolver hielt. Ein Schuss krachte durch die Stille, gleich darauf ein zweiter. Robert spürte einen stechenden Schmerz in seiner linken Schulter.

Der Polizeivolvo raste mit Blaulicht und Sirene durch die leeren Strassen von Maienfeld. Dicht dahinter folgte Kameramann Stalder mit seinem VW-Bus. Bei Vetscherins Weingut angekommen, sprangen die Beamten aus dem Auto und rannten mit gezückten Pistolen zum Eingang des Hauses, wo sie von Stella erwartet wurden. Ettlin und Stalder mit seiner Kamera folgten.

Stella erklärte den Stand der Dinge und fügte an, dass auch ihr Freund Hannes Rüfener im Keller sei und sie das Schlimmste befürchte.

Sarasin blickte vielsagend zu Donatsch, als sie einmal mehr den

Namen des jungen Winzers hörten. Dann rannten sie die herrschaftliche Treppe hoch. Oben trafen sie auf Heidi Vetscherin. Sie war blass und zeigte nur in die Richtung, aus der sie die zwei Schüsse gehört hatte.

Auf ein Zeichen Sarasins stemmte Caflisch die Tür auf, während Bruggisser und Donatsch Feuerschutz gaben. Blitzschnell nahmen sie den Raum dahinter ein, und Stalder wollte eben nachrücken, als ihm Sarasin unmissverständlich bedeutete, bei den Frauen vor der Türe zu bleiben, was der Kameramann mit missmutiger Miene quittierte.

Robert Vetscherin lag hinter der Abfüllanlage bei der in bläuliches Licht getauchten Treppe, die in den Pressraum führte. Er röchelte, sein blauer Pyjama war blutgetränkt.

«Wir müssen ihn dort wegholen! Der oder die Täter sind wahrscheinlich im unteren Raum», flüsterte Sarasin.

Während Donatsch den Krankenwagen alarmierte, schlich Bruggisser mit der Dienstwaffe im Anschlag zur Treppe, Caflisch folgte und kümmerte sich um Vetscherin, der trotz Schmerzen aufstehen wollte, aber sogleich zusammensackte. Vorsichtig schaffte es der Polizist, ihn aus der Gefahrenzone zu ziehen.

Sarasin beugte sich über den erschöpft atmenden Robert.

«Haben Sie gesehen, wie viele es sind?» fragte er.

«Nur einer», antwortete Robert mit schmerzverzerrtem Gesicht.

«Gibt es noch einen anderen Weg in den unteren Raum als über die Treppe?»

«Im Lager ... hat's eine zweite Treppe ... aber er hört euch ...!»

Dann fiel Robert in eine Leere.

Kapitel 60

Hannes stand vor der nur angelehnten Tür zum Barriquekeller. Die Worte, die nach draussen drangen, waren deutlich zu verstehen, dennoch durchschaute er die Zusammenhänge nicht. Er erschrak, als die Bohrmaschine aufheulte, doch sie verstummte gleich wieder. Eine Stimme befahl seinem Vater, zum nächsten Fass zu gehen. Dann rumpelte es und ein schwerer Gegenstand krachte zu Boden oder gegen eine Wand. Hannes öffnete vorsichtig die Tür einen Spalt breit. Keine fünf Meter entfernt machte ein Mann mit schwarzer Gesichtsmaske eine Pirouette und fiel taumelnd zu Boden. Er hatte einen Kerzenständer werfen wollen, es aber nicht mehr geschafft.

Zwischen den beiden Barriquereihen stand ein kleiner, untersetzter Mann mit dem Rücken zu Hannes und bedrohte Vater mit einer Pistole. Erschrocken blickte er sich zum Maskierten um und lachte irr auf, als er ihn stürzen sah. Hannes erkannte Haas und begriff, dass der nichts mehr zu verlieren hatte. Ohne mit der Wimper zu zucken, richtete der Weinhändler seine Pistole auf Oskar und drückte erneut ab. Der ohrenbetäubende Schuss krachte durch das Kellergewölbe. Oskars Körper krampfte sich zusammen, bäumte sich auf und sank wie ein Mehlsack vornüber. Joe schrie auf, doch sogleich war die Pistole wieder auf ihn gerichtet – diesmal noch bedrohlicher, direkt auf seinen Kopf.

Hannes wusste, wenn er jetzt nicht eingriff, würde Vater sterben. Er konnte nur hoffen, dass Joe geistesgegenwärtig reagierte, wenn er wie ein Puma auf Haas zuhechtete.

Er nahm Anlauf und sprang, doch Haas hörte seine Schritte und wich im letzten Moment aus, so dass Hannes ungebremst auf seinen Vater zugeflogen kam, diesen mit sich riss und auf den mit Wein gefluteten Boden warf.

Was Hannes nicht vorausahnte, war, dass Joe durch den Aufprall so schnell um die eigene Achse gedreht wurde, dass sein rechter Fuss die pistolenbewehrte Hand von Haas traf und die Waffe in hohem Bogen durch die Luft schleuderte. Ausserdem wurde der Weinhändler aufgrund der Hebelkraft, die von Joes Manöver ausging, nach hinten geworfen und prallte mit dem Hinterkopf an eines der Weinfässer.

Joe spürte einen stechenden Schmerz im Rücken, als er auf dem Boden aufschlug. Hannes machte eine Bauchlandung und stiess heftig gegen das metallene Gestänge, in dem die Barriquefässer eingehängt waren, so dass er nur noch Sterne sah. Derweil rappelte

Haas sich wieder auf. Als er seine zwischen zwei Fässern hängen gebliebene Pistole erblickte, griff er nach der Waffe und richtete den Lauf auf die beiden anderen, die auf dem Boden lagen. Da hörte er durch den Lüftungsschacht die Sirene eines Polizeiautos.

Haas atmete tief durch und entschloss sich, einem Kampf mit der Polizei auszuweichen. Er machte kehrt und suchte den kürzesten Weg aus dem Barriquekeller in die Abfüllerei, um über die Leiter zu fliehen, als plötzlich das Licht anging. Über der steilen Treppe tauchte ein Schatten auf. Der Schaffhauser erkannte im letzten Moment die Umrisse eines Mannes, der ein Gewehr hielt. Dann schoss er. Sekundenbruchteile später spürte er in seinem Brustkorb einen durchdringenden Stich, der ihn taumeln liess. Seine Beine machten wie von selbst ein paar Schritte, dann tauchte der Körper weg, und Haas spürte den metallischen Geschmack seines eigenen Blutes im Mund.

Als Hannes wieder zu sich kam, hörte er einen Schuss. Oder waren es zwei? Er hätte es nicht sagen können. Mühsam erhob er sich, um seinem Vater aufzuhelfen.

«Du musst versuchen, einen Krankenwagen für Oskar zu holen!»

Joe richtete sich unter Schmerzen auf, um nach seinem Freund zu sehen, der regungslos im Wein lag.

Hannes überlegte nicht lang, stand auf und schlich trotz Schmerzen in Kopf, Schulter und Bein vorsichtig aus dem Keller. Das Licht im Abpressraum überraschte ihn. Dann sah er die Pistole auf dem untersten Tritt der steilen Treppe. Etwa zehn Meter daneben erblickte er den regungslosen Körper des Weinhändlers. Hannes bückte sich nach der Waffe und richtete sich wie ein angeschlagener Boxer wieder auf. Vorsichtig näherte er sich dem Toten, der mit aufgerissenen Augen und verdrehten Gliedern im Blut lag. Hannes atmete auf, als plötzlich eine Stimme erschallte: «Hände hoch! Polizei!» Keine Sekunde später warf sich ein Polizist auf ihn. Ein höllischer Schmerz raste durch seine lädierte Schulter und seinen Kopf. Er ging zu Boden und verlor die Besinnung.

Kapitel 61

Die Gipfel des Gebirges leuchteten rosa und die Wolken, die in nordöstliche Richtung wanderten, wiesen braune Schattierungen auf, wirkten dadurch sehr plastisch. Hannes hatte keine Ahnung, was für ein Tag es war, aber von seinem Bett aus erkannte er die Calandagruppe und schloss aufgrund des Sonnenstandes, dass es frühmorgens sein musste.

Dann erblickte er neben sich einen Infusionsständer, der regelmässig blinkte. Ein Schläuchchen verband den Tropfenzähler mit seinem Unterarm. Er lag offenkundig in einem Spitalzimmer, hatte aber keine Ahnung, wie er hierher gekommen war. Als er den Kopf anheben wollte, antwortete sein Körper mit Schmerzen. Er sank zurück ins Kissen und tastete mit seinen Augen den Raum ab. Neben ihm sass jemand. Eingehüllt in eine Wolldecke schlief eine Person in einem Stuhl. Lange, dunkle Haare verdeckten das Gesicht, und Hannes betrachtete fasziniert die blassen Lippen.

Mit dem zunehmenden Licht dämmerte ihm, dass es sich nur um Stella handeln konnte. Weitere Erinnerungen und Bilder tauchten auf. Er streckte den Arm zum Nachttischchen aus, um das Licht anzuknipsen. Doch das Kopfweh nahm rasant zu, weshalb er es bleiben liess. Er sank in sein Kissen zurück und seufzte.

Die Geräusche weckten Stella: «Hannes!» flüsterte sie sanft. «Nicht bewegen. Du hast eine schwere Gehirnerschütterung und einen Schlüsselbeinbruch!»

Sie war ruckartig aufgestanden und schien hellwach. Sanft griff sie nach seiner Hand und streichelte sie.

«Ich hatte Angst um dich!» sagte sie in einem mütterlichen Ton, um sogleich anzufügen: «Mein Held!»

Hannes blickte sie an. Unsicher und leer. Unendlich fern kam ihm die Nacht in Vetscherins Keller vor, viel weiter weg als so manche Kindheitserinnerung. Merkwürdig, dachte er. Dann fielen ihm bruchstückhafte Szenen ein, wie Wein aus Fässern quoll, Vaters Angst, der reglose Körper von Oskar und der Gesichtsausdruck von Haas, als er tot auf dem Kellerboden lag.

«Wie geht es Vater? Und Oskar?»

«Deinem Vater geht es gut. Hat zwar zwei gebrochene Rippen und einige Prellungen, aber er kann schon für kurze Zeit aufstehen.»

Stellas Gesicht war sanft wie das einer mitfühlenden Krankenschwester. Aber ihre Augen konnten nicht lügen.

«Ist Oskar tot?» fragte Hannes.

Stella setzte sich sachte auf die Bettkante und nickte. Gleichzeitig legte sie ihren Zeigefinger auf Hannes Lippen: «Psst, nicht sprechen. Das strengt dich zu sehr an!»

In Hannes stiegen immer mehr Fragen auf. Er wollte wissen, was vorgegangen war. Gleichzeitig bemerkte er, wie er augenblicklich erschöpft wurde.

Dennoch formte er Worte: «Wer hat Haas erschossen? Die Polizei?»

«Nein», flüsterte Stella, «nicht die Polizei, mein Vater!»

«Dein Vater?» Hannes merkte, wie sich in ihm alles zu drehen begann, langsam kippte er vornüber, als schlüge er im Wasser einen Purzelbaum nach dem anderen.

«Dein Vater...», wiederholte er und schlief wieder ein. Wie vertraut er ihr doch war, dachte Stella, obschon sie einander erst seit kurzem näher kannten. Bilder und Erinnerungen der letzten Tage kamen hoch. Sie spürte den ersten Kuss, sah ihren Vater mit dem Thaimädchen im Arm, roch das Glas in Hannes' Keller, schmeckte den Regen, sass im stickigen Rathaussaal, als Hannes von den Maienfelder Winzern beinahe gelyncht wurde.

Damals war sie von seiner Unschuld nicht überzeugt gewesen. Und vielleicht wäre sie's heute noch nicht, hätte ihr nicht eine Kollegin aus der Anwaltskanzlei Rüegg erzählt, dass die Liquidation des Weingutes Rüfener im Jahr 1993 merkwürdig abgelaufen war. Stella wollte es genauer wissen, stieg selber ins Archiv der Kanzlei und durchforstete die Unterlagen. Was sie sah, liess sie erschaudern. Nicht zuletzt aus diesem Grund war sie an jenem Freitagabend zu Hannes gegangen.

Sie hatte nur die Version ihres Vaters gekannt, der stets erzählte, dass Elmar und er Gerda helfen wollten, indem sie ihr den Rüfiberg abkauften. Dank des Erlöses konnte sie die Schulden tilgen und das Haus behalten. Nun entdeckte Stella schwarz auf weiss, dass ihr

Vater und sein Kumpel die Reben und das bewegliche Inventar samt Weinvorräten halb geschenkt erhielten. Sie war aufgebracht. Je mehr sie nachforschte, desto mehr undurchsichtige Geschäfte fand sie, bei denen stets Elmar Obrist involviert war. Sie fragte sich, wie all diese Machenschaften an Revisoren und Steuerbehörden vorbei manipuliert wurden. Nach langem Suchen fand sie Beweise und entdeckte Zahlungen auf ein Liechtensteiner Konto, das auf eine maltesische Treuhandfirma ausgestellt war, bei der wiederum der Chef der kantonalen Steuerbehörde im Aufsichtsrat sass. Stella schäumte vor Wut und schämte sich.

Sie musste dem ein Ende setzen. Wie weit sie den Augiasstall ausmisten wollte, machte sie davon abhängig, wie ihre Pläne aufgingen. Sollte ihr Vater nicht spuren, würde sie nicht lange fackeln! Ein falsches Wort von ihm und sie übergab alle Akten dem Untersuchungsrichter. Stella lächelte siegesgewiss. Sie sah sich nicht nur als Frau des talentiertesten Jungwinzers der Herrschaft, sondern auch als First Lady einer neuen Generation von Weinmachern, die sich international orientierten und die verhockten Strukturen aufbrachen.

Sie blickte zu Hannes, der entspannt schlief. Zwei Dinge hatten sie gemeinsam, dachte sie, ihr und Hannes' Vater waren Egomanen und beide Mütter verschlossen die Augen vor der Realität. Bei ihr und Hannes würde das anders, schwor sie sich.

In diesem Moment öffnete sich die Tür und die Nachtschwester kam vorbei.

«Er war kurz wach, schläft aber wieder», rapportierte Stella pflichtbewusst und die Frau nickte.

«Hat er geredet?»

«Ja, er wollte wissen, was passiert ist.»

«Gut, dann dürfte das Schlimmste überstanden sein.» Die Schwester ging zum Monitor, um die Herzfrequenz zu überprüfen, und meinte dann: «Die Werte sind in Ordnung. Und in eineinhalb Stunden ist Morgenvisite! Bis dann lass ich ihn in Ruhe.»

«Wie geht es meinem Vater?»

«Gut. Ich war in der Nacht mehrere Male bei ihm, er scheint die Operation gut überstanden zu haben. Die Kugel traf zum Glück nichts Lebenswichtiges. Allerdings wird er den linken Arm eine Weile nicht brauchen können.»

«Er ist Rechtshänder», meinte Stella und konnte sich ein Lächeln nicht verkneifen. Sie sah schon, wie Hannes, Joe und ihr Vater Bett an Bett lägen und mürrisch auf den Moment warteten, endlich aufstehen zu können. Gleichzeitig kämen sie nicht umhin, sich aneinander zu gewöhnen.

Ausserdem fragte dieser Fernsehreporter an, ob ein Interview mit den Helden von Maienfeld im Spital möglich sei. Sie hatte eingewilligt.

orte-KRIMIreihe   www.orteverlag.ch

Barbara Traber

Tod im Bücherdorf

Fr. 26.00 / € 15.00

Auch «Tod im Bücherdorf» von Barbara Traber, nach «Café de Préty» ihr zweiter orte-Krimi, spielt in der Bresse bourguignonne, im *Village du Livre* Cuisery. Nicht das Kriminelle steht im Mittelpunkt dieses stimmungsvollen Romans, sondern die kleine Welt der Bresse bourguignonne in einem heissen Sommer. Liebevoll, mit viel Flair für das Frankophile beschreibt die Berner Autorin die Menschen, die in den Cafés ihren Apéro trinken, die weite Landschaft mit den mäandernden Flüssen und das Bücherdorf, das um sein Überleben kämpft und in dem La Marquise, eine kindlich wirkende, auffallend gekleidete Dichterin, versucht, mit Versen gegen ihre Depressionen anzukommen.

Café de Préty

CHF 26.00 / € 15.00

Im ersten Krimi der Berner Autorin Barbara Traber geht es um die Freundschaft zwischen zwei Frauen, um Liebe und Tod und vor allem um Gerechtigkeit. Mit gekonnter Präzision wird das Ambiente im Historischen Museum von Bern beschrieben, die Landschaften, die Menschen und Cafés der Bresse bourguignonne, das Bücherdörfchen Cuisery.

Katharina Huter

Spuren ins Seetal
CHF 26.00 / € 15.00

Menschliche Leichenteile in einer Verbrennungsanstalt für Tierkadaver, ein Toter in einem norwegischen Fjord, das Geheimnis einer alten Hundehütte – es sind weit auseinander liegende Vorkommnisse, mit denen es Kommissarin Christina Lauber diesmal zu tun bekommt. Aber sie haben ein Gemeinsames: Spuren, die ins Luzerner Seetal führen, in die scheinbar heile Welt der Bauernhöfe zwischen Hitzkirch und Müswangen. Aus intimer Kenntnis von Land und Leuten, liebevoll, aber nicht unkritisch leuchtet Katharina Huter in einen oft vergessenen Winkel der Schweiz.

Todesengel im Luzernischen
CHF 26.00 / € 15.00

Katharina Huter hat den Plot ihres Krimis derart gekonnt aufgebaut, dass sich die Spannung im Leser erst zum Schluss des Romans löst. Das Geschehen verdichtet sich von Seite zu Seite und bringt den halben Kanton Luzern in Aufruhr. Besonders die knappen Dialoge sind es, die bei der Lektüre bis zur letzten Zeile in Atem halten. Die Seetaler Autorin hat, auch dank der präzisen Sprache, einen Erstling geschrieben, der fasziniert und zugleich nachdenklich stimmt.

Jon Durschei

Mord in Mompé
von Jon Durschei und Irmgard Hierdeis
CHF 20.00 / € 11.40
«Die beiden Autoren erzeugen die Spannung um das Mordopfer Gabi Andermatt weniger mit Action als mit Psychologie.»
SonntagsZeitung, Zürich

Mord über Waldstatt
CHF 24.00 / € 13.80
«Was Durschei schafft, ist mehr als ein intellektueller Krimi: Er versöhnt Anzengruber mit James Joyce.»
Tip, Berliner Magazin

War's Mord auf der Meldegg?
CHF 24.00 / € 13.80
«Ein spannender, provokativer Krimi und ein literarischer Wurf!»
Peter Morger, Appenzeller Zeitung

Mord am Walensee
CHF 24.00 / € 13.80
«Jon Durschei gelingt es wunderbar, die eindrückliche Gegend am Walensee, das Dorf, das nur per Schiff zu erreichen ist, zu beschreiben.»
Der kleine Bund

Mord in Luzern
CHF 26.00 / € 15.00
«...ein Ambrosius in Hochform...»
Beobachter

Mord im Zürcher Oberland
CHF 26.00 / € 15.00
«Durschei schreibt aus dem Leben heraus, formt Figuren, die atmen, agieren, leiden, schimpfen, neidisch sind oder sich freuen wie viele jetzt lebende Menschen. Dies gibt seinen Büchern einen ganz eigenen Schwung.»
Thurgauer Tagblatt

Mord in Stein am Rhein
CHF 26.00 / € 15.00
Wie in den früheren Krimis wird vom Autor mit der Umgebung des Untersees wieder eine schöne Landschaft beschworen, in der freilich Schlimmes passiert.

Gerlinde Michel

Alarm in Zürichs Stadtspital
CHF 26.– / € 15.–
In Zürichs Stadtspital unterhalb des Üetliberges ist der Teufel los. Eine Hebamme ahnt Ungutes, reagiert aber vorerst nicht und findet nachher nicht aus ihren Schuldgefühlen heraus. Der Zürcher Polizeibeamte Felchlin arbeitet während drei Tagen und Nächten an diesem ihn besonders herausfordernden Fall.
Gerlinde Michels Erstling erlaubt auch Ihnen keine Pause.

Virgilio Masciadri

Schnitzeljagd in Monastero
CHF 26.00 / € 15.00
Als Lyriker bekannt geworden, legt der Aargauer hier seine erste erzählerische Arbeit vor, die nichts von üblichen Kriminalromanen hat. Die poetische, süffig geschriebene Geschichte, die sowohl historisches Wissen als auch Spannung vermittelt, verliert trotz Elementen des Fantastischen nie die Bodenhaftung und gibt überdies einen Wegweiser in eine der reizvollsten Gegenden Italiens: die Landschaft rund um den Comersee.